荷马史诗与英雄悲剧

陈斯一　著

华东师范大学出版社

·上海·

华东师范大学出版社六点分社　策划

本研究获得北京市社会科学基金项目的资助，项目名称：古希腊思想的自然和习俗问题，项目编号：17ZXC010

关注中国问题
重铸中国故事

缘　　起

在思想史上，"犹太人"一直作为一个"问题"横贯在我们的面前，成为人们众多问题的思考线索。在当下三千年未有之大变局中，最突显的是"中国人"也已成为一个"问题"，摆在世界面前，成为众说纷纭的对象。随着中国的崛起强盛，这个问题将日趋突出、尖锐。无论你是什么立场，这是未来几代人必须承受且重负的。究其因，简言之：中国人站起来了！

百年来，中国人"落后挨打"的切肤经验，使我们许多人确信一个"普世神话"：中国"东亚病夫"的身子骨只能从西方的"药铺"抓药，方可自信长大成人。于是，我们在技术进步中选择了"被奴役"，我们在绝对的娱乐化中接受"民主"，我们在大众的唾沫中享受"自由"。今日乃是技术图景之世界,我们所拥有的东西比任何一个时代要多,但我们丢失的东西也不会比任何一个时代少。我们站起来的身子结实了,但我们的头颅依旧无法昂起。

中国有个神话,叫《西游记》。说的是师徒四人,历尽劫波,赴西天"取经"之事。这个神话的"微言大义":取经不易,一路上,妖魔鬼怪,层出不穷;取真经更难,征途中,真真假假,迷惑不绝。当下之中国实乃在"取经"之途,正所谓"敢问路在何方"?

取"经"自然为了念"经",念经当然为了修成"正果"。问题是:我们渴望修成的"正果"是什么? 我们需要什么"经"? 从哪里"取经"? 取什么"经"? 念什么"经"? 这自然攸关我们这个国家崛起之旅、我们这个民族复兴之路。

清理、辨析我们的思想食谱,在纷繁的思想光谱中,寻找中国人的"底色",重铸中国的"故事",关注中国的"问题",这是我们所期待的,也是"六点评论"旨趣所在。

点 点

2011.8.10

给一位朋友

ἔστι γὰϱ ὁ φίλος ἄλλος αὐτός

Contents 目录

前　言

　　本书由八篇独立而又贯通的文章组成。其中,前三章是关于荷马史诗的文本性质和艺术统一性、荷马道德的历史基础、荷马史诗的文学批评方法的研究。笔者认为,虽然荷马史诗依赖于漫长而丰富的口头诗歌传统,但是《伊利亚特》和《奥德赛》的最终成型是诗人荷马的天才创作。笔者同意惠特曼的观点:"口头理论没有让荷马的原创性问题变得模糊,而是让问题变得更简单了。在绝大多数情况下,受媒介的性质所限,荷马无法实现的只是语句的创新,但是其诗歌的所有更加宏观的方面,都可以由他自己来创造:人物形象、结构、想象力的展布,以及最重要的——思想意义。"①对于帕里、洛德、诺托普洛斯的追随者,笔者这里借用帕里家另外

---

　　① Cedric H. Whitman, *Homer and the Heroic Tradition*, W. W. Norton & Company, 1965, p.156.

两位古典学家的话,做个回复:"南斯拉夫诗歌或许能够让我们了解希腊口头传统中普通歌谣的诗歌水平所能达到的程度。但是,如果我们想要探问荷马所能达到的艺术高度,那么唯一能回答这个问题的是荷马本人",以及:"阿基琉斯不具备能够用来表达他的幻灭的语言,但是他仍然以惊人的方式进行了表达……正是利用漫长的诗歌传统留给他的史诗语言,荷马超越了这种语言。"[①]用本书前三章的结论来讲便是:"诗人荷马终结口头诗歌传统的具体方式,正是在继承和掌握全部口头遗产的前提下,运用书写的技艺对传统的程式和主题进行高度原创性的编排,以此表达了他对于英雄价值和古希腊文明精神的独特理解。"这种独特的理解体现为:对英雄道德所展现的城邦文明之精神结构所内含的种种张力(个人/共同体、人性/政治、自然/习俗)进行全面而深刻的审视。要理解这份审视的博大和深邃,我们仍然需要将《伊利亚特》和《奥德赛》视作严格意义上的文学作品,运用经典文学批评方法去研究。

从第四章开始,本书转入对荷马史诗,尤其是对《伊利亚特》的解读。笔者认为,从思想意义的角度来看,从《伊利亚

---

① Anne Amory Parry, "Homer as Artist", *Classical Quarterly* Volume 21, Issue 1 (1971), pp. 1—15; Adam Parry, "The Language of Achilles", *Transactions and Proceedings of the American Philological Association* Vol. 87 (1956), pp. 1—7. 关于这两位(和帕里一样)英年早逝的学者,参见 G. S. Kirk, "Adam Parry and Anne Amory Parry", *Gnomon* 44. Bd., H. 4 (Jun., 1972), pp. 426—428。

特》到《奥德赛》是一场从自然回归习俗的旅程,而英雄道德
各层次和各方面之间的张力,最完整也最生动地体现为《伊
利亚特》中赫克托尔和阿基琉斯的悲剧。《伊利亚特》以阿
基琉斯的愤怒开始,以赫克托尔的葬礼结束,它不仅颂扬了
赫克托尔的光荣和阿基琉斯的卓越,也深刻反思了以荣誉为
核心的社会伦理的内在困难,以及那种结合了神性与兽性的
自然卓越的全部危险。这部史诗不只包含长篇累牍的残酷
冲突和血腥杀戮,还刻画了赫克托尔与安德洛玛克的不舍,
阿基琉斯的洞察、幻灭与超脱,忒提斯怜惜爱子的悲伤,帕托
克鲁斯的忠诚、温柔和怜悯,阿基琉斯与帕托克鲁斯的同生
共死,他与普里阿摩斯的和解……极尽丰富的人性图景,荡
气回肠的战斗场面,泯灭恩仇的命运安排,全部被荷马编织
在严丝合缝的程式格律和环形对称的卷章结构之中,惊为天
作。笔者还没有能力领悟、消化与阐释荷马史诗之整体的精
神信息和思想意涵,本书后五章的任务,仅限于沿着其中两
三条情节脉络,还原英雄悲剧的精神,勾勒出英雄道德的
轮廓。

　　本书若干章节的删节版曾以论文的形式发表在其他刊
物上,收于本书时,笔者增补了注释和一些文本解读的细节,
试为读者呈现一份更为完备和连贯的讨论。

一、荷马问题

谁是荷马？他生活于何时何地？真的有过荷马其人吗？《伊利亚特》和《奥德赛》是同一位诗人的作品，还是分别由两个诗人创作，抑或二者分别有多个作者，甚至是许多世代的作者和编者不断修正与编排的产物？[①] 这些古老的"荷马问题"(Homeric Questions)至今没有公认的答案。从文学批评的角度来讲，荷马问题的关键在于《伊利亚特》和《奥德赛》是否具备艺术原创性和统一性(artistical originality and

---

[①] Cf. Gregory Nagy, "Homeric Questions", *Transactions of the American Philological Association* Vol. 122 (1992), p. 17. 关于荷马问题的概述，参见 J. A. Davison, "The Homeric Question", in A. J. B. Wace and F. H. Stubbings (eds.), *A Companion to Homer*, London 1962, pp. 234—266；F. M. Turner, "The Homeric Question", in Ian Morris and Barry B. Powell (eds.), *A New Companion to Homer*, Leiden：Brill, 1997, pp. 123—145；程志敏：《荷马史诗导读》，华东师范大学出版社，2007 年，第 104—116 页。

unity）。在现代研究界，围绕上述问题的争论最终分化为两种极端的观点（当然，在二者之间存在各种过渡立场）：一方认为荷马史诗是由许多平庸的编者拼贴而成的"劣质大杂烩"①，另一方则认为荷马史诗是同一位伟大的诗人极尽天赋和才华的不朽杰作。与这一争论密切相关的学术问题是：荷马史诗是口头作品还是书面作品？研究者在上述争论中采取的立场很大程度上取决于对这个问题的回答，这是因为，荷马史诗的庞大规模和复杂结构导致我们很难接受单个诗人以完全口头的方式创作出《伊利亚特》和《奥德赛》的可能性，而诗歌的艺术原创性和统一性又在很大程度上依赖于诗人基于独特理念的个人创作。

18 世纪末期以来，正是由于大多数古典学者否定了荷马掌握书写能力的可能性，导致现代荷马研究的"统一派"

---

① 虽然"劣质大杂烩"（miserable piece of patchwork）这一说法源自英语学界对德国古典学者乌尔里希·冯·维拉莫维茨-默伦多夫（Ulrich von Wilamowitz-Moellendorff）的误解（cf. Veronika Petkovich，"A 'Miserable Piece of Patchwork'"，*The Classical World* 96（2003），pp. 315—316），但是它的确适用于许多分析论者对于荷马史诗的判断，见 Davison，"The Homeric Question"，前揭，p. 250；Turner，"The Homeric Question"，前揭，pp. 137—138；Frederick M. Combellack，"Contemporary Unitarians and Homeric Originality"，*The American Journal of Philology* Vol. 71，No. 4（1950），p. 341。事实上，对荷马史诗的评价是 17 世纪末至 18 世纪初欧洲思想界爆发的"古今之争"的重要议题之一，崇今派人物曾这样评价荷马史诗："构思贫乏、情节松散、刻画拙劣、品行丑陋、风格粗野以及比喻笨拙"，见贺方婴：《荷马之志——政治思想史视野中的奥德修斯问题》，华东师范大学出版社，2019 年，第 215 页。相比之下，古代关于荷马其人其诗的诸多争论从未撼动《伊利亚特》和《奥德赛》的经典地位以及荷马的作者身份。

(Unitarians)和"分析派"(Analysts)之争呈现出后者占据绝对统治地位的局面。然而,这场争论在 20 世纪中期开启了新的一页:一方面,口头创作理论的巨大突破,导致书写对于长篇史诗的创作来说不再是必不可少的;另一方面,考古发现和历史研究的进展将荷马史诗的创作与书写的重新发明大约置于同一个时代,令荷马从事书面创作变得可能。① 这两方面的变化合力扭转了争论的局面:20 世纪中期以来的荷马研究不再主要由创作方式的口头和书面之争决定荷马史诗是否可能具备原创性和统一性,而是要求基于对荷马史诗的原创性和统一性的实际考察来判定其创作方式,这也导致荷马问题的研究方法逐渐从文本批评(textual criticism)回归于文学批评(literal criticism),而争论的焦点也逐渐集中在荷马史诗自身的艺术手法和思想价值。本章的主体部分将对 18 世纪以来现代荷马研究史的一些重要成果进行评述,在此基础上,笔者将以《伊利亚特》为重点讨论对象,为统一论提供一份新的辩护。

荷马史诗的统一性包含两个方面:形式的统一性和内容

① L. H. Jeffery, *The Local Scripts of Archaic Greece*: *A Study of the Origin of the Greek Alphabet and Its Development from the Eighth to the Fifth Centuries B. C.*, Oxford: Clarendon Press, 1961, pp. 10—57; H. L. Lorimer, *Homer and the Monuments*, London: Macmillan, 1950, pp. 526—527; G. S. Kirk, *Homer and the Epic*: *A Shortened Version of The Songs of Homer*, Cambridge University Press, 1965, pp. 10—11, 197—201. 另见[德]普法伊费尔:《古典学术史(上卷):自肇端诸源至希腊化时代末》,刘军译,张强校,北京大学出版社,2015 年,第 23—33 页。

的统一性。前者指诗歌呈现的框架结构和情节脉络构成了一个有机整体,后者指诗歌表达的道德系统和思想观念构成了有机整体。尽管荷马史诗在上述两方面的统一性都是极具争议的,但是从现代研究史的实际状况来看,对于内容统一性的判断具有极强的主观性,而形式统一性的判断则相对客观。以《伊利亚特》第9卷阿基琉斯对使团的拒绝为例,这个桥段在一些学者看来完全不可理喻,以至于证明该卷是后人添加的伪作,而在另一些学者看来却展现了英雄价值的最高境界,以至于证明该卷是整部史诗的精神核心。① 相比之下,在整部史诗叙事的时间跨度中,阿基琉斯对使团的拒绝发生在时间线的正中心,这是毫无争议的。② 因此,本章的主要任务在于从相对客观的形式统一性出发,论证《伊利亚特》是单个诗人(我们不妨称他为"荷马")在一定程度上运用书写进行创作的产物,从而推翻研究界通常用以否认荷马史诗具有内容统一性的主要根据,即,荷马史诗是非个人的口头创作的产物。以此为前提,我们就有充分的理由运用传

---

① Cf. e. g. George Grote, *A History of Greece*, *Volume* 2, Boston: John P. Jewett & Company, 1852, pp. 178—184; Walter Leaf, *A Companion to the Iliad*, *for English Readers*, London and New York: Macmillan and Co., 1892, pp. 23—24; Kirk, *Homer and the Epic*, pp. 112—113; James Redfield, *Nature and Culture in the Iliad*: *The Tragedy of Hector*, The University of Chicago Press, 1975, p. 3 ff.

② 研究界关于《伊利亚特》的戏剧时间跨度究竟有多长是存在争议的,但是在任何一种算法中,第9卷都处在时间线的中心位置,参见 Cedric H. Whitman, *Homer and the Heroic Tradition*, W. W. Norton & Company, 1965, p. 257。

统的文学批评方法来研究荷马史诗的文本意义和思想信息,进而判断荷马史诗究竟是否具有内容方面的统一性,并挖掘其统一性的精神实质。

弗雷德里希·A. 沃尔夫(Friedrich A. Wolf)于 1795 年出版的《荷马绪论》开启了现代研究界对于荷马问题的探究。[①]沃尔夫认为,荷马生活在公元前 10 世纪,当时希腊人尚未重新发明书写,荷马只能以口头的方式进行创作,因此,其作品绝不可能是《伊利亚特》和《奥德赛》这样的长篇巨制,而只能是短小得多的诗歌。荷马创作的一系列诗歌经过后人口头传承了 4 个世纪之久,其间发生许多改动,甚至增加了后人创作的诗篇,最终,所有这些归于荷马名下的诗歌于公元前 6 世纪在僭主庇西特拉图(Peisistratus)统治下的雅典被收集、整理、编辑,成为《伊利亚特》和《奥德赛》。

沃尔夫是现代分析派的先驱,受他影响,19 世纪几乎每一个德国古典学者都或多或少接受了"多个作者论",他们阅读荷马史诗的时候总是在寻找情节、风格和用语的不一致,特别是诗歌叙事中的时代错误(anachronism)和前后矛盾(incon-

---

① Friedrich A. Wolf, *Prolegomena ad Homerum*, *sive de operum Homericorum prisca et genuina forma variisque mutationibus et probabili ratione emendandi*, Halis Saxonum: Libraria Orphanotrophei, 1795; *Prolegomena to Homer*, 1795, translated with introduction and notes by Anthony Grafton, Glenn W. Most, and James E. G. Zetzel, Princeton University Press, 1985.

sistency)。① 然而,分析派看似科学的研究方法其实隐藏着对于作品性质的深刻误解。既然史诗的意图并不是还原历史的真实,那么诗人就能够自由运用、安排和组合他所继承和掌握的来自迈锡尼时代、黑暗时代以及同时代的所有材料,而完全不必顾忌时代错误问题。② 同时,根植于口头传统的长篇作品在叙事细节方面出现一些前后矛盾之处也是完全正常的现象,在实际的表演中,无论是诗人还是听众都不见得真正在意这些细节,而且一些表面上的前后矛盾其实是诗人为了实现特定的艺术效果而刻意为之。③ 除了基于时代错误和前后矛盾来对史诗的各部分进行拆解和鉴定之外,不少分析论者更为实质的研究思路,同时也是对于沃尔夫研究方法的更为忠实的贯彻,是从(在他们看来)由后人拼合而成的史诗文本中区分出荷马的原初作品,以便还原纯正的荷马史诗。④ 然而,

① Wolf, *Prolegomena to Homer*, pp. 69—70. Cf. Davison, "The Homeric Question", pp. 247—248; Turner, "The Homeric Question", pp. 127—128.

② H. T. Wade-Gery, *The Poet of the Iliad*, Cambridge University Press, 2013, pp. 35—37; Whitman, *Homer and the Heroic Tradition*, p. 27.

③ C. M. Bowra, *Tradition and Design in the Iliad*, Oxford: Clarendon Press, 1930, pp. 299—300, cf. 305—306; Turner, "The Homeric Question", p. 133.

④ 这些分析论者和沃尔夫的区别在于,前者认为从荷马的原作到后人的添加和扩展是一个艺术统一性遭到破坏的退化过程(cf. Leaf, *A Companion to the Iliad*, pp. 26—27),而后者则认为从荷马最初创作的短诗到《伊利亚特》和《奥德赛》的成型是一个逐步实现高度艺术统一性的进化过程。进化论以牺牲荷马的作者地位为代价承认了史诗的艺术统一性,而退化论则以牺牲现存史诗的艺术统一性为代价保留了荷马的历史地位,双方都不承认单个诗人能够口头创作出具备高度艺术统一性的长篇史诗。

抛开各路分析论者无法就原初诗歌和后人添加成分的辨认达成共识不谈,从根本上讲,其研究方法实际上仍然是用19世纪典型的科学实证主义标准来批评荷马史诗的文本,这种处理方式对于任何诗歌来说都不恰当。① 从更深的意义上讲,分析论的真正根源其实在于一个简单的事实,那就是研究者以远逊于荷马的精神容量来度量史诗的复杂结构,基于各自理解和感受能力的不同局限来武断裁剪史诗。② 在很大程度上,正是分析派阵营内部五花八门、相互冲突的思路和结论,最终导致"整个分析方法毁于自身的天才"。③

让我们回到19世纪分析派阵营的根本前提:首先,荷马不会书写;其次,书写对于长篇史诗的创作来说是绝对必要的。到了20世纪中叶,美国学者米尔曼·帕里(Milman Parry)对于荷马程式系统和口头创作方式的研究从理论上证明了口头诗人不再需要书写来帮助他们创作长篇作品,从而推翻了上述第二个前提。另一方面,新的考古发现和历史学研

---

① Whitman, *Homer and the Heroic Tradition*, pp. 1—3; Turner, "The Homeric Question", pp. 123—126, 144—145.

② 以《伊利亚特》为例:卡尔·拉赫曼(Karl Lachmann)认为这部史诗是由许多个"诗歌层"组合而成的,而乔治·格罗特(George Grote)的观点与沃尔夫更为接近,认为这部史诗是由荷马创作的一部以阿基琉斯的故事为核心的诗歌扩展而成的(Davison, "The Homeric Question", pp, 249—250; Turner, "The Homeric Question", p. 132)。问题在于,我们无法用分析派自身的方法来判定他们的观点孰优孰劣。

③ Whitman, *Homer and the Heroic Tradition*, p. 3; Seth L. Schein, *The Mortal Hero: An Introduction to Homer's Iliad*, University of California Press, 1985, pp. 10—11.

究的进展将书写的重新发明与荷马的生活年代一同置于公元前 8 世纪,重新开启了诗人荷马书面创作史诗的可能性,从而推翻了上述第一个前提。这两方面的学术进展彻底改变了荷马问题的研究面貌,也让统一论和分析论之争在全新的基础上展开。

我们从帕里的划时代研究谈起。① 帕里的主要贡献是发现了"荷马程式系统"(Homeric formulaic system)的严密规则。② 荷马史诗充满了重复,即便是不懂希腊文的读者,通过阅读相对忠实的译本也很容易发现大量反复出现的词语、短语、诗句、段落、场景描述、情节序列。事实上,荷马史诗的绝大部分语言都是由这些"程式化元素"(formulaic elements)构成的,它们是史诗的基本材料,而诗人正是通过对于这些

---

① 帕里的研究分为两个阶段:第一个阶段是 20 世纪 20 年代对荷马史诗的程式化用语的文本研究,第二个阶段是 1933—1935 年对现代南斯拉夫口传诗歌的田野调查。由于帕里的意外早逝,这些田野调查的研究成果及其理论意义直到 60 年代才被他的同事阿尔伯特·B·洛德(Albert B. Lord)发表,而帕里生前的数篇文章由其子亚当·帕里(Adam Parry)编辑成册:Milman Parry, *The Making of Homeric Verse: The Collected Papers of Milman Parry*, edited by Adam Parry, Oxford University Press, 1971,其中最具代表性的两篇文章是:"Studies in the Epic Technique of Oral Verse-Making: I. Homer and Homeric Style", *Harvard Studies in Classical Philology* 41 (1930), pp. 73—148; "Studies in the Epic Technique of Oral Verse-Making: II. The Homeric Language as the Language of an Oral Poetry", *Harvard Studies in Classical Philology* 43 (1932), pp. 1—50。对于帕里理论的介绍和辩护,参见 Lord, "Homer, Parry, and Huso", *American Journal of Archaeology* Vol. 52, No. 1 (Jan. - Mar., 1948), pp. 34—44; Nagy, "Homeric Questions", p. 24 ff.。

② 对于荷马程式系统的一份精简而准确的概述,参见 Kirk, *Homer and the Epic*, pp. 4—9。

元素的安排来进行创作的。

　　基于细致的分析,帕里发现,荷马史诗的程式化元素构成了一个庞大而完整的系统,几乎没有任何对象是无法用程式语言来表达的;进一步讲,该系统最鲜明的特征在于它是极度"经济"(economic)或者"节省"(thrift)的:除了极少数例外,在任何一行诗句中,"对于一个特定的观念(idea)和一个特定的节律位置(metrical space)来说,有且只有一个可用的程式(formula)"。① 面对如此严密的规则,诗人几乎在诗歌的任何部分都不具备选择用语的自由,甚至在某些地方会因为受限于程式之间的传统搭配而无法实现准确的表达。② 然而,这正是程式系统对于口头创作的意义所在:以牺牲表达的自由为代价,该系统所塑造的诗人获得了"在表演中创作"(composition-in-performance)的技术和能力:"在不存在书写的情况下,诗人得以创作诗句的唯一方式在于拥有一套提供现成短语的程式语系(formulaic diction),使他能够毫不犹豫地让这些短语形成连续不断的铺展,从而填充他的诗行、组成他的句子"。③

　　在即兴创作的每一刻,诗人想要在特定的节律位置表达的特定观念几乎总是只有一个恰好对应的程式,随着诗歌节

---

　　① Whitman, *Homer and the Heroic Tradition*, p. 7.

　　② Denys Page, *History and the Homeric Iliad*, Berkeley and Los Angeles, pp. 225—226.

　　③ Parry, "Homer and Homeric Style", p. 138; cf. "The Homeric Language as the Language of an Oral Poetry", pp. 7—8.

律的流动,不同程式的组合构成了诗句与段落,讲述着特定的主题,而一系列主题的前后相继或者结构性呼应就形成了整首诗歌。正是以这种即兴吟唱的方式,一个熟练掌握程式系统的口头创作诗人不需要书写的帮助也能够创作长篇史诗。

帕里的口头创作论推翻了 19 世纪分析论的一个重要前提,即,掌握书写是创作长篇史诗的必要条件。① 然而,由于程式系统的高度机械性,该理论对传统的统一论也构成了巨大的威胁,因为它几乎彻底取消了诗人进行自由创作的可能,从而倾向于将史诗的产生归结于以程式系统为核心的口头传统。用帕里自己的话来说:"诗人以程式的方式进行思考……他从来不会为了某个此前未被表达过的观念寻找对应的语词,因此,风格上的原创性问题对他来说是毫无意义的。"②在这个意义上,虽然帕里的发现堪称"现代荷马研究的第二次伟大转折点"③,但是其根本的思路其实回到了沃尔夫的"进化理论",不同之处在于,沃尔夫认为荷马史诗的成

---

① 帕里对于传统分析论更为根本的瓦解在于他所揭示的程式系统的均质性和融贯性。从拉赫曼开始,许多分析论者的主要工作在于分辨荷马史诗源自不同诗人和不同时期的组成部分,但是根据帕里的理论,荷马史诗真正的组成部分是程式,而程式系统又是一代代诗人在漫长的口头传统中逐渐积累打磨而成的,该系统在荷马史诗中展现出的均质性和融贯性使得拉赫曼式的分析不再可能。Cf. Schein, *The Mortal Hero*, p. 11.

② Parry, "Homer and Homeric Style", pp. 146—147; James A. Notopoulos, "The Generic and Oral Composition in Homer", *Transactions and Proceedings of the American Philological Association*, Vol. 81(1950), p. 34 ff.

③ Whitman, *Homer and the Heroic Tradition*, p. 4.

型是从口头传承到书面整编的历史产物,而帕里则提出产生荷马史诗的程式系统是口头传统漫长积累的结果。这种积累的具体机制,在帕里最主要的追随者和捍卫者阿尔伯特·B·洛德(Albert B. Lord)的代表作《故事的歌手》中获得了系统的阐述。① 洛德将他和帕里对于现代南斯拉夫口头史诗的田野调查应用于荷马史诗的研究,在程式和主题(theme)这两个方面论证口头诗歌的传统性。他强调,口头创作的基础是诗人在漫长的学徒和表演生涯中习得的传统程式系统和传统主题库,个别的诗人不仅"不会有意识地废除传统的词语和插曲,他受表演中的快速创作所迫而使用这些传统的要素",而且"不同主题之间的习惯性关联……源自传统的深处,通过传统程序的运作获得不可避免的表达"。② 以这种方式,诗歌传统通过一代又一代诗人的口头创作建立起一个"稳定的叙事骨架",这才是史诗的"本质核心"。③ 洛德据此断言:"从古至今,我们一直误入歧途,没能理解荷马的诗艺及其伟大之处的真相……我们曾调动我们的想象力和智慧,在荷马史诗中寻找一种不相关的统一性、个别性、原创性。"④

---

① 20 世纪 30 年代,洛德与帕里一同前往前南斯拉夫,对当地的口传诗歌进行田野调查。以详尽的调查数据为基础,洛德系统阐述并且进一步发挥了帕里关于口头诗歌的理论,主要参考 Lord, *The Singer of Tales*, Cambridge, MA: Harvard University Press, 1960,中译本参考洛德:《故事的歌手》,尹虎彬译,中华书局,2004 年;另见 Lord, *Epic Singers and Oral Tradition*, Ithaca, 1991。

② Lord, *The Singer of Tales*, pp. 4, 65, 78, 97—98.

③ 同上, p. 99。

④ 同上, pp. 147—148。

到了 20 世纪末期,帕里最优秀的继承者格雷戈里·纳吉 (Gregory Nagy)将口头传统的进化理论发展到了极致。基于精深的语言学和历史学研究,纳吉将荷马程式系统自身的生成追溯至希腊民族用诗歌的方式讲述英雄主题的需要,甚至提出,六部格律本身就是诗歌语言为了精确表述英雄主题而对于自身的形式结构进行长达上千年的持续调节的结果。纳吉的研究很好地克服了程式系统的机械性问题,从而扭转了口头创作论侧重程式而忽视主题的局面。① 在其名著《最好的阿开奥斯人》中,纳吉细致地分析了贯穿《伊利亚特》和《奥德赛》的一系列关键词和多个中心主题之间的关联,展现了荷马史诗在"关键词展布"(deployment of keywords)和艺术统一性之间形成的精确对应,并指出,正是这种对应展现了荷马史诗对形式和内容的完美结合。② 然而,与持荷马个人创作论的传统统一论者不同③,

---

① Nagy, *The Best of the Achaeans*: *Concepts of the Hero in Archaic Greek Poetry*, Johns Hopkins University Press, 1998, pp. 2—3. 纳吉提出:"虽然从描述性的视角来看,确实是节律规定了用语,但是从历史的视角来看,这一调节只是一个更加基本的原则的后果,即,最终是主题规定了用语……主题是创作《伊利亚特》和《奥德赛》这类传统诗歌的统摄性原则。"

② 同上,p. 4。

③ 在 19 世纪,沃尔夫理论给荷马研究界造成的最大冲击是荷马史诗的多重作者问题,作为对此的回应,传统统一论在很大程度上必须捍卫荷马个人创作论。例如,G·W·尼策(G. W. Nitzsch)认为,荷马汇集和改进了前人的诗歌,以自己的天才诗艺创作了《伊利亚特》和《奥德赛》,G·赫尔曼(G. Hermann)提出"核心理论",认为荷马创作了两首短诗,确定了诗歌的核心情节,后辈诗人以此为基础进行添加、扩展和改编,最终形成《伊利亚特》和《奥德赛》。参见 Turner, "The Homeric Question", pp. 133—134。

纳吉完全取消了荷马作为个别诗人的地位,他提出,"关键不在于荷马的天才,而在于以我们的《伊利亚特》和《奥德赛》为顶峰的整个诗歌传统的天才",荷马史诗的"统一性或完整性源自于史诗生成中创作、表演、扩散的充满活力的互动"。①

纳吉极度强调诗歌传统的磨合而低估个别诗人创造力的观点造成的一个重要后果便是,他虽然能够很好地解释荷马史诗的风格统一性(形式和内容的完美配合),但是无法真正阐明荷马史诗在世界观和人性论、道德风格和精神取向方面的高度统一。事实上,纳吉并不认为荷马史诗包含这种更加实质的统一性,在他看来,根本就不存在一个统一的"荷马世界",相反,研究者应该对荷马史诗包含的"历时性和共时性的诸维度"进行分析。② 纳吉对于荷马问题的处理主要在于阐述这些不同的维度如何在口头传统漫长的进化过程中逐渐被整合为成型的《伊利亚特》和《奥德赛》,但是关于这个进化过程的实质,他只给出了一个相当空洞的说明,那就是新兴的城邦世界对于统一的泛希腊文化的需要。③ 统一的文化需要统一的经典,这是不言而喻的,然而,《伊利亚特》为何统一于阿基琉斯的愤怒,《奥德赛》为何统一于奥德修斯的回归? 公元前 8 世纪以来的城邦世界为何选择这两

① Nagy, *The Best of the Achaeans*, pp. 3—5; "Homeric Questions", p. 31 ff.

② Nagy, "Homeric Questions", p. 28.

③ Nagy, *The Best of the Achaeans*, pp. 115—117.

位截然不同的英雄作为泛希腊文化的精神代表？虽然纳吉
为我们探索上述问题提供了颇有启发性的线索，但是他自己
并没有给出系统的答案。例如，他极具洞察力地指出，作为
两部荷马史诗的主角，阿基琉斯和奥德修斯在完全不同的意
义上是"最好的阿开奥斯人"，他们的对立其实象征着力量
和技艺、自然和习俗的对立。① 然而，纳吉对英雄观念的研
究更加侧重荷马史诗的英雄叙事和现实英雄崇拜（hero cult）
之间的历史关系，而未能深入挖掘上述对立所展现的古希腊
文化逻辑和精神结构，这当然和他对传统的强调密切相关。
荷马史诗固然完成了对各个地方英雄崇拜的泛希腊化整合，
这是它在口头传统中集大成地位的展现，然而，它更为重要
的历史意义其实在于对英雄道德的系统呈现和深刻审视，这
才是其精神实质的统一性之所在。

笔者认为，正是这种难以通过口头传统的自然进化产生
的精神统一性，使得我们必须严肃对待如下观点：一位名叫
荷马的诗人，基于历史悠久的诗歌传统，以自己对于英雄价
值之高贵与界限的独特洞察，在公元前 8 世纪创作了《伊利
亚特》和《奥德赛》。不过，由于围绕荷马史诗的内容统一性
的争论向来极为主观，基于内容统一性来判断创作方式的论
证几乎注定是缺乏说服力的。我们已经看到，帕里、洛德，甚
至纳吉，都不承认荷马史诗具备严格意义上的内容统一性。

---

① Nagy, *The Best of the Achaeans*, pp. 24—25, 45—49.

然而,在笔者看来,妨碍这一派学者承认荷马史诗的内容统一性的真正原因,仍然是他们对于诗歌口头性与传统性的过度强调。要想解除这一障碍,我们需要从相对客观的形式统一性出发,论证荷马史诗的创作包含了高度个人的,甚至书面的维度。如果我们的观点成立,那么诗人荷马背后的口头传统就并不妨碍我们将其作品视作通常意义上的书面文学,并运用传统的文学批评方法研究其文本;而唯有回归传统的文学批评方法,我们才能从整体上把握荷马史诗的精神信息和思想意义。

20 世纪以来的荷马研究界见证了统一论的复兴。① 作为其中最优秀的代表之一,塞德里克·H·惠特曼(Cedric H. Whitman)在充分吸纳帕里和洛德的口头创作论的前提下,坚持认为《伊利亚特》是诗人荷马的个人创作。在惠特曼看来,无论是成型的程式系统还是现成的主题库都丝毫不会影响荷马的原创性。一方面,任何语言都或多或少是程式

---

① Combellack, "Contemporary Unitarians and Homeric Originality", pp. 337—339. 20 世纪初期到中期英语学界重要的统一论研究包括: John A. Scott, *The Unity of Homer*, University of California Press, 1921; John T. Sheppard, *The Pattern of the Iliad*, London: Methuen, 1922; Thomas William Allen, *Homer: the Origins and the Transmission*, Clarendon Press, 1924; Bowra, *Tradition and Design in the Iliad*; S. E. Bassett, *The Poetry of Homer*, Berkeley: The University of California Press, 1938; R. Carpenter, *Folk Tale, Fiction, and Saga in the Homeric Epics*, University of California Press, 1946; E. T. Owen, *The Story of Iliad*, New York: Oxford University Press, 1947。

化的,而诗人的任务本来就不在于创造语言本身,而在于将现有系统中可用的单位转化为富有象征意味的艺术品;另一方面,人类可理解的故事主题和叙事情节的可能性从来都是有限的,诗人的独创并不一定要求构想全新的题材,而完全可以展现为对现有题材进行独具匠心的安排和更加深入的审视,从而更为充分地展现其内含的精神视野。①

在其代表作《荷马和英雄传统》中,基于对《伊利亚特》的形式结构的细致分析,惠特曼将这部史诗在整体设计方面的创造归结于"安提卡几何时代"(Attic Geometric Age)的精神氛围,提出"荷马史诗结构的奥秘(至少对于《伊利亚特》而言)在于公元前 8 世纪晚期几何对称风格的心理机制对口头技术的整合"。② 几何艺术(Geometric art)和荷马史诗共享了大量英雄神话的主题,其中许多都取自特洛伊战争的故事,体现了公元前 8 世纪新兴的城邦世界(特别是雅典)试图与荣耀的迈锡尼时代重建联系的文化努力;③不仅如此,二者在艺术风格上也是相通的。惠特曼认为,迈锡尼艺术是自

---

① Whitman, *Homer and the Heroic Tradition*, pp. 14—15. 汉语学界对惠特曼研究的评述,参考陈戎女:"论塞德里克·惠特曼的荷马研究",载于《国外文学》,2007 年第 2 期,第 44—50 页。

② Whitman, *Homer and the Heroic Tradition*, p. 10; T. B. L. Webster, *From Mycenae to Homer: A Study in Early Greek Literature and Art*, London: Methuen, 1958, pp. 200—207. 对该观点的批评,见 Kirk, *Homer and the Epic*, pp. 58, 187—188。

③ Hana Bouzková and Jan Bouzek, "Homer and the Geometric art", *Listy filologické/Folia philologica* Ro č. 89, Čís. 4 (1966), pp. 425—427; cf. Whitman, *Homer and the Heroic Tradition*, pp. 95—96.

然主义的、描述性的、静态的、平面化的,具有强烈的装饰性色彩,而几何艺术是形式主义的、叙事性的、动态的、戏剧化的,充满心理和情感的强度和深度,后者与荷马史诗的艺术风格极为接近。① 更重要的在于,几何艺术和荷马史诗的创作理念都是通过"有意识的展布和理性控制"来赋予传统元素以新的形式结构和整体设计,"正如荷马的程式,几何花瓶上的样式化(conventionalized)的鸟、马、人和船只也有着悠久的传统和历史……它们被组织为一个更大的整体,其轮廓由它们所填充的陶器表面来设想和控制","和几何花瓶的基本图案类似,荷马的程式也是固化的传统元素,它们是口头史诗的基本建筑材料(building blocks)"。② 惠特曼强调,几何艺术和荷马史诗整合传统元素的主要方式是将它们纳入一个外在(exterior)的轮廓形状或者剧情结构。③ 和纳吉从关键词出发串联诗歌中心主题的方式不同,惠特曼更加重视史诗整体性的"形式"或者"外观"($\varepsilon \tilde{\iota} \delta o \varsigma$),正是在这个意义上,他将几何时代的精神概括为"希腊形式感的首次成熟发展"④,而荷马史诗就是这种"成熟形式感"的文明成果。当然,荷马史诗的形式结构远比任何几何艺术作品都更具原创性和个体性,这是叙事艺术和视觉艺术自身的差异造成的,

---

① Whitman, *Homer and the Heroic Tradition*, pp. 88—90.
② 同上, pp. 90—91。
③ 同上, pp. 96—97。
④ 同上, p. 284。

正如惠特曼所言,"荷马身后的传统更长,而且在任何文化的历史中,诗歌或许都应该走在造型艺术的前面"。①

在《伊利亚特》这部"最希腊"的史诗中,荷马对"几何精神"的运用主要体现为不同的主题和情节在"环形结构"(ring composition)中的对称与平衡、并列和呼应。惠特曼详尽分析了这种结构如何决定了《伊利亚特》的分卷,他发现,总的来说,这部史诗(除去有争议的第 10 卷,后文将补充讨论该卷的结构意义)的分卷结构和几何艺术典型的宽窄图案间隔比例一样,都是 2:5 的重复,因而整部诗歌总共 23 卷的结构如下:②

第 1—2 卷:第 3—7 卷:第 8—9 卷:第 11—15 卷:

　2　　　　　5　　　　　2　　　　　5

第 16—17 卷:第 18—22 卷:第 23—24 卷

　2　　　　　5　　　　　2

---

① Whitman, *Homer and the Heroic Tradition*, pp. 91—92.

② 下文对于《伊利亚特》分卷结构的分析仅仅粗略地概括了惠特曼极其详尽细致的讨论,见 Whitman, *Homer and the Heroic Tradition*, p. 255 ff.;另见程志敏:《荷马史诗导读》,第 144—153 页。值得一提的是,惠特曼提出,《伊利亚特》环形结构的对称性呈现出从外层到内层逐渐松弛的趋势,这一点既符合该结构的"边框"(frame)功能,也和几何艺术的特点相一致(Whitman, *Homer and the Heroic Tradition*, pp. 258—259)。惠特曼主要分析了《伊利亚特》,而《奥德赛》也具有类似的形式结构,见特雷西(S. Tracy):"论《奥德赛》的结构",赵蓉译,收于《荷马笔下的伦理》,刘小枫、陈少明编,华夏出版社,2010 年,第 196—220 页;John L. Myres, "The Pattern of the Odyssey", *The Journal of Hellenic Studies* Vol. 72 (1952), pp. 1—19;Samuel E. Bassett, "The Structural Similarity of 'Iliad' and 'Odyssey' as Revealed in the Treatment of the Hero's Fate", *The Classical Journal* Vol. 14, No. 9 (Jun., 1919), pp. 557—563。

其中,第 1—2 卷和第 23—24 卷的对应是极为明显的:
首先,第 1 卷和第 24 卷的呼应构成了全诗的中心情节——
阿基琉斯之愤怒的起点和终点,这一愤怒始于阿基琉斯和阿
伽门农的争吵,止于阿基琉斯和普里阿摩斯的和解;其次,第
2 卷和第 23 卷的呼应对比了英雄共同体在阿伽门农统帅下
的纷争和在阿基琉斯主持下的团结。因此,这四卷所揭示的
史诗最外层结构不仅见证了主角阿基琉斯的成长,完成了其
性格和命运的悲剧,而且分别在个人和共同体的层面展现了
英雄世界的斗争与联合、混乱与秩序这一根本主题。第 3—
7 卷和第 18—22 卷分别以"狄奥墨得斯的伟绩"和"阿基琉
斯的伟绩"为核心,其中,第 3—7 卷巧妙安排了大量属于特
洛伊战争早期的事件,①交代了战争的前因后果,让许多重
要的配角纷纷登场并刻画其形象,特别是作为阿基琉斯重要
衬托的狄奥墨得斯,而第 18—22 卷则集中讲述阿基琉斯为
帕托克鲁斯复仇的过程,是其战斗行动的高潮、英雄特质最
高程度的展现,标志着特洛伊战争的最后阶段,并且预示了
这场战争的结局和战后的故事。惠特曼更是精彩地指出,狄
奥墨得斯和阿基琉斯的伟绩分别是英雄的喜剧和悲剧。②
第 8—9 卷和第 16—17 卷的对应不再那么严密,但是荷马仍

---

① Cf. Scott, "The Assumed Duration of the War of the Iliad", *Classical Philology* Vol. 8, No. 4 (Oct., 1913), pp. 445—456; cf. Bowra, *Heroic Poetry*, Andesite Press, 2015, pp. 311—313.

② Whitman, *Homer and the Heroic Tradition*, pp. 265, 270.

然安排了重要的结构性线索:宙斯许诺给忒提斯的计划始于第8卷(帮助赫克托尔实现其伟绩),终于第17卷(赫克托尔杀死帕托克鲁斯,两军争夺后者的尸体)①;阿基琉斯在第9卷拒绝了阿伽门农派来请求他出战的使团,后来在第16卷接受了帕托克鲁斯代替他出战的提议。上述两组对应之间存在密切的联系:宙斯给忒提斯的许诺是要满足阿基琉斯的愿望,以牺牲阿开奥斯人为代价恢复他的荣誉,然而,阿基琉斯并不知道,在宙斯满足他愿望的计划中,牺牲者恰恰会包括他最爱的一个阿开奥斯人,他的"另一个自我"帕托克鲁斯。② 最后,如果忽略可能是后人添加的第10卷,那么处于第9卷和第16卷之间的就是占据整部史诗分卷结构之中心位置的第11—15卷的"大战役"(Great Battle),正是这场宏大的战斗决定性地实现了宙斯的计划,从而规定了阿基琉斯的悲剧性命运。基于完美对称的需要,惠特曼建议删去第10卷,认为该卷是雅典僭主庇西特拉图后来添加的,"删除它不会对诗歌产生任何破坏"。③ 不过,史诗毕竟不是视觉艺术,而是叙事艺术,因此第10卷的存在其实非常合理。虽然破坏了完美的对称,但是对情节而言,第10卷位于关键的转折(第9卷,阿基琉斯拒绝使团)发生之后、中心的高潮

① 《伊利亚特》,17.544—546:"她(雅典娜)从天而降,雷声远震的宙斯派她来鼓励达那奥斯人;他的心已转向他们。"

② Nagy, *Best of the Achaeans*, pp.33—34,292—293.

③ Whitman, *Homer and the Heroic Tradition*, pp.283—284.

(第 11 卷,大战役开始)到来之前,利用一个相对轻松的过渡性桥段巧妙地调节了叙事的节奏。① 因此,《伊利亚特》的整个分卷系统呈现出高度统一的形式结构。②

然而,由此带来的一个重要问题便是:如果《伊利亚特》是一部完全口头的作品,诗人如何可能在一边表演一边创作的过程中安排如此庞大复杂、首尾层层对称的结构? 惠特曼并没有意识到这个问题给口头理论带来的困难。③ 关于荷马史诗的创作,惠特曼和帕里、洛德的观点看似完全相反,后者极其强调诗歌传统对于个人创作的支配,以至于提出诗人不可能具有任何真正意义上的原创性,甚至只能条件反射地运用程式和无意识地修正主题④,而前者则极其强调荷马的

─────────

① Sheppard, *Pattern of the Iliad*, p. 82; Owen, *The Story of Iliad*, pp. 106—109.

② 此外,根据惠特曼的分析,《伊利亚特》在戏剧时间方面也呈现出完美的对称性(Whitman, *Homer and the Heroic Tradition*, p. 257):时间线的中心是第 28 天,也就是第 9 卷的使团一幕,其前后各有 1 天(第 27、29 天)发生了决定性的战斗,另各有 3 天(第 24—26、30—32 天)分别用作战斗、埋葬死者、其他活动(修筑城墙、举行竞技),而在此之前的 23 天包括克律塞斯的恳求(第 1 天,1 天)、瘟疫(第 2—10 天,9 天)、集会和争吵(第 11 天,1 天)、送还克律塞伊斯(第 12—23 天,12 天),在此之后的 23 天包括阿基琉斯虐待赫克托尔的尸体触犯神怒(第 33—44 天,12 天)、伊里斯鼓励普里阿摩斯前去讨回赫克托尔的尸体(第 45 天,1 天)、准备赫克托尔的葬礼(第 46—54 天,9 天)、赫克托尔下葬(第 55 天,1 天)。全部 55 天构成了完美的对称:(1—9—1—12)—(3)—1—1—1—(3)—(12—1—9—1)。

③ Cf. Whitman, *Homer and the Heroic Tradition*, p. 256; cf. Kirk, *Homer and the Epic*, p. 186. 需要注意的是,就规模、结构复杂性和艺术水平而言,帕里和洛德记录的现代南斯拉夫口头史诗,以及任何其他现代口头史诗和其他流传至今的古代史诗,都根本无法和《伊利亚特》和《奥德赛》等量齐观。

④ Lord, *The Singer of Tales*, pp. 65, 78.

创造力,认为《伊利亚特》在形式和内容双方面的高度统一是这位伟大的诗人对于传统材料进行精心安排和艺术提炼的结果,展现出"一位处于其能力巅峰的成熟诗人的充满自觉的控制力"。① 另一方面,惠特曼又完全接受了帕里和洛德的口头创作论,认为荷马史诗"从头到尾"都是口头创作的产物,其书面成文化只是为了作品更加长久稳固的保存,以便在泛希腊节日上进行统一的演出。② 笔者认为,惠特曼的个人创作论和口头创作论是难以相容的,其内在冲突恰恰在他自己对《伊利亚特》的结构分析面前暴露得最为明显:即便一个伟大的口头诗人能够在长期而反复的"表演兼创作"中不断熟悉其作品的框架、脉络与细节,但是规模如此宏大、结构如此复杂、细节如此丰富的作品无疑超越了个体诗人从事口头创作的能力极限,正如威廉・格林(William Greene)所言,我们"难以想象他(荷马)能够将他所完成的复杂结构和统一概观都储存于记忆之中"。③ 至此,我们不得不回到那个开启了整个现代荷马研究的根本问题:荷马是

---

① Whitman, *Homer and the Heroic Tradition*, p. 77, 92, 250, 254—255; cf. Kirk, *Homer and the Epic*, pp. 196—197, 218—219; Paolo Vivante, *The Epithets in Homer: A Study in Poetic Values*, Yale University Press, 1982, pp. 177—181.

② Whitman, *Homer and the Heroic Tradition*, p. 79—82.

③ William Chase Greene, "The Spoken and the Written Word", *Harvard Studies in Classical Philology* Vol. 60 (1951), p. 31. 此外,纳吉彻底取消荷马作者地位的传统进化论同样无法解释《伊利亚特》的诞生,因为这部史诗在形式结构方面的设计如此精巧,不可能是各种诗歌元素在口头传统中相互磨合的自然结果。

否运用了书写来创作他的诗歌？

　　历史上流传下来的荷马史诗毕竟是书面的作品，迄今为止，大多数研究者也同意荷马生活于书写已被发明的时代。然而，从风格和内容来看，荷马史诗也的确是基于程式系统和传统主题的口头作品。关于口头诗歌如何成文，洛德和纳吉给出了不同的解释。

　　洛德认为，荷马用完全口头的方式创作了两部史诗，并且以口授（dictation）的方式使之成文，至于这一口授成文的过程是否对诗歌的创作产生了实质影响，他的立场似乎并不明确。在《故事的歌手》中，洛德否认了实质影响的存在："在口授文本固定的过程中，书写的使用本身对口头传统没有任何影响。它仅仅是一个记录的工具。"[①]然而，在"荷马的原创性"一文中，他又提出口授作为一种独特的"表演"能够提供诸多创作方面的优势，其中最重要的在于，诗人不再受到正常表演速度的催促，从而"有足够的时间来思考他的诗行和诗歌……将他的故事发展至完备"。[②]然而，洛德坚决排斥荷马自己运用书写进行创作的可能性，理由在于：荷马所处的时代刚刚见证了书

---

　　① Lord, *The Singer of Tales*, p. 128; cf. Nagy, "Homeric Questions", pp. 34—36.

　　② Lord, "Homer's Originality", pp. 132—133; cf. *The Singer of Tales*, pp. 124—125.

写的重新发明,如此不成熟的创作技艺与荷马史诗的纯熟品质不符。①

纳吉反对洛德的口授成文论,提出了"口头成文"(oral textualization)论,从而进一步推进了口头创作论,甚至将洛德提到的那些口授带来的创作优势也一并取消。口头成文论在比喻的意义上使用"文本"这个概念,将荷马史诗的"成型文本"理解为统一和固定的口头表演版本。在"荷马问题"一文中,纳吉以"表演、创作、扩散"的历史性互动为核心线索,阐述荷马史诗在公元前 8 至 6 世纪的口头成文化过程。基于古风时代荷马史诗在整个地中海世界扩散的历史事实,纳吉指出,由于当时的书写技术尚不成熟、书面成品极为有限,这一扩散不可能是书面文本性的,只可能是口头表演性的,而新兴的城邦世界对于泛希腊文化的建构又需要统一的、固定的表演版本。扩散的事实与统一的需求相结合,形成一种成文化机制:诗歌扩散得越广泛,表演中容许再创作的空间就越小,因而最广泛的扩散必然形成最统一和最固定的版本。这个成文化过程的"最终阶段的背景是泛希腊节日,比如雅典的泛雅典娜节",因为根据古代的记载,雅典立法规定,游吟诗人必须在该节日上按照次序轮流表演《伊利亚特》和《奥德赛》的官方版本②,这标志着荷马史诗的口头成文化的最终完成。③

---

① Lord, "Homer's Originality", p. 131.
② Cf. Wade-Gery, *The Poet of the Iliad*, p. 77, n. 77.
③ Nagy, "Homeric Questions", pp. 31—53.

纳吉还提出，荷马史诗的书面成文化要到公元前550年之后才可能完成，其中最重要的理由在于，早于该年代的书写记载都是短小的碑文和铭文，而且往往是以第一人称表述的诗句。纳吉据此认为，所有公元前550年之前的书写都不是创作，而只是记录，其实质是对于口头表演的书面模拟。①

洛德和纳吉的观点代表了口头创作论解释荷马史诗成文化的两种对立的思路。② 然而，他们否定荷马运用书写的理由都不充分。洛德认为荷马史诗的纯熟品质决定了它不可能是当时尚不成熟的书写技艺的产物，但是，我们本来也没有必要认为荷马执笔一字一句地写下了《伊利亚特》和《奥德赛》。③ 整体的设计、结构的安排、情节脉络的走向以及由此而产生的局部调整的需要，这些是口头创作极难实现的，至少难以在一个宏大的规模构建中同时顾全所有局部的细节调整。然而，要完成这类任务却只需要最初级的书写能力和最简陋的书写条件。很有可能的是，在史诗成文化的过程中，书写对于创作最根本的贡献是将流动不居的听觉经验转化为静态可控的视觉布局，从而让诗人能够同时在宏观和

---

① Nagy, "Homeric Questions", pp. 34—36.

② 这两种思路可以概括为"荷马作者论"和"传统进化论"。在口头创作论内部，二者之间又存在各种中间立场，例如，G·S·柯克（G. S. Kirk）认为，荷马在公元前8世纪口头创作了《伊利亚特》的主体，此后，经过几代歌手和游吟诗人的增添和扩展以及公元前6世纪在雅典和公元前2世纪在亚历山大里亚的编辑而最终成型，参见 Kirk, *Homer and the Epic*, pp. 208—217。

③ Cf. Parry, "Homer and Homeric Style", pp. 138, 144.

微观的层面处理诗歌的结构与细节,这使得磅礴丰富的口传遗产在程式与主题、形式和内容、结构和细节之间的完美磨合在单个诗人的艺术生涯中可能完成。[1] 就此而言,奥斯温·默里(Oswyn Murray)在《早期希腊》中的概括是颇为准确的:"一个伟大的艺术家可能就站在口传史诗传统的终点处,他既依赖于其先驱者的成就,也改造着他们的技艺……在口传文化向书面文献转变之时,这种转变通常为传统诗人尝试创作规模宏大、结构复杂的诗歌提供了动力,它仍然以口传技艺为基础,但利用了新媒介所提供的保存与总体规划的可能性。"[2]至于纳吉基于早期碑文和铭文的性质而将荷马史诗的书面成文时间推迟至公元前550年之后的论点,书写创作论最激烈的捍卫者H·T·韦德-格里(H. T. Wade-Gery)早就提出过有力的反驳:能够保存下来的碑文和铭文本来就只适用于记载短小的诗句,而荷马史诗这样的鸿篇巨制只可能写在极易朽坏的纸莎草纸或者兽皮纸上,因此,最早的手稿未能保存至今是很正常的。[3] 此外,纳吉对于早期碑文和铭文普遍采纳第一人称口吻的强调其实是不相关的。

① Greene, "The Spoken and the Written Word", pp. 26, 30—31; Bowra, *Heroic Poetry*, pp. 240—241, 252—253, esp. 240; cf. Lord, *The Singer of Tales*, p. 128; Kirk, *Homer and the Oral Tradition*, pp. 2—3.

② 默里(Oswyn Murray):《早期希腊》,晏绍祥译,上海人民出版社,2008年,第12页。

③ Wade-Gery, *The Poet of the Iliad*, pp. 11—14, 39; cf. Lorimer, "Homer and the Art of Writing: A Sketch of Opinion between 1713 and 1939", *American Journal of Archaeology* Vol. 52, No. 1 (Jan. -Mar., 1948), p. 21.

即便公元前 550 年之前所有的碑文和铭文都是在用文字模拟表演,这种沿用口头呈现方式的风格偏好和书写参与创作的可能性也丝毫没有矛盾,毕竟,荷马史诗本身就是第一人称的叙事文体。① 最后,既然我们不能排除书写参与创作的可能性,我们也就不能排除公元前 8 世纪存在一份荷马史诗的权威文本的可能性,而这就取消了纳吉的口头成文论的重要前提——史诗的早期扩散只可能是表演性的,不可能是文本性的。事实上,在古风时代,荷马史诗完全可能以一份权威的书面版本为基础而发生"表演中的扩散"(diffusion-in-composition)。②

帕里曾这样表述口头创作论的目标:"此项研究的目的是要精确地把握口头叙事诗歌的形式,考察它在哪些方面异于书面叙事诗的形式。"③口头创作论者认为,荷马史诗的形式是完全口头的,它的创作根植于程式语言和主题结构的传统体系。从帕里对于程式规则系统的研究,到洛德对于诗歌传统支配口头创作之方式的分析,再到纳吉提出的主题对于程式的历史性规定以及口头传统的进化学说,口头创作论构建了一套关于荷马史诗的传统基础的完整理论。正如该理论的发展走向所揭示的,传统生成论远比个人创作论更能够

① 例如《伊利亚特》,2.484 以下。

② Cf. Davison, "The Homeric Question", pp. 258—259; Parry, "Have We Homer's Iliad?", *Yale Classical Studies* 20 (1966), pp. 177—216.

③ Lord, *The Singer of Tales*, p. 3.

解释诗歌在口头维度方面的艺术成就,然而,这恰恰意味着,荷马史诗在书面维度的创造性与整套口头创作论的核心观点并不矛盾。

　　笔者同意加斯帕·格里芬(Jasper Griffin)的精辟判断:"《伊利亚特》和《奥德赛》很有可能代表了口头诗歌传统的终结。"①诗人荷马"终结"口头诗歌传统的具体方式,正是在继承和掌握全部口头遗产的前提下,运用书写的技艺对传统的程式和主题进行高度原创性的编排,以此表达了他对于英雄价值和古希腊文明精神的独特理解。这样看来,口头创作论所揭示的只是荷马史诗背后的口头诗歌传统的形式,而没有看到整个口头传统其实已经作为"质料"($\H{υ}λη$)而被书写的技艺纳入了《伊利亚特》和《奥德赛》的全新形式。

　　关于荷马史诗诞生的时代背景,惠特曼深刻地评论道,"公元前 8 世纪的诗人从不成体系的大堆材料中演化出一个纪念碑式的统一体",这种精神冲动其实根源于城邦政治兴起的时代希腊人"为自己的生活设置理性秩序的原则和基础"。具体而言,《伊利亚特》的几何对称结构根源于希腊思维对于"对立统一"现象的敏感和热衷。② 我们不妨将惠特曼极具洞察力的思路再往前推进一步:《伊利亚特》作为整

_____

　　①　格里芬:《荷马史诗中的生与死》,刘淳译,北京大学出版社,2015 年,第 iii 页。

　　②　Whitman, *Homer and the Heroic Tradition*, pp. 77, 92, 250, 254—255.

体所展现的更为根本的对立统一，正是荷马的书面创作和他身后的口头传统之间的对立统一，是诗歌的形式和质料的对立统一。荷马史诗诞生 4 个世纪之后，古希腊思想的集大成者亚里士多德在形而上学的层面将形式和质料的对立统一树立为其哲学架构的主心骨。在某种意义上，形质论（hylo-morphism）是对于古希腊文明之"道"（思维方式和文化结构）的哲学提炼；而在我们看来，荷马史诗，作为古希腊文明精神的宪章性的本原经典，正是形质论在西方文学史上最初的"道成肉身"。①

---

① 　亚里士多德的形质论思想在很大程度上立足于他对于"制作"（*ποίησις*）的分析。值得注意的是，虽然亚氏在理论分析中多用工匠的例子，但是他自己的"制作科学"则主要包括《修辞学》和《诗学》。毕竟，希腊文 *ποίησις* 既可指宽泛意义上的"制作"，也可专指"诗作"。在古希腊思想看来，制作是人类从自然中创建文化的基本方式，而在某种深刻的意义上，诗作恰恰是最为根本的制作。

二、荷马道德与荷马社会

荷马道德

在他的代表作《功绩与责任：希腊价值观研究》①中，亚瑟·阿德金斯（Arthur W. H. Adkins）以强调现实功绩的"竞争性德性"（competitive virtue）与强调道德责任的"合作性德性"（co-operative virtue）之间的关系和张力为线索，系统研究了从荷马史诗到古典哲学的古希腊道德思想。阿德金斯认为，现代道德和古希腊道德之所以不相似，"原因在于荷马时代和后世希腊的社会组织与思维习惯的预设。柏拉图和亚里士多德从未挑战和分析这些为关键的价值话语所赞同的

---

① Arthur W. H. Adkins, *Merit and Responsibility*: *A Study in Greek Values*, Oxford: The Clarendon Press, 1960.

预设,对于他们来说,这些预设构成了伦理事实(data of eth-ics)的一部分……因此,为了尽可能确定柏拉图和亚里士多德为什么以他们的方式从事道德哲学,我们有必要研究更早期的情形、问题及其解决方案"。①

在阿德金斯看来,我们现代人"都是康德主义者",也就是说,我们都是从义务和责任出发来理解道德的,但是荷马社会的古希腊人不这样理解道德,"义务"这个概念甚至没有完全对应的古希腊词汇,而"道德责任"的观念也处在非常边缘的位置。阿德金斯提出,这是因为竞争性德性和合作性德性这两种不同的价值观在荷马道德体系中的比重极不平衡,前者占据绝对的主导地位。在荷马社会中,"好"(ἀγαθός)和"德性"(ἀρετή)指的主要是骁勇善战和足智多谋这样的竞争性德性,而非节制和正义这样的合作性德性;"好人"(ἀγαθοί)指的是具有这种品质的军事领袖阶层,而判断好与坏、德性与缺陷的主要标准是行动的实际成败和对此的大众意见:一方面,"成功是如此必要,以至于只有结果是有价值的,动机并不重要";另一方面,"荷马的英雄无法退回他对自己的看法,因为他的自我仅仅拥有他人赋予的价值"。② 阿德金斯进一步提出,这种以竞争而非合作为主导的道德取向根源于荷马社会的动荡不安。作为

---

① Adkins, *Merit and Responsibility*, pp. 1—9.
② 同上, pp. 35, 49。

这个社会中主要的道德主体,每个部族领袖都致力于保护他的家室、亲友和跟随者,而在众多部族领袖之间不存在公共的道德规范,在他们之上也不存在更高的政治权威。阿德金斯甚至提出,荷马社会并非一个严格意义上的社会,而更像是荷马在《奥德赛》中描述的野蛮的"独眼巨人家庭"的聚合。① 在这个接近自然状态的部族相争的世界中,"与竞争性卓越相比,更为安静的合作性卓越必然居于次要地位,因为当时难以看出群体的安全在任何可观的程度上取决于这样的卓越"。②

阿德金斯所谓产生于"更早期的情形、问题及其解决方案"并且规定着直到柏拉图和亚里士多德的道德哲学的根本预设,指的就是动荡不安的荷马社会所催生的高度竞争性的荷马道德。随着城邦文明的兴起和发展,古希腊社会越来越需要合作性德性,而古希腊道德思想从古风时代到古典时代的根本难题就是如何在荷马道德的传统框架内证成节制、正义、慷慨、明智等新社会所需的"更为安静的德性"。③ 基于详尽的历史和文学材料,阿德金斯试图论证,直到公元前5到4世纪,以雅典为代表的古希腊社会的主流道德观念和价值体系仍然是荷马式的。这一方面是因为价值观念的传统一旦形成就具有独立于历史现实的持存

---

① Adkins, *Merit and Responsibility*, pp. 53—54.
② 同上,p. 36。
③ 同上,p. 153 ff。

性,另一方面是因为,尽管城邦文明结束了部族纷争的黑暗时代,但是城邦和城邦之间仍然在很大程度上处于没有共同规范和更高权威的斗争状态。① 城邦政治塑造了"好公民"的观念,但是无论在公民大会上还是在法庭上,所谓好公民的标准都在于对城邦的贡献,而不在于正义的品质和言行,这在雅典民主制的政体中表现得尤为明显。② 同时,雅典的帝国主义对外政策也奉行城邦利益至上和强权即公理的原则,完全无视正义的要求。③ 进一步讲,雅典的民主化和帝国化造成了普及政治知识和统治技艺的巨大需求,这为智者提供了市场,而智者运动的兴起又反过来迎合并促进了雅典内政外交的非道德主义倾向。④ 总之,在公元前5到4世纪的雅典,"非道德主义者、政治家、普通雅典人认同相同的基本价值,他们的分歧仅仅在于在多大程度上不正义是比正义更有效的实现可欲目标的手段"。⑤ 在这样的历史潮流和社会风气面前,古风诗人、悲剧作家和历史学家对竞争性德性的批评和对合作性德性的提倡显得微不足道、举步维艰。⑥ 阿德金斯指出,自然和习俗之争就是在

---

① Cf. Adkins, *Merit and Responsibility*, pp. 157—158, cf. 348—351.

② Adkins, *Merit and Responsibility*, pp. 198—205.

③ 同上, pp. 220—226。

④ 同上, pp. 187—188, 223—228。

⑤ 同上, p. 235。

⑥ 同上, pp. 172—189。

上述背景中展开的，而智者的自然主义立场之所以占据优势，正是因为有荷马传统的支撑，智者道德只不过是对于荷马道德的更加赤裸的表达："脱下色拉叙马库斯的外衣，你会发现国王阿伽门农。"①

从荷马社会到城邦世界，以强弱和成败来判定善恶的价值取向随着宗教敬畏的衰微和理性主义的发展而变得越来越极端，最终暴露为伯罗奔尼撒战争的灾难。在这种情况下，以柏拉图和亚里士多德为代表的古典道德哲学应运而生，试图为合作性德性做出全面辩护。但是在阿德金斯看来，柏拉图和亚里士多德都接受了荷马道德的竞争性逻辑，因此，柏拉图从德性的视角出发论证了正义是灵魂的健康秩序，但是无法论证拥有最健康灵魂的哲学家何以具备政治正义，而亚里士多德虽然在德性论的框架中论证了政治正义的价值，最终却提出沉思德性高于政治德性。换句话说，柏拉图和亚里士多德并没有能够论证合作性德性针对竞争性德性的优先性，而是将竞争性德性的体系进行了道德化和理智化。阿德金斯指出，就价值结构而言，柏拉图和亚里士多德都是荷马的后代，因此，在他们的学说中，我们同样不可能发现真正意义上的道德责任观念。②

阿德金斯的《功绩与责任》出版之后引发了学界的热烈

---

① Adkins, *Merit and Responsibility*, p. 238.
② 同上，pp. 259—348。

回应,他对于古希腊道德的极端去道德化阐释也招致来自古典学界的尖锐批评。在给《功绩与责任》的长篇书评中①,A·A·朗(A. A. Long)详尽批评了阿德金斯对于荷马史诗的解读,他指出:首先,阿德金斯认为史诗中的荷马道德源自于现实中的荷马社会的需要,但实际上,无论是荷马道德还是荷马社会都是诗人荷马(或者整个古希腊史诗传统)的创造。尽管这一创造必然反映了某种历史现实,但是现有的证据不足以还原诗歌和现实之间的确切关系。因此,更加谨慎的做法是"主要通过诗歌的内在逻辑来阐释荷马的伦理学"。② 其次,阿德金斯对竞争性德性与合作性德性的区分太过简单化。即便承认荷马道德的基本逻辑是"成败论英雄",也应该看到,这两种德性都是不可或缺的,单个英雄胜过他人的欲望和战争双方内部团结的需要是同样强烈的。③反过来说,不仅诸如正义和节制这样的合作性德性在荷马史诗中的判断标准同样是实际结果和大众意见,而且满足这类

---

① 参阅 A. A. Long, "Morals and Values in Homer", *The Journal of Hellenic Studies* Vol. 90 (1970), pp. 121—139。阿德金斯的回应和自我辩护,见 Adkins, "Homeric Values and Homeric Society", *The Journal of Hellenic Studies* Vol. 91 (1971), pp. 1—14。

② Long, "Morals and Values in Homer", p. 122.

③ 朗以吕底亚领袖萨尔佩冬和格劳科斯对赫克托尔的责备为例,见 Long, "Morals and Values in Homer", pp. 124—125。在《伊利亚特》中,吕底亚是特洛伊同盟的代表,因此,萨尔佩冬和格劳科斯对赫克托尔的要求实际上概括了特洛伊同盟的合作规范。而在阿开奥斯人这边,我们可以认为,阿基琉斯和阿伽门农的争吵及其毁灭性后果恰恰从反面论证了内部团结的重要性。

德性的要求也是英雄们相互竞争的一个方面,因为"某些合作性德性为人的个人地位和处境所必需"。① 朗列举了许多文本来说明,在荷马史诗中,所谓的竞争性德性和合作性德性及其缺失所获得的赞誉和谴责是同样强烈的,这两种德性都是英雄获得和保持其荣誉的前提,而以荣誉为核心的道德意味着:"虽然维护自身的荣誉是根本性的,但是这既取决于有力的行动,也取决于对于他人荣誉的尊重。"②最后,阿德金斯的分析忽视了许多在荷马史诗中反复出现的用以进行道德评价的词汇,这些词汇的意义都围绕着某种适度或中道的标准,要求无论竞争还是合作的活动都要避免过度与不及。③

笔者认为,阿德金斯观察到了支配古希腊道德思想的一条重要线索,也抓住了西方古今道德思想的根本差异。然而,由于他对荷马史诗的解读不够全面和深入,导致他误将他所理解的竞争性德性框架当成了荷马道德的整体结构,而这一初始偏差进而造成了整本书系统性的以偏概全。此外,阿德金斯对古希腊道德的批判完全以康德主义为前见,这不仅容易造成批评的不公正,也导致他未能把握古希腊道德真正的内在张力和困难。朗对阿德金斯的批评代表

---

① Long, "Morals and Values in Homer", p. 125.

② 同上, pp. 129—135, 139; cf. Douglas L. Cairns, *Aidōs: The Psychology and Ethics of Honour and Shame in Ancient Greek Literature*, Clarendon Press, 1993, pp. 12—14。

③ 同上, p. 135 ff。

了古典学界对阿德金斯研究的典型回应,其书评的三个要点也准确反映了现代荷马研究的基本争论。然而,在对于荷马道德的解释方面(也就是上文概括的后两个要点),朗的批评大体上是调和性的,他通过反例的收集证明竞争性德性和合作性德性的相互渗透,这一点不仅在一定程度上也为阿德金斯所承认,而且实际上从反面印证了后者的分析框架,而未能提出能够与该框架相抗衡的新的结构性理解。相比之下,朗的第一个要点才是对于阿德金斯的真正有力的批评。阿德金斯的立论基础在于高度竞争性的荷马道德根源于动荡不安的荷马社会,但是如朗所言,荷马社会是一个极具争议的概念——荷马社会存在于何时何处?它在多大程度上反映了历史现实,又在多大程度上是诗歌的文学构建?阿德金斯认为荷马史诗所描述的社会在很大程度上反映了古希腊前城邦时代的历史现实,而朗则指出,这种看法没有足够坚实的文本证据和考古支持,因此,我们应该"主要通过诗歌的内在逻辑来阐释荷马的伦理学"。为了判断这两种观点孰优孰劣,从而厘定研究荷马道德的正确方法,我们需要对现代研究界关于荷马社会的探讨和争议进行梳理和评判。

荷马社会

关于荷马社会的现实历史基础,研究界大致存在三派观点:迈锡尼起源论、黑暗时代论、城邦时代论。① 迈锡尼起源论以马丁·尼尔森(Martin P. Nilsson)为代表,认为荷马史诗在很大程度上反映了青铜时代的迈锡尼文明。② 黑暗时代论以芬利(M. I. Finley)为代表,认为荷马社会的历史基础是迈锡尼文明崩塌之后、城邦文明兴起之前的黑暗时代。③ 城邦时代论以伊埃·莫里斯(Ian Morris)和威廉·萨尔(William Merritt Sale)为代表,认为荷马自己所在的城邦时代才是荷马社会所反映的历史现实。④ 此外,还有一种观点认为荷马社会并不对应于任何历史现实,而是混合了多个时代要素的文学构建。⑤ 我们会发现,后两种观点的深层主张其实是一致的:城邦时代论并不认为荷马社会是对于城邦时代的一幅"现实主义"描画,而是认为前者即便作为一种纯粹的文学构建(事实上,正因为它在很大程度上是一种文学构建),

---

① 国内外学界对于该问题的研究,参考晏绍祥:《荷马社会研究》,上海三联书店,2006 年,第23—49 页。

② Martin P. Nilsson, *Mycenaean Origin of Greek Mythology*, Norton, 1963.

③ M. I. Finley, *The World of Odysseus*, Viking Press, 1954. 我们引用的版本是:Finley, *The World of Odysseus*, New York Review of Books, 2002。

④ Ian Morris, "The Use and Abuse of Homer", *Classical Antiquity* Vol. 5, No. 1 (Apr., 1986), pp. 81—138; William Merritt Sale, "The Government of Troy: Politics in the Iliad", *Greek, Roman, and Byzantine Studies* 35 (1994), pp. 5—102.

⑤ Cf. Redfield, *Nature and Culture in the Iliad*, p. 75. 尽管雷德菲尔德也认为荷马史诗主要反映了黑暗时代的历史现实(Redfield, *Nature and Culture in the Iliad*, p. 99),但是他对荷马史诗的分析充分尊重并还原了诗歌的文学性。

它所反映的也是诗人作为构建者的观念和预设,从而反映了诗人自身的时代现实。换句话说,城邦时代论与前两种理论的实质区别,正是在于它更为彻底地将荷马史诗理解为文学作品,而非历史记载。

下面,让我们依次分析迈锡尼起源论、黑暗时代论、城邦时代论。

尼尔森立论的基础在于古希腊的英雄神话体系,他认为,这个早在迈锡尼时代就已经成型的体系是史诗创作的源泉①,而最早的史诗亦诞生于迈锡尼宫廷,皇室贵族聆听诗人用装点着神话的叙事唱诵当代的伟大人物和事迹。②迈锡尼文明崩塌之后,古希腊进入黑暗时代,尼尔森认为,这个物质贫瘠和社会解体的时代不具备史诗起源的条件,但是已有的史诗能够通过口头方式得到保存和传续,直到公元前 9 世纪之后,古希腊文明开始复苏并逐渐进入城邦时代,而史诗也在荷马对于古老材料的全新挑选和编排中达到完善。③ 作为对于荷马史诗所包含的最古老因素的历史追溯,尼尔森的迈锡尼起源论是大致可靠的,然而,他的许多论断都没有足够重视史诗创作与历史书写的差异,这导致他高估了材料之起源对于史诗创作的实际意义。例如,他认为《伊利亚特》对富饶强大的迈锡尼的描述不可能

---

① Nilsson, *Mycenaean Origin of Greek Mythology*, pp. 5—6, 9—10.
② 同上, pp. 16—17。
③ 同上, pp. 22—23。

出自公元前 7 世纪,理由是那时候的迈锡尼已经衰落成了
一个破败的小镇。[1] 再如,他认为以宙斯为至高君主的奥林
匹亚神话体系不可能诞生于公元前 8 世纪的爱奥尼亚城邦,
因为"缺乏政治统一和中央政府的爱奥尼亚人绝对没有能力
设想这样一种观念,即所有的神集中在一个至高神的君主制
统治之下"。[2] 尼尔森的这些"论证"完全忽视了史诗的文学
性,忽视了追忆往昔辉煌或者想象与现实对立之物正是文学
创作的通则。事实上,尼尔森的根本预设是:既然史诗的人
性根据是"历史中的英雄"(迈锡尼时代的君王和贵族)对于
不朽声名的渴望,那么它就必定起源于诗人对于当时的现实
人物事迹的歌颂。[3] 无论尼尔森关于史诗的人性根据的上
述判断是否准确,至少荷马史诗的意旨绝非满足任何现实中
的个人或群体对于不朽声名的欲望,而是通过讲述故事中的
英雄争夺不朽声名的具体方式和悲剧性命运,来展现这种欲
望所缔造的世界的光辉和局限、高贵与危险,正是这种复杂

---

[1]　Nilsson, *Mycenaean Origin of Greek Mythology*, p. 13.

[2]　同上, pp. 232, 238—251。

[3]　同上, p. 17。尼尔森同时指出,在辉煌的时代结束之后,史
诗在主题方面将进入停滞状态,并随着诗歌传统的成型而逐渐固着
于有限的特定主题,而新的辉煌时代仍将延续传统主题来缔造属于
自身的史诗。例如,古希腊史诗传统所选择的主题库最终固定为忒
拜战争和特洛伊战争,这些主题被公元前 8 世纪的荷马以及公元前 5
到 4 世纪的悲剧作家所继承。这样看来,尼尔森应该会同意柯克所
说的,"对荣耀行迹(这些行迹现在只留存于过去)的诗歌详述通常
是在(英雄时代)之后的衰落时期才达到高潮"(Kirk, *Homer and the
Epic*, p. 2)。

深厚的人性洞察为形成中的城邦世界提供了泛希腊的文明遗产。为了实现这一目的,荷马史诗所包含的任何材料都既可能是口头传统保留的历史事实,也可能是诗人对过往传说的记忆、想象和投射。

抛开我们对这些具体的预设和论述的质疑不谈,尼尔森的迈锡尼起源论即便成立也对于我们理解荷马社会与荷马道德的结构与性质帮助不大。尼尔森自己也承认,相比于荷马史诗所反映的"文明和社会生活的要素",他的迈锡尼起源论更适用于神话体系,因为前者极易受史诗创作时代的影响,难以忠实记录远古的社会、政治、道德风貌。[①]我们完全同意尼尔森的判断:就实质的政治道德观念而言,荷马史诗反映的更多是创作时代而非材料起源时代的历史现实。问题在于,哪个时代才是荷马史诗的创作时代? 上世纪 60 年代以来,美国学者帕里和洛德对史诗口头创作方式的开创性研究,决定性地证明了迈锡尼文明崩溃之后的黑暗时代是口头诗歌传统的成型时期。从这一点出发,许多研究者将荷马史诗的创作时代定位于黑暗时代,并据此认为,荷马社会与荷马道德反映了黑暗时代的社会和道德。这一派学者中最具代表性的是芬利(以及深受他影响的阿德金斯)。

芬利是迈锡尼起源论的激烈批评者。在"荷马和迈锡

---

① Nilsson, *Mycenaean Origin of Greek Mythology*, p. 24.

尼:财产与封地"①一文中,芬利详尽比较了线形文字 B 所记载的迈锡尼经济政治制度与荷马史诗对相关方面的叙述,他指出,首先,迈锡尼宫廷的行政文书在荷马史诗中完全缺席;其次,荷马史诗没有提及迈锡尼文明崩溃之后发生的各种人口迁徙,相反,荷马社会在部族联盟和财产权制度方面已经趋向稳定,其内部冲突发生在基本的秩序框架之内;再次,没有任何证据表明线形文字 B 所记载的迈锡尼封建土地保有制度(feudal tenure)和公共财产制度存在于荷马社会;最后,线形文字 B 和荷马史诗采用的政治阶层术语相差甚远。芬利认为,上述各点都证明"荷马世界完全是非迈锡尼的"。②在他的名著《奥德修斯的世界》(*The World of Odysseus*)中,芬利更加充分地列举了荷马社会与迈锡尼社会的具体差异,例如,荷马英雄使用的兵器不同于迈锡尼战士使用的兵器;荷马社会充满了迈锡尼时代不存在的诸神神庙;荷马社会实行火葬,迈锡尼社会实行土葬;荷马不知道战车的实际作战方式,等等。总之,"荷马大体上知道迈锡尼文明在哪些地点繁荣……这基本上就是他对迈锡尼时代的全部认知"。③ 另一

---

① Finley, "Homer and Mycenae: Property and Tenure", *Historia: Zeitschrift für Alte Geschichte* Bd. 6, H. 2 (Apr., 1957), pp. 133—159.

② 同上, p. 159。

③ Finley, *The World of Odysseus*, p. 39. 这句话是针对尼尔森的,后者在《希腊神话的迈锡尼起源》中运用的主要论证方法是比较迈锡尼时代各政治中心的考古学成果和荷马史诗对于这些城市和地区的叙述,从二者的匹配推论出荷马史诗忠实反映了迈锡尼文明的历史现实(Nilsson, *Mycenaean Origin of Greek Mythology*, pp. 27—31)。

在《奥德修斯的世界》中,芬利这样描述荷马社会:"居于主体地位的是家室,也就是拥有奴隶与平民家仆、贵族扈从以及血缘和主客盟友的大型贵族家庭……更高的强制权力在很大程度上是缺席的,只具备初级的共同体原则",这导致家室之间存在"持续不断的张力,而这是英雄式存在(heroic existence)的印记"。① 在这样的社会中,"没有社会良知,没有摩西十诫的踪影,没有家室责任之外的责任,没有对任何人或任何事的义务,只有自己的勇武,以及对胜利和力量的渴望"。② 每个英雄都要独自捍卫他和他的家室,而所有英雄都追求胜过其他英雄的荣誉。由于"荣誉在本质上就是排他性的,或者至少是等级性的……因此,奥德修斯的世界必然是激烈的竞争性的"。③ 很明显,芬利对于荷马道德的阐述已经非常接近阿德金斯的观点了。

不过,虽然芬利的历史研究直接影响了阿德金斯,但是二者对荷马社会和荷马道德的理解还是存在微妙却重要的差异:首先,尽管芬利主张自主的(autonomous)家室在荷马社会中居于主体地位,但是他也承认荷马社会已经开始出现更高的共同体规范,这些规范至少在和平状态中是运作良好的。相比之下,阿德金斯将家室的自主权力和冲突状态推至极端,只承认最低程度的、毫无约束力的共同体规范。④ 其

---

① Finley, *The World of Odysseus*, p. 106.
② 同上, pp. 20—21。
③ 同上, p. 120。
④ 同上, pp. 75—77, 106。

次,芬利认为英雄捍卫和追逐的是荣誉,而阿德金斯则认为英雄的首要关切是家室的安全与生存。① 细究起来,上述差异其实反映了阿德金斯对芬利思路的推进。荷马生活和创作的时代见证了城邦的兴起,而芬利认为,荷马史诗中凡是提及超越家室的共同体原则之处,都是公元前 8 世纪的城邦政治观念不经意间"篡入"史诗的后果,例如,他提出赫克托尔为城邦献身的"这种社会义务观念从根本上讲是非英雄的,它反映了新的元素,也就是(城邦)共同体"。② 这样看来,如果剥离掉所有篡入史诗的城邦政治观念,那么剩下的就将是阿德金斯描述的"独眼巨人式"的荷马社会。进一步讲,荷马对荣誉的强调同样可以被理解为是诗歌对现实的美化,这种美化也是城邦时代的道德风貌篡入史诗的后果,一旦撕掉这层公元前 8 世纪的面纱,剩下的就将是阿德金斯描述的你死我活、弱肉强食的黑暗时代的"道德"。

至此,我们已经不难发现黑暗时代论的严重问题。以赫克托尔为例。赫克托尔的性格和命运是《伊利亚特》在情节上的一条主线,而赫克托尔的悲剧所展现的正是生命与荣誉、城邦与个人之间的复杂张力。芬利认为赫克托尔为城邦献身的观念是非英雄的,而阿德金斯则完全无视赫克托尔在城邦的存活与个人的荣誉之间选择了后者,二者的观点看似

① Finley, *The World of Odysseus*, pp. 115—122.
② 同上, pp. 118。

相反,实则同出于对赫克托尔悲剧的误解,以及对荷马史诗的整体创作意图的更加根本的误解。一旦剥离掉忠于城邦的共同体原则,荷马道德就只剩下了对个人荣誉的追求;如果再剥离掉荣誉的面纱,荷马道德就蜕变为成败至上的非道德。这种层层剥离的研究方法之所以无视自身对史诗文本的严重偏离,因为它的目标本来就是还原研究者心目中不混杂后世因素的纯粹的荷马社会与荷马道德。我们已经指出,这种还原的根据在于对史诗创作时代的先行界定,而这种界定的理论前提是帕里和洛德的口头创作论,正是这一理论揭示了荷马史诗背后的整个诗歌传统如何在黑暗时代漫长的口传积累中逐渐成型。

我们已经在上一章对帕里和洛德的口传理论进行了全面的批评,这里只需指出,荷马史诗的创作方式完全符合古希腊人对于"制作"($ποίησις$)的基本理解:制作是将形式赋予质料从而造出产品或作品的过程。[1] 从这个视角出发,帕里和洛德对程式化语言和固定主题的全部研究其实都局限在质料的层面,而根本没有触及荷马史诗的形式,也就是整体情节的安排、人物性格的塑造、对政治结构和道德体系的呈现与反思、对英雄存在的本质与意义的悲剧性理解,等等。[2] 既然诗人荷马的真正功绩是对于史诗形式的全新创

---

[1] 希腊语 $ποίησις$ 的宽泛意义是"制作",特指"诗作、诗歌"。

[2] Cf. Redfield, *Nature and Culture in the Iliad*, p. 58.

造,而非对于史诗质料的忠实继承,那么荷马史诗的创作时代就毫无疑问地应该是荷马自己所在的时代,而荷马社会和荷马道德在实质观念和精神内涵方面所反映的也就应该是这个时代的历史现实,是诗人对公元前 8 世纪的城邦世界的表现与反思。这样看来,被芬利排除的"篡入"和被阿德金斯揭开的"面纱"不仅是荷马史诗的重要构成部分,而且完全有可能是最重要的部分。他们所还原的社会道德图景或许忠实反映了黑暗时代的状况,但是远远不能反映荷马社会与荷马道德的全景。

"黑暗时代论"曾经一度成为研究界关于荷马社会问题的定论。近年来,对"黑暗时代论"的批评越来越多,"城邦时代论"逐渐占据上风,我们这里选择莫里斯和萨尔为代表,对这一派的观点进行概述。

在莫里斯的长文"对荷马的使用与误用"("The Use and Abuse of Homer")中,他同样从口头创作论出发,指出口传诗歌的即兴创作方式决定了史诗作品具有很强的变动性和当下性:"有可能的是,《伊利亚特》和《奥德赛》是不断变化的诗歌,直到在某一个时刻它们被书写固定下来",因此,"荷马社会的制度与结构必然源自于诗歌以流传至今的形式被书写下来的时期",也就是公元前 8 世纪下半页。① 针对芬利所列举的各种据称存在于公元前 8 世纪但是在荷马史诗

---

① Morris,"The Use and Abuse of Homer",pp. 85, 91.

中缺席的事物,莫里斯逐个进行了分析,有力地论证了这些
事物要么也存在于荷马史诗之中,要么并不一定只存在于公
元前 8 世纪之后;而且,从原则上讲,任何事物在诗歌中的缺
席都可能是荷马为了保持艺术与现实的"史诗距离"(epic
distance)而刻意所为的:"诗歌的某些表层特征是刻意古风
化和奇幻化的,目的在于让听众意识到故事并不属于他们的
世界,但是这并不妨碍史诗关于社会结构和人性的深层预设
(取自听众的世界)。"①

　　相比之下,芬利关于荷马史诗中"不存在政治意义上的
城邦"的断言是更难处理的问题。莫里斯指出,《奥德赛》所
描述的伊萨卡公民大会不仅具有相当实质的权力,而且对公
共事务和私人事务进行了明确的区分,这是城邦时代才有的
观念。而在《伊利亚特》中,阿开奥斯人在议事时形成的阿
伽门农王、长老议会、战士大会的三层结构也反映了城邦的
政治结构,其具体的决策方式甚至非常接近普罗塔克对于斯
巴达政体的描述。② 事实上,芬利并非没有注意到这些因
素,但是他坚持认为"真正的"荷马社会是一个以家室为主
体的私权社会,将所有高于家室的权力、原则和仲裁方式都
归于诗人篡入的历史错乱(anachronism)。③ 我们已经揭示

---

　　① Morris, "The Use and Abuse of Homer", pp. 97—100; cf. Redfield, *Nature and Culture in the Iliad*, pp. 35—39.

　　② 同上, pp. 100—102; cf. Sale, "The Government of Troy", pp. 43—45。

　　③ Cf. Finley, *The World of Odysseus*, p. 75 ff.

了这种还原思路的预设和带来的问题。只要承认荷马史诗的最终创作时代是公元前 8 世纪,我们就没有任何理由认为诗歌中的荷马社会是诗人对黑暗时代的不完全成功的再现;恰恰相反,荷马通过讲述一系列据称发生于迈锡尼文明晚期的英雄故事,实际上折射出他对于正在冉冉升起的城邦世界的理解和审视。

莫里斯的分析集中于《伊利亚特》和《奥德赛》中的阿开奥斯人,认为荷马对阿开奥斯政治的刻画反映了公元前 8 世纪而非黑暗时代的政治观念。然而,他没有分析荷马史诗中最接近城邦的政治共同体——特洛伊城。事实上,芬利、阿德金斯、莫里斯都在不同程度上忽视了特洛伊,这或许是因为他们试图理解的是古希腊而非特洛伊的政治和道德。然而,正如荷马对赫克托尔的刻画揭示了古希腊道德的内在张力,荷马对特洛伊城的描述也反映了古希腊城邦的自我理解,而并非对于一座远古小亚细亚城邦的想象。① 在"特洛伊的政府:《伊利亚特》中的政治"一文中,萨尔令人信服地论证了这一点,为莫里斯的城邦时代论提供了重要的补充。萨尔的文章从一些看似细微但是极其重要的文本现象出发:首先,荷马史诗缺乏称呼特洛伊人的常用程式,而仅有的几个并不常用的程式都带着强烈的贬义

---

① 事实上,普里阿摩斯的群婚制是特洛伊唯一的东方特征,但是他的儿子们都实行一夫一妻制。

色彩,这些程式从未出现在荷马的旁白叙述中,只出现在敌对方角色对特洛伊人的评价中。萨尔认为,这些残留的贬义程式是前荷马诗歌传统对特洛伊人的称谓,但是"荷马避开了它们,因为他希望他的听众对特洛伊人心生同情……史诗的深度在很大程度上得益于它让我们为特洛伊人的悲剧感到怜悯"。与上述现象相配合的是,荷马史诗也缺乏表达特洛伊城内部场景的方位用语程式。萨尔认为,这意味着前荷马诗歌传统很少讲述特洛伊人的城内生活,而包括《伊利亚特》第6卷在内的许多对于特洛伊城内情景的描写都是荷马的原创,原因同样是"他希望我们同情特洛伊,因而经常带我们进入城内"。① 关于特洛伊的第三个文本现象是大量诸如"普里阿摩斯的城邦"这样的程式语言的存在,萨尔认为,这说明诗歌传统中的特洛伊应该是一个由普里阿摩斯掌握至高统治权的君主制城邦,但是根据他对《伊利亚特》中特洛伊的政治制度的分析,荷马的特洛伊是一个贵族制或寡头制城邦,掌握实权的并非普里阿摩斯,而是长老议会,这使得特洛伊更加接近荷马的听众所熟悉的公元前8世纪的希腊城邦。② 萨尔文章的主要目标就是证明,特洛伊人之所以未能归还海伦从而避免战争和毁灭,就是因为帕里斯贿赂了部分实际掌权的长老支持他占有海

---

① Sale, "The Government of Troy", pp. 5—9.
② 同上, pp. 9—12, 90—94。

伦,导致以普里阿摩斯和赫克托尔为代表的主和派无能为力,而这就是特洛伊城的悲剧根源。①

我们把莫里斯和萨尔视作"城邦时代论"的代表,认为他们的观点相互补充,这一点在何种意义上成立,需要单独加以说明。萨尔虽然认为《伊利亚特》中的特洛伊反映了公元前 8 世纪的城邦,但是他同时认为,这部史诗中的阿开奥斯人其实是荷马对于迈锡尼时代的英雄民族的理想化再现:"他们的文化来自于英雄的过去……我们可以合理地怀疑,荷马的听众里有多少人会觉得阿基琉斯在第 9 卷中对于英雄伦理的反省是他们熟悉的,事实上,第 20 和 21 卷中的阿基琉斯完全超越了人性。"②萨尔在文章的开头这样批评莫里斯:"并非所有的口头诗歌都必然描述当代制度,荷马能够描述他有理由知道的任何社会,从青铜时代的迈锡尼到(公元前)8 世纪,甚至包括高度虚构的社会,比如《奥德赛》中的独眼巨人的'社会'。"③然而,萨尔显然误解了莫里斯的观点,后者并不认为荷马只能描述公元前 8 世纪的社会,而是认为无论荷马试图描述哪一个时代的何种现实或虚构的社会,他所持有的用于刻画和剖析该社会的政治和人性预设都反映了他所在时代的现实与观念。荷马对于独眼巨人社会的描述完全符合这一原则,他借奥德修斯之

①　Sale, "The Government of Troy", pp. 62—80.
②　同上, p. 100。
③　同上, p. 17。

口说独眼巨人社会的根本特征是"没有议事的集会（ἀγοραί），也没有法律（θέμιστες）"①，也就是说，荷马用以凸显独眼巨人之野蛮的方式是，指出他缺乏城邦政治标志性的机构与制度。在这个意义上，即便《伊利亚特》中的阿开奥斯人的确以荷马想象中的迈锡尼民族为原型，这也并不足以反驳莫里斯的立场，反而证明了对于远古英雄民族的理想化再现，以及由此带来的一种超越城邦道德的更加自然的精神视野，本来就是荷马史诗所展现的公元前8世纪的古希腊文化的内在组成部分。如果说这种更高的视野对于荷马的大多数听众来说显得陌生，这只是因为并非所有古希腊人都对他自身所在时代的所有文化层次都感到熟悉，而不是因为大多数人不熟悉迈锡尼英雄民族的远古历史。萨尔在文章的末尾谈到，公元前8世纪的城邦之创造释放出巨大的理智力量，使得古希腊人的心灵能够明确认识到城邦出现前后的差异，而"荷马是第一个或者第一代有能力领会这种差异的诗人"。② 根据萨尔的分析，荷马将他洞察到的历史性差异表达为先于城邦文明的阿开奥斯人和承载城邦文明的特洛伊人之间的一场浩大战争。既然萨

---

① 《奥德赛》，9.112。荷马史诗的中文翻译参考［古希腊］荷马：《荷马史诗·伊利亚特》、《荷马史诗·奥德赛》，罗念生、王焕生译，人民文学出版社，2015年。若无特别说明，笔者仅对个别人名、神名、地名的译文进行了调整；若有特别调整处，会在注释中提供解释。

② Sale, "The Government of Troy", p. 102.

尔认为这种洞察和表达根植于城邦文明诞生所带来的理智力量,那么他的深层立场就与莫里斯并无二致,也就是说,这两位学者都认为荷马史诗对于政治、道德、人性的实质理解立足于公元前 8 世纪的城邦文化。

在很大程度上,"城邦时代论"与"迈锡尼起源论"和"黑暗时代论"的差异并非历史研究内部的观点差异,而是文学批评与历史研究的视角差异。尽管莫里斯和萨尔的研究方法都并非单纯的文学批评,但是他们的思路已经趋近于将荷马史诗视作文学作品而非历史资料。以芬利为代表的历史研究对于我们理解荷马史诗的黑暗时代背景来说是不可或缺的,正如帕里和洛德的口头创作论是理解荷马史诗的口传基础的前提。然而,如果说在黑暗时代积累成型的口头传统构成了荷马史诗的历史渊源,那么公元前 8 世纪的诗人荷马才是为这一传统注入全新生命的文学创作者。正是从这一点出发,我们同意朗的主张——我们应该"主要通过诗歌的内在逻辑来阐释荷马的伦理学"。具体而言,对于荷马社会与荷马道德的研究虽然有必要借鉴历史研究的成果,但是主要的研究方法应该是文学批评。这意味着我们需要真正进入史诗创造的世界;无论这个世界在多大程度上基于历史现实,又在多大程度上源自诗人的虚构,我们都必须基于对情节与人物的分析来尽可能全面和融贯地把握这个世界的结构与纵深,从而阐述它所蕴含的人性理解和文化理念。毕竟,我们关注的并不是荷马史诗所描述的任何人物,也不是社会的道德思想及其现实的历史对应,而是诗人荷马的道德思想;真正对于后世,对于索福克勒斯、修昔底德、柏拉图、亚里士多德,乃至于尼采和荷尔德林产生深远影响的,也并非阿伽门农、赫克托尔、阿基琉斯或奥德修斯的道德,而是荷马的道德。

回到荷马道德

在上述关于荷马社会的现代研究概述的基础上,我们回到研究界关于荷马道德的争论。在"对荷马的使用与误用"一文的末尾,莫里斯评述了阿德金斯和朗的分歧,认为二者都只看到了荷马史诗的一面。阿德金斯将荷马史诗视作研究黑暗时代道德的"社会历史学的直接来源",这导致他将荷马社会的竞争性面向推至极端,以至于几乎将英雄的世界等同于霍布斯意义上的自然状态;而朗则针锋相对地指出,荷马社会其实具备一整套提倡适度与中道的行为规范与合作性的共同体原则。① 莫里斯认为,虽然朗的观察揭示了荷马用以构建其英雄社会的公元前 8 世纪的政治现实,但是阿德金斯的解读确实反映了荷马呈现其英雄社会的主观倾向,只不过诗人的意图并非展现英雄之间的残酷斗争和丛林法则,而是为城邦兴起之初的贵族统治提供合法化的意识形态。② 然而,荷

---

　① 　Morris, "The Use and Abuse of Homer", pp. 118—119.

　② 　同上, pp. 123—126。

马史诗不仅展现了英雄的高贵血统、勇武的德性和统治权威,也展现了英雄的性格缺陷与错误选择给自己和共同体带来的灾难,例如阿伽门农和阿基琉斯的争吵导致阿开奥斯人一度惨败、赫克托尔为了个人荣誉而牺牲了特洛伊的未来。W·尼可莱(W. Nicolai)据此提出,《伊利亚特》的意识形态倾向毋宁说是"站在城邦机构,特别是公民大会的立场上批判个人领袖"。① 笔者认为,莫里斯和尼可莱的意识形态解读不仅视野太过狭窄,而且其理论前提仍然是对于史诗的文学因素(即诗人的意图)和历史因素(即渗入诗歌的时代现实)的人为区分,从根本上讲,这种区分与芬利对于荷马社会的真实要素和篡入要素的区分一样,是未能充分接受史诗之文学性的后果。不同于尼可莱的民主意识形态论和莫里斯的贵族意识形态论,芬利从《奥德赛》出发提出了某种君主制意识形态论,他认为荷马"明显偏向于君主统治,他对于费阿刻斯皇室统治的理想化处理就是明证"。② 本章不打算讨论荷马的政治立场问题,但是以上三位学者的分歧已将此类讨论的主观任意性暴露无遗。回到荷马道德:我们同意莫里斯,认为阿德金斯和朗各自看到了荷马道德的两个不同侧面,但我们不同意意识形态论的解释,而是认为,阿德金斯和朗所看到的两个侧面共同构成了英雄道德的张力机体,任何

---

① Morris, "The Use and Abuse of Homer", p. 124; W. Nicolai, "Rezeptionssteurung in der Ilias", *Philologus* 127 (1983), pp. 1—12.

② Finley, *The World of Odysseus*, p. 107.

一种认定其中一面为荷马的立场、另一面为历史的无意识渗入的观点都是主观任意的。从史诗的全局来看,应该说诗人荷马的意图恰恰是要全面地挖掘、展现和审视英雄道德的结构性张力。

那么,何谓英雄道德的结构性张力? 在《伊利亚特》中,阿德金斯强调的竞争性德性与朗强调的合作性德性大致对应于阿开奥斯人(以阿基琉斯为代表)与特洛伊人(以赫克托尔为代表)不同的道德风气,只不过,我们不同意萨尔将二者的区分进一步解释为迈锡尼时代和城邦时代的历史性差异,而是认为这是英雄道德内部不同层次之间的结构性差异,其对应的历史现实是公元前 8 世纪城邦文化的复杂整体。《伊利亚特》中的阿开奥斯人是一个好战的民族,正如奥德修斯所言:"宙斯注定我们从青壮至苍老都要在艰苦的战争中度过,直到一个个都倒下。"[①]萨尔指出,来到特洛伊的阿开奥斯人都是职业战士,他们即便在和平时期也不从事非军事活动。相比之下,几乎所有的特洛伊士兵都是业余的,他们在和平时期的职业是木匠、船匠、商人、猎人、牧人,等等。由此可见,战争对于阿开奥斯人来说似乎是生活的常态,而对于特洛伊人来说则是迫不得已。[②]　不过,赫克托尔

---

　　①　《伊利亚特》,14. 86—87。

　　②　Sale, "The Government of Troy", pp. 80—85. 萨尔观察到,阿开奥斯军队在作战时往往安静有序、纪律严明,而特洛伊军队则总是显得聒噪无序、毫无纪律(Sale, "The Government of Troy", pp. (转下页注)

和阿基琉斯都是这方面的例外:赫克托尔是特洛伊人中唯一
的职业战士,但是他并不好战,反而是和平的家庭和政治生
活的守护者;阿基琉斯是最强大的阿开奥斯战士,但正是他
对战争的意义进行了最深刻的反思。在战场上,阿开奥斯战
士的主要动力是对于荣誉的追求,而特洛伊战士的主要动力
是获得物质奖赏。① 在这方面,赫克托尔和阿基琉斯又是例
外:荣誉和羞耻之别是赫克托尔全部行为的出发点,他也为
此付出了生命的代价;阿基琉斯虽然也为了荣誉前来参战,
并因为荣誉受损而愤怒退出,从而开启了《伊利亚特》的中
心剧情,但是他最终看穿了荣誉的虚幻,接受了命运的安排。
上述比较揭示出,赫克托尔在道德上高于其他特洛伊人,而
阿基琉斯则在更加深刻的意义上高于包括赫克托尔在内的

─────────

（接上页注）82—84）。对此,莱辛评论道:"荷马写特洛伊人上战场总
是狂呼狂叫,希腊人上战场却是鸦封雀静的。评论家们说得很对,诗人
的用意是要把特洛伊人写成野蛮人,把希腊人写成文明人。"（莱辛:
《拉奥孔》,朱光潜译,人民文学出版社,1984 年,第 9 页,译文有调整;
另见 Seth Benardete, *Achilles and Hector*: *The Homeric Hero*, St. Augustine's
Press, 2005, pp. 18—28。）笔者认为莱辛的这一观点不够全面。正如萨
尔指出的,在战斗方面,"特洛伊人是业余的,而阿开奥斯人是职业的"
（Sale, "The Government of Troy", p. 83）。从职业军队更守纪律这一点
无法推论出拥有职业战士的民族更加文明,我们也可以说习惯于和平
而非征战的民族是更加文明的。更重要的是,莱辛犯了将阿开奥斯与
特洛伊的对立理解为希腊与非希腊之对立的典型错误。事实上,阿开
奥斯与特洛伊代表着荷马理解的古希腊城邦文明的不同侧面。

　　① 比较《伊利亚特》,10. 211—217 和 10. 303—307;另见 Sale, "The
Government of Troy", pp. 62—80。萨尔认为,阿开奥斯人发动战争的原因
是海伦被拐走的耻辱,而特洛伊未能交还海伦的原因则是帕里斯对于
部分长老的贿赂。从这一点亦能看出双方在价值观方面的差异。

其他英雄,在二者的悲剧命运中,他们触及甚至突破了各自代表的道德观念和价值体系的上限。

我们对于阿开奥斯人和特洛伊人、阿基琉斯与赫克托尔的结构性对比在一定程度上延续和发展了阿德金斯的二分框架。然而,该框架还存在一个重要的缺漏,致使它无法把握英雄道德的深层结构和整体面貌。不难发现,阿德金斯的研究视角完全局限于人类世界,忽视了在史诗中具有重要意义的人与神的关系。[①]

休·洛伊德-琼斯(Hugh Lloyd-Jones)在《宙斯的正义》(*The Justice of Zeus*)一书中正是从这一点出发对阿德金斯提出了全面批评。[②] 洛伊德-琼斯也认为古希腊道德包含着一条从荷马到欧里庇得斯一以贯之的思想线索,但是指出这一线索远非竞争性德性与合作性德性的二分框架所能概括。在他看来,古希腊道德的核心观念其实是一种独特的正义($\delta\iota\kappa\eta$)观,这种正义不仅体现为人与人的道德规范,还更为根本地体现为人与神的宇宙论秩序;从两部荷马史诗的整体情节到赫西俄德关于人类起源的神话,从古风诗歌到德尔菲神谕,从希罗多德和修昔底德的历史到埃斯库罗斯、索福克勒斯、欧里庇得斯的悲剧,所有这些前柏拉图

---

①　这种忽视的根源在于阿德金斯将荷马史诗视作准历史文献的研究路径,诸神的世界和人神关系由于显然是诗人的文学虚构而被排除在对于荷马道德的历史重构之外。

②　Hugh Lloyd-Jones, *The Justice of Zeus*, University of California Press, 1983.

的古希腊作品都以不同的方式、从不同的角度、带着不同的侧重印证了古希腊正义观念的两个基本层面,而所有这些作家都在不同程度上承认宙斯是正义的捍卫者。

洛伊德-琼斯的著作为研究界关于荷马道德的争论提供了重要的补充,特别是深化了我们对于英雄的理解。英雄的存在本身就是人性与神性交织的结果,这不仅体现为英雄的血统,还体现为英雄作为必死之人对于不朽声名的追求。而在某些英雄身上,人性内在包含的神性进一步体现为英雄对于自身处境和周遭世界的反思和超越,甚至体现为英雄对于自身所承载的价值体系的内在矛盾与终极界限的审视和洞察,在这方面,阿基琉斯无疑是最为突出的案例,而他也正是在这个意义上才成为《伊利亚特》中最具神性的英雄。①

另一方面,英雄争取不朽声名的方式毕竟是战斗、破坏和杀戮,这又不可避免地导致英雄暴露出人性内在包含的兽性。根据詹姆斯·雷德菲尔德(James Redfield)对于《伊利亚特》中形容战斗场面的比喻的分析,英雄在其最英勇的时刻往往被比作野兽②,而战斗双方(根据胜负关系)往往被比作捕食者和猎物③:"在战斗中,每一个战士都既试图成为捕食

---

① Cf. James A. Arieti, "Achilles' Guilt", *The Classical Journal*, Vol. 80, No. 3 (Feb. -Mar. , 1985), pp. 193—203; "Achilles' Alienation in 'Iliad 9'", *The Classical Journal*, Vol. 82, No. 1 (Oct. -Nov. , 1986), pp. 1—27.

② 例如《伊利亚特》,20.164—173。

③ 例如《伊利亚特》,11.113—121,17.755—759,21.22—26。

者,同时又冒着沦为猎物的风险。"①事实上,在其最为好战和噬血的时刻,英雄常常被称作"食生肉者",他战胜和杀戮对手的渴望被类比于某种极其可怕的"吃人肉"或"同类相食"(cannibalism)的冲动。阿基琉斯和他的部下就被称作"食生肉者",而阿基琉斯在杀死赫克托尔之前对后者说:"凭你的作为在我的心中激起的怒火,恨不得把你活活剁碎,一块块吞下肚。"②阿基琉斯既能够在透露其深邃反思和敏锐洞察力的言辞中展现出异于常人的神性,也能够在狂热而野蛮的战斗行动中展现出异于常人的兽性。在我们看来,这并非阿基琉斯形象的自相矛盾,毋宁说神性和兽性的共存恰恰揭示出阿基琉斯在《伊利亚特》中的结构性位置,他具备从上下两个方向突破人性之界限的潜能,因此,在这种潜能被命运推至实现的时刻,阿基琉斯展开了凝聚人性之最高理想和最深困境的英雄道德所居其中的更加广阔的自然秩序,从而更加清晰地揭示出人在宇宙中的位置。

亚里士多德在《政治学》中说,就自然而言,一个"非城邦"(ἄπολις)的存在要么是高于人的神,要么是低于人的野兽。③ 阿基琉斯同时是二者,在这个意义上,他是定位人性的坐标。从荷马道德的结构(特洛伊人-阿开奥斯人;赫克托尔-阿基琉斯;人性-神性/兽性)反观亚里士多德对于人类政

---

① Redfield, *Nature and Culture in the Iliad*, pp. 191—192.
② 《伊利亚特》,16. 155—166,22. 345—354,24. 207—208。
③ 亚里士多德:《政治学》,1253a3—4,a27—29。

治本性的理解（城邦–神性/兽性），我们不难发现，贯穿古希腊道德的一条重要线索是人性（human nature）与人性自身包含的、时而高于时而低于自身的自然（nature）之间的复杂关系。出于其本性，人为自身构建出一个文化和政治的生活世界，在从荷马到亚里士多德的古希腊思想家看来，这个世界就是城邦；城邦一方面立足于人性的自然基础，另一方面又受到同样内在于人性的种种自然倾向的威胁，必须在这些危险面前不断重建自身。在某种意义上，城邦文明的所有成就和困境都源自于缔造这种文明的人性内部的不同自然维度之间的斗争，而城邦文明所取得的伟大高度就在于，她对于这种深藏于自身根基处的斗争有着明确的认识，并对此进行孜孜不倦的挖掘和审视。古希腊思想在其成熟的古典时代将这种斗争概括为自然（φύσις）与习俗（νόμος）的对立，而在笔者看来，这种概括的精神根源正是荷马史诗所展现的英雄道德之结构。要理解这一结构，从而理解古希腊道德思想的整体脉络和深层张力，我们仍然需要回到作为诗歌的荷马史诗，回到特洛伊战争的英雄悲剧。

三、荷马史诗与"口头诗学"

帕里理论与口头诗学

在第一章,我们已经对帕里的程式系统理论进行了概述。① 帕里的研究不仅彻底改变了学术界对于"荷马问题"的探讨方式,而且决定性地质疑了经典文学批评方法对于荷马史诗的适用性,为"口头诗学"(oral poetics)奠定了理论基础。虽然 19 世纪以来的分析派研究方法已经对荷马史诗的文学批评工作造成了威胁②,然而,至少对于立场温和的传统分析论者来说,对于史诗的历史起源、构成部分和发展历程的科学研究和对于史诗作为一项文学作品的批评研究应该是相互独立、互不

---

① 见本书第一章第8—14页。
② Cf. Turner, "The Homeric Question", pp. 128—129.

干扰的①；而诸如 E·T·欧文这样的传统统一论者则可以宣称，他对于《伊利亚特》的文学批评研究与"荷马问题"完全无关——"即便'荷马问题'被完全解决，荷马史诗最终被分解为分析派学者一致同意的原始构成部分，我们还是会面临和现在一样的文学问题：这些部分究竟是按照何种艺术原则被整合为一体，从而造成如此惊人的效果？"②帕里的研究改变了上述局面。正如口头诗学的主要倡导者詹姆斯·A.诺托普洛斯（James A. Notopoulos）所言："帕里的研究所造成的最重要的后果之一在于，我们需要一种新的美学，这种美学应该基于我们对于口头创作技艺与口头诗歌之形式和心态的理解……大部分传统批评研究都应该被丢弃，换之以口头诗歌研究所带来的洞见。"③

那么，究竟什么是口头诗学？它和书面诗学的区别何在？在他的长文"早期希腊口头诗歌研究"中，诺托普洛斯提出了口头诗学的两个要点：首先，传统对于口头诗歌的支配是决定性的，口头文学不具备书面文学的原创性；其次，口

---

① E. g. Leaf, *A Companion to the Iliad, for English Readers*, pp. 17—18.

② Owen, *The Story of Iliad*, pp. v—vi.

③ Notopoulos, "Studies in Early Greek Oral Poetry", *Harvard Studies in Classical Philology* Vol. 68（1964）, pp. 48—49; cf. "Parataxis in Homer: A New Approach to Homeric Literary Criticism", *Transactions and Proceedings of the American Philological Association*, Vol. 80（1949）, pp. 1—23; Combellack, "Milman Parry and Homeric Artistry", *Comparative Literature*, Vol. 11, No. 3（Summer, 1959）, pp. 193—208.

头诗歌的艺术统一性是基于并列结构的无机统一,而不是书面文学典型的基于主从结构的有机统一。① 诺托普洛斯将强调原创性和有机统一性的经典文学批评理论追溯至亚里士多德的《诗学》,批评亚氏将这个只适用于安提卡悲剧的理论错误地运用于荷马史诗,从而混淆了口头文学和书面文学。针对这一混淆,诺托普洛斯宣称要给出一份"非亚里士多德主义诗学的绪论,致力于理解口头文学中并列结构的基础"。② 笔者认为,诺托普洛斯提出的口头诗学对于英雄诗系(epic cycle)中的作品来说或许在一定程度上是成立的,但是对于荷马史诗来说则根本不成立。在本章的主体部分,我们将分别从原创性和统一性这两方面出发反驳诺托普洛斯的观点,以证明他的口头诗学理论的立足点暴露了对于荷马诗艺的根本误解。在文章的末尾,我们将为亚里士多德对荷马史诗的理解进行辩护。

传统还是原创?

在诺托普洛斯看来,传统对于口头诗歌的支配集中体现为听众对于创作的影响,这尤其适用于荷马史诗。为了论证这一点,诺托普洛斯首先提到《奥德赛》中费埃克斯诗人得

① Notopoulos, "Studies in Early Greek Oral Poetry", p. 51 ff.

② Notopoulos, "Parataxis in Homer", p. 1.

摩多科斯表演的场景,特别是听众在表演中发挥的作用;接着,他提出《伊利亚特》第2卷的"战船目录"主要是为了迎合听众追溯其祖先的需要,而并非诗歌情节的有机组成部分;最后,他指出荷马使用的比喻往往取自公元前8世纪的生活,而这种"当代材料侵入旧传说"的现象也是听众的需求所致。①

笔者认为,上述三个论述都不成立。首先,我们无法从得摩多科斯表演的情形推断出历史现实中荷马表演的情形,正如我们无法从奥德修斯的历险推断出爱琴海的岛屿上真的存在独眼巨人。其次,且不论迎合听众需要和推动情节发展这二者之间并无矛盾,第2卷的"战船目录"究竟是不是《伊利亚特》在情节方面的有机组成部分,这一问题恰恰只能由传统诗学来回答。众所周知,荷马从第2卷开始在叙事中安排了大量本应发生于特洛伊战争早期的事件,从而巧妙地交代了战争的前因后果,勾勒出更广阔的神话背景,而我们完全可以将"战船目录"视作这一"前传叙事"的序幕。②最后,至少在《伊利亚特》中,荷马用以描写战斗和杀戮的比喻不仅多取自他所生活的时代,而且多取自和平生活的各种意象,这些比喻形成了贯穿史诗的一个自成一体的语意层次

① Notopoulos, "Studies in Early Greek Oral Poetry", p. 51; cf. "Parataxis in Homer", pp. 18—20.

② Scott, "The Assumed Duration of the War of the Iliad", pp. 445—456.

（以第 18 卷阿基琉斯的盾牌为高潮），覆盖于充满暴力冲突的情节之上，使得喻体与本体、和平与战争的反差营造出恰到好处的距离感。事实上，正是诗歌与生活、艺术与现实保持距离的要求，而非听众将自己熟悉的生活世界加诸于古老传说（从而危及这种距离）的需求，才是荷马系统运用此类比喻的真实原因。①

退一步讲，即便承认听众能够影响到诗歌的创作，这一点也并不能区分出口头诗学和书面诗学的差异，因为任何时代的任何诗歌都是诗人与受众以某种方式进行互动的产物，再标新立异的诗人也不会完全无视受众对其作品的接受。不过，诺托普洛斯对于口头诗歌传统性的强调还有更深的理由，这一强调的真正根据不在于情节的安排和比喻的使用，而在于口头诗歌的程式系统。他提出，荷马史诗的语言之所以是程式化的，这从根本上讲是因为早期希腊社会是程式化的，而诗歌和社会的程式化又是传统生活方式的内在要求。诺托普洛斯讲道："产生了口头诗歌的社会，其特征在于生活的所有方面都被传统的方式所固定……对于其全部生活都是传统的口头社会而言，传统口头技艺是自然而然、不可避免的……程式既是一种语言学现象，也是

---

① Kirk, *Homer and the Epic*, p. 6 ff. ; cf. Joseph A. Russo, "Homer against His Tradition", *Arion: A Journal of Humanities and the Classics*, Vol. 7, No. 2 (Summer, 1968), pp. 287—288. 罗索（Russo）准确地指出，荷马史诗中比喻用语的程式化程度是最低的。

一种社会学现象。它既是由诗人从内部，也是由听众从外部加诸于诗歌形式的。"①在这个意义上，口头诗学就是程式诗学，而程式诗学倾向于将诗歌的创作归于传统的积累，而非个人的诗艺。帕里最主要的追随者和捍卫者洛德在其代表作《故事的歌手》中系统论述了诗歌传统对于口头创作的支配，在他看来，口头诗人不可能违背或者突破他所属的传统，因为口头诗歌的程式化创作方式决定了所有诗人都必然传承传统史诗的"稳定的叙事骨架"，个别诗人的个别表演只会在"具体用语"和"故事的非本质部分"等无关紧要的方面造成改动，而不会触及这一叙事骨架本身。②

　　然而，一旦我们将洛德关于叙事骨架的看法运用于荷马史诗，我们就会发现，对于传统的单方面强调只会遮蔽荷马史诗真正的精神特质和艺术成就。以《伊利亚特》为例：第12卷中萨尔佩冬对于作战理由的阐述是对于传统英雄道德的标准表达③，然而，作为这部史诗真正的主角，阿基琉斯从头到尾的行动和言辞都极不符合传统的英雄道德。既然阿基琉斯的故事毫无疑问是《伊利亚特》的叙事骨架，那么我们至少应该承认，这部史诗所承载的诗歌传统和所反映的社会传统内在包含着违背或者突破传统的因素。具体而言，阿基琉斯在第9卷拒绝使团的演说中表达的对于英雄道德的幻灭感，就是

①　Notopoulos, "Studies in Early Greek Oral Poetry", p. 51, 53.

②　Lord, *The Singer of Tales*, p. 99.

③　《伊利亚特》, 12. 310—328。

这一反传统因素最极端的体现。① 重要的是,传统的程式化语言并没有妨碍荷马对于阿基琉斯的非传统洞察的刻画,恰恰相反,在阿基琉斯拒绝使团的演说中,荷马正是利用了程式化语言的传统性与阿基琉斯的非传统洞察之间的张力来表达后者的微妙处境。在一篇题为"阿基琉斯的语言"的精彩短文中,帕里的儿子亚当·帕里(Adam Parry)准确地阐述了《伊利亚特》第9卷所展现的荷马诗艺:"阿基琉斯是唯一的一位不接受普通语言、感到这种语言与现实不符的荷马英雄……阿基琉斯的悲剧,他最终的孤立,在于他无法在任何意义上,包括在语言的意义上(不像哈姆雷特),离开那个对他而言已经变得陌生的社会。荷马正是利用漫长诗歌传统给予他的史诗语言来超越这一语言的界限。"②在这个意义上,唯有承认古希腊的口头诗歌传统是一个不断进行自我审视、不断探求自身边界的传统,我们才能将洛德提出的"根本不存在非传统的口头诗人"的说法应用于荷马史诗。③

诺托普洛斯进一步发展了洛德的思路,认为基于传统程式系统的口头诗歌必然呼应程式化社会的传统心态,而口头

---

① Cf. Dean Hammer, "Achilles as Vagabond: The Culture of Autonomy in the 'Iliad'", *The Classical World* Vol. 90, No. 5 (May — Jun., 1997), p. 341.

② Parry, "The Language of Achilles", *Transactions and Proceedings of the American Philological Association* Vol. 87 (1956), pp. 6—7; cf. Russo, "Homer against His Tradition", pp. 290—294.

③ Lord, *The Singer of Tales*, p. 155.

诗学必须重点考虑这种呼应,这一论断虽然在一般意义上有助于提醒读者和研究者不要将现代感触随意带入对古代诗歌的理解,但是就古希腊而言,诺托普洛斯既低估了荷马史诗在形式和内容方面的内在张力,也低估了早期希腊社会在文化和道德方面的内在张力。正如亚当·帕里对于《伊利亚特》第9卷的分析所揭示的,唯有回归经典文学批评方法,致力于把握诗人独特的技艺与思考,我们才能更加深入地理解荷马史诗的艺术成就与精神特质。

无机统一还是有机统一?

诺托普洛斯提出的口头诗学的第二个要点,是对于口头诗歌的艺术整体性和有机统一性的否定。他首先提出,口头诗歌的表演需要决定了作品的部分比整体更重要。诗人和听众的体力决定了一次性表演的长度,因此,像《伊利亚特》和《奥德赛》这样的鸿篇巨制是不可能通过一次表演来展现其整体情节的。相反,每次表演都是片段性的,而每一个片段对于整体情节的折射依赖于听众对于神话背景的熟知。诺托普洛斯据此提出,口头诗歌的"诗人与听众关注的是片段……在口头文学中,至关重要的是当下此刻"。①且不论我们是否能够从单次表演的篇幅限制推断出口头诗

---

① Notopoulos, "Studies in Early Greek Oral Poetry", p. 54.

歌对于部分、片段、当下的侧重，诺托普洛斯似乎完全忘记了，荷马史诗的叙事方式本身就是用片段来折射整体：《伊利亚特》讲述了10年特洛伊战争将近结束时55天之内的故事，《奥德赛》讲述了奥德修斯10年漂泊之旅最后40天的故事，而特洛伊神话的整体情节，则是作为背景穿插在《伊利亚特》和《奥德赛》重点叙述的片段逐渐展开的过程之中。① 因此，诺托普洛斯的论断在一个更加宏大的层面上是完全正确的，但是就他自己对这一论断的理解而言，首先无法得到解释的就是荷马史诗的规模。既然口头表演的目标是在诗人和听众体力允许的范围之内以诗歌片段折射出神话整体，那么为何会形成篇幅远远超出表演的范围，却又没有完全交代出神话整体的口头史诗？G·S·柯克（G. S. Kirk）准确地指出，荷马史诗的规模对于任何性质的表演来说都太过宏大了，而这一点恰恰说明其创作超越了一般表演的需要。柯克认为，宏大史诗的出现只可能是因为一位伟大的诗人由于极高的造诣和地位而获得了某种特权，使他得以摆脱"通常表演、通常听众、通常场合"的约束而"将他自己的意愿和他自己的独特观念加诸于他的环境"，从而创造出《伊利亚特》这样的长篇巨制。② 我们大体上同

---

① 比较亚里士多德：《诗学》，1459a30—37。在亚里士多德看来，这种以部分折射整体的叙事方法是荷马卓越诗艺的一个重要体现。

② Kirk, *Homer and the Epic*, p. 196.

意柯克的看法。而由此导致的结论便是,既然宏大史诗的创作本身就不是为了一次性表演,至少不受通常表演模式的束缚,那么单次表演的篇幅限制也就无法对作品的诗学原则产生任何影响了。

不过,在诺托普洛斯看来,口头诗歌更加关注部分而非整体,这其实并非完全由表演的限制所致,而是与口头文学的结构性风格和艺术统一性类型密切相关。诺托普洛斯将诗歌的艺术统一性分为并列结构形成的无机统一和主从结构形成的有机统一,认为前者是口头诗学的原则,后者是书面诗学的原则。在诺托普洛斯看来,关于并列结构和无机统一的理论可以追溯至亚里士多德对于句法风格的阐述。在《修辞学》第 3 卷第 9 章,亚里士多德区分了串联句法($εἰρομένη\ λέξις$)和回转句法($χατεστραμμένη\ λέξις$)①,前者指的是叙述"就自身而言没有结尾,除非所言之事完结了",这种叙述"是令人不悦的,因为它缺乏限定";后者指的是叙述"就自身而言有开头和结尾,其长度易于览观",这种叙述"是令人愉悦和容易理解的"。② 串联句法之所以漫无限定

---

① 亚里士多德:《修辞学》,1409a24—27。关于这一区分的用语 $εἰρομένη$ 和 $χατεστραμμένη$,罗念生分别译为"串联"和"环形",颜一分别译为"连贯"和"回转"。笔者认为,"串联"和"回转"是相对准确的译法。参阅罗念生:《罗念生全集:第一卷(文论)》,上海人民出版社,2007 年,第 334 页;亚里士多德:《亚里士多德全集:第九卷》,苗力田主编,中国人民大学出版社,1994 年,第 512 页。

② 亚里士多德:《修辞学》,1409a29—31,1409a36—b1。

地叙述关于对象的一切,而回转句法之所以内在包含开头和结尾的限定,根本原因在于前者缺乏而后者具备一个叙事核心。因此,串联句法的形式特征是并列结构,而回转句法的形式特征是主从结构。① 亚里士多德自己当然更加认可回转句法和主从结构,在他看来,荷马史诗就是在一个宏大的规模中展现了这种风格,然而,诺托普洛斯则认为串联句法和并列结构才符合荷马史诗的口头特征。

为了论证这一点,诺托普洛斯援引了本·E·佩里(Ben E. Perry)对于《伊利亚特》第6卷中一个片段的分析。在一篇题为"古希腊人分别看待事物的能力"的文章中,佩里试图揭示"现代人"②和早期希腊人(即,苏格拉底之前的希腊人)在思维方式上的根本差异。佩里认为,早期希腊思维的特点是"并列结构甚于主从结构",这一点在《伊利亚特》第6卷的一个著名段落中展露无余:在鏖战正酣之际,格劳科斯和狄奥墨得斯狭路相逢,却发现彼此的祖辈有过宾客之谊,两人顿时握手言和、交换礼物,但是荷马接着说,"克洛诺斯之子宙斯使格劳科斯失去了理智,他用金铠甲同

---

① "并列结构"和"主从结构"分别是 $\pi\alpha\rho\acute{\alpha}\tau\alpha\xi\iota\varsigma$ 和 $\dot{\upsilon}\pi\acute{\upsilon}\tau\alpha\xi\iota\varsigma$ 的中文翻译,前者的字面意义是"并排($\pi\alpha\rho\acute{\alpha}$)放置",强调各部分之间是相互独立和平等的关系,而后者的字面意义是"放在下面($\dot{\upsilon}\pi\acute{\upsilon}$)",强调主要部分对于其他部分的统领。

② 在这篇文章中,佩里所理解的"现代"始自苏格拉底和柏拉图。Cf. Ben E. Perry, "The Early Greek Capacity for Viewing Things Separately", *Transactions and Proceedings of the American Philological Association* Vol. 68 (1937), p. 406, n. 2.

提丢斯之子狄奥墨得斯交换铜甲,用一百头牛的高价换来九头牛的低价"。① 宾客之谊(ξενία)是古希腊社会重要的伦理规范,宙斯就常常被称作"保护宾客的宙斯"(Ζεὺς ξένιος),因此,格劳科斯和狄奥墨得斯言和的一幕应该是极为严肃的,但是荷马却用一个滑稽可笑的场景结束了这个段落。佩里评论道,"这一突然的转变让我们感到惊讶……格劳科斯先是一个英雄,随即又成了一个笨蛋……在这个片段中,美学或者艺术的统一性被明显地忽视了。为什么被忽视? 我相信,这是因为诗人的心灵在此处以一种纯粹自然和不受约束的方式运转着,他接替思量一个行为的两个非常不同的方面。他提及后一个方面仅仅是为了它本身的缘故,而丝毫不考虑对于我们而言,它与前一个方面在艺术上是不协调的。"②

　　佩里的解读是否成立? 让我们回到《伊利亚特》第6卷。这一卷的重点无疑是赫克托尔回到特洛伊城的一系列情节,这部分紧跟在格劳科斯和狄奥墨得斯相遇的一幕之后。通过讲述赫克托尔和特洛伊战士的妻女、他的母亲、帕里斯和海伦,尤其是和妻子安德罗马克的会面和道别,荷马生动地刻画了一个肩负保家卫国的重任、置荣辱于生死之上的英雄形象。在很大程度上,赫克托尔的悲剧根源于其形象的上述

---

① 《伊利亚特》,6.233—236。

② Perry, "The Early Greek Capacity for Viewing Things Separately", pp. 404—405.

两个方面之间的张力,正是太过强烈的荣誉感导致他最终断送了自己的生命和特洛伊城的希望,同时也成就了阿基琉斯的复仇和阿开奥斯人的最终胜利。在这个意义上,赫克托尔回城的一幕对于他的命运,从而对于《伊利亚特》的中心剧情来说是至关重要的。以此为基础,我们才能理解格劳科斯和狄奥墨得斯相遇的一幕在叙事结构中发挥的作用:狄奥墨得斯是第5卷的主角,荷马用整整一卷来讲述他的战绩,而第6卷以"特洛伊人和阿开奥斯人的这场恶斗"开头。要完成第6卷的主要任务,荷马的叙事重心需要进行下述几个方面的转变:从阿开奥斯阵营到特洛伊阵营,从狄奥墨得斯到赫克托尔,从城外到城内,从战争到和平,从杀戮到温情,从行动到言辞。格劳科斯和狄奥墨得斯相遇的一幕实现了上述转变。这一幕从典型的双方相互挑衅、探明对方身份的对话开始,但是细节上已经出现重要的变化,特别是对于宗族世代的强调("只有那些不幸的父亲的儿子们才来碰我的威力","正如树叶的枯荣,人类的世代也是如此"),①使得这场遭遇的开端带上了具有普遍意味的悲剧色彩,与其结尾处看似完全偶然的喜剧桥段形成强烈的对比。事实上,探问身世、宾客之谊、交换铠甲这三个主题形成了一个从悲剧到喜剧的序列,正是利用这个序列导致的叙事基调的转化,荷马一举完成了第6卷所需要的全部过渡。佩里之所以错误地

---

① 《伊利亚特》,6. 127,6. 146。

认为严肃的宾客之谊和滑稽的交换铠甲之间毫无关联,以至
于此处"美学或者艺术的统一性被明显忽视了",其实是因
为他不仅将格劳科斯和狄奥墨得斯相遇的一幕从第6卷的
整体叙事中孤立了出来,而且还割裂了这一幕的三个环节之
间的递进关系。这种典型的"只见树木、不见森林"的解读
所造成的后果便是,在荷马以最严密精巧的方式使部分服从
于整体之处,佩里却发现了串联句法的叙事风格,这种风格
"将艺术精力集中于片段本身,而非一个片段与另一个片段
之间的联系,或者所有片段构成的整体效果"。①

诺托普洛斯不仅继承了佩里的错误解读,而且进一步发
展了佩里的思路,称赞佩里的文章是"口头文学批评的新原
则的结构性支柱"。② 佩里已经提出,由于荷马史诗起源于
口头文学,"因此其句法和创作风格在很多方面相比后来的
作者更为自然、不那么符合逻辑……在希腊文学中,荷马史
诗对于串联句法的展现是最为显著的"。③ 诺托普洛斯更是
系统阐述了口头创作的条件和技术如何决定荷马史诗的并
列结构和无机统一。④ 然而,上文对于《伊利亚特》第6卷的
分析已经表明,对于佩里和诺托普洛斯共同认定的典型展现

---

① Perry, "The Early Greek Capacity for Viewing Things Separately",
pp. 404, 408—409.

② Notopoulos, "Parataxis in Homer", p. 14.

③ Perry, "The Early Greek Capacity for Viewing Things Separately",
pp. 410—412.

④ Notopoulos, "Parataxis in Homer", pp. 15—22.

荷马史诗之"口头性"的段落,我们完全能够,而且应该,运用经典文学批评的方法去探究诗歌的部分与整体之间的主从结构和有机统一。

亚里士多德论荷马史诗

诺托普洛斯将经典文学批评的理论追溯至亚里士多德的《诗学》,认为亚氏将该理论错误地运用于荷马史诗,从而混淆了口头文学和书面文学,这一点具体体现为亚氏对于史诗和悲剧的混淆。让我们回到《诗学》的文本,以厘清亚里士多德对于史诗和悲剧之关系的理解,并为《诗学》的经典文学批评理论做出辩护,以此结束本章的讨论。

亚氏的确认为古希腊悲剧是诗歌艺术的顶峰,《诗学》对于悲剧的系统论述就是明证,而关于史诗(特别是荷马史诗)的讨论则零散地分布在一些关键的章节中。亚里士多德认为悲剧和史诗具有相同的艺术本质,都是对于严肃、高贵的人类行动的模仿,在这个意义上,荷马史诗是安提卡悲剧的原型和源头。[①] 尤为重要的是,荷马史诗和安提卡悲剧都追求戏剧情节的有机统一,这主要体现为二者的创作都首先确定一个具有普遍意义的中心剧情,再以此为骨架填充以合适的插曲和桥段。[②] 中心剧情和插曲桥段之别构成主从结

---

① James C. Hogan, "Aristotle's Criticism of Homer in the Poetics", *Classical Philology*, Vol. 68, No. 2 (1973), pp. 96—97.

② 亚里士多德:《诗学》,1455b1—2, 1459a17—21。

构,在理想的情况下,后者应该完全从属于前者,使得所有部分构成一个有机整体。① 另一方面,亚里士多德也分析了史诗和悲剧的不同特点,但是他认为,二者最根本的区别在于篇幅。史诗的宏大规模使得它能够容纳更丰富、更复杂的插曲桥段。② 而且,任何事物的美都要求一定的尺寸,对于诗歌来说,"只要不失为一个显著的整体,在篇幅方面,更长的总是更美的"。③ 不过,篇幅的长度、主从结构的安排和"显著整体"的统一性之间的结合是很难把握的,如果篇幅太长、主从结构不明确,以至于一部史诗包含了好几部悲剧的素材,那么作品就不再是一个有机的统一整体了。从这个角度看,相对短小的悲剧在艺术统一性和戏剧效果方面具有明显的优势。④ 然而,亚里士多德明确提出,和一般的史诗(例如英雄诗系中的诸史诗)不同,荷马史诗并没有因为篇幅的宏大和结构的复杂而丧失统一性和整体性,"这两部诗歌具备史诗所能实现的最好的整体结构,它们尽可能只模仿一个行动",所谓只模仿一个行动,指的是"以《伊利亚特》和《奥德赛》为基础,只能创作出一部或两部悲剧"。⑤ 这是因为这两部史诗的剧情各包含一个明确的核心故事(阿基琉斯的愤怒和奥德修斯的回归),并且呈现出

---

① 亚里士多德:《诗学》,1451a30—35。
② 同上,1455b15—16,1456a10—15,1459b22—31。
③ 同上,1451a10—11。
④ 同上,1462a18—b10。
⑤ 同上,1459b2—4,1462b10—11。

层次分明的主从结构。① 既然剧情才是诗歌的本质，那么荷马史诗和安提卡悲剧就没有质的区别，二者只是以不同的规模和不同程度的结构复杂性实现了对于严肃、高贵的人类行动的模仿。②

就此而言，诺托普洛斯对于亚里士多德观点的概括是准确的，但是后者将荷马史诗和悲剧相提并论的做法究竟是不是一种"混淆"？如果说诸如《小伊利亚特》(*Ilias Mikra*)这样的作品才是典型的史诗③，那么亚里士多德确实是用悲剧而非史诗自身的标准来衡量荷马史诗，但这恰恰是因为，《伊利亚特》和《奥德赛》本身就不是典型的史诗，而是（在文体的意义上）最具悲剧性的史诗。④ 不论荷马史诗究竟是不是纯粹口头性的作品，亚里士多德的分析都令人信服地证明

---

① 亚里士多德的说法并不排除我们可以依据史诗的非核心剧情创作出独立的悲剧，例如《伊利亚特》中赫克托尔的悲剧。反过来看，像《安提戈涅》这样的悲剧也可以包含不止一个人物的完整悲剧。

② 亚里士多德：《诗学》，1450a22—23，1451a22—30，1455b16—23，1459a30—37。

③ 同上，1459b4—8。亚里士多德认为，《小伊利亚特》包含了足以创作八部悲剧的材料，因此，它缺乏荷马史诗和安提卡悲剧的统一性。对于英雄诗系各篇的概括，可参考程志敏：《荷马史诗导读》，第60—64页。

④ 伯吉斯(Jonathan S. Burgess)：《战争与史诗：荷马及英雄诗系中的特洛亚战争传统》，鲁宋玉译，华东师范大学出版社，2017年，第1页："事实上，英雄诗系甚至比荷马史诗更能代表特洛亚战争传统……《伊利亚特》和《奥德赛》在诗学品质上鹤立鸡群。"关于荷马史诗在形式和内容方面与安提卡悲剧的高度连续性，参考 Richard Rutherford, "Tragic Form and Feeling in the Iliad", *The Journal of Hellenic Studies* Vol. 102 (1982), pp. 145—160。

了,荷马史诗与典型的书面文学在形式结构和实质内容方面并无根本差别。诺托普洛斯基于口头和书面之别而严格区分史诗和悲剧,却常常将荷马史诗与英雄诗系相提并论,从而无法解释一个根本的事实,那就是荷马史诗自古代起就从英雄诗系中脱颖而出,最终成为全希腊、整个西方甚至全世界公认的文学经典,而能够在一定程度上与其艺术成就媲美的恰恰是悲剧,而不是英雄诗系。因此,要评判诺托普洛斯和亚里士多德的观点孰是孰非,我们仍然需要回到荷马史诗本身,考察它看似完全程式化的语言如何表达诗人的精神洞见、看似散漫无章的叙事如何讲述完整而统一的故事情节。换言之,想要真正将荷马史诗作为诗歌来研究,我们仍然需要回到经典的文学批评方法,以考察《伊利亚特》和《奥德赛》的形式和内容如何构成诗性的有机整体。

四、荷马史诗中的自然与习俗

《伊利亚特》的问题：从"权杖之争"谈起

《伊利亚特》以阿基琉斯针对阿伽门农的愤怒（μῆνις）开篇。在很大程度上，阿基琉斯和阿伽门农的冲突象征着自然和习俗的冲突，甚至指向了神性和人性的冲突：尽管阿伽门农是"人民的国王"，拥有阿开奥斯阵营最高的政治权威，但阿基琉斯才是"神样的"，具备最高的自然卓越。在前两卷对史诗情节的基本展开中，荷马巧妙地利用了"权杖"的意象来说明上述冲突：在阿伽门农宣布夺走阿基琉斯的女俘布里塞伊斯之后，阿基琉斯听从雅典娜的劝说，抑制住杀死阿伽门农的冲动，随即举起统领全军的权杖起誓，诅咒阿开奥斯人被特洛伊人击败，直至他们不得不"怀念阿基琉斯"，而阿伽门农也终将"悔不该不尊重阿开奥斯人中最

英勇的人"。① 在发誓之前,阿基琉斯这样描述手中的权杖:

> 我凭这根权杖起誓,这权杖从最初在山上脱离树干
> 以来,不长枝叶,
>
> 也不会再现出鲜绿,因为铜刀已削去它的叶子和树
> 皮;现在阿开奥斯儿子们,
>
> 那些立法者,在宙斯面前捍卫法律的人,手里掌握
> 着这权杖。②

树枝脱离了自然的母体("树干"),经由人为的技艺加工("铜刀"),成为政治权威约定俗成的象征("权杖")。阿基琉斯强调自然和习俗的分裂、后者对前者的戕害,以控诉统治者阿伽门农和支持他的全体阿开奥斯人("阿开奥斯儿子们")对自己犯下的不义,并且迅速将这个看似偶发的冲突上升为人间政治诉求对神性自然卓越的原则性冒犯。在宣泄了他的愤恨之后,阿基琉斯将"嵌着金钉的权杖扔在地上",表示他与共同体的决裂。③

荷马第二次提到这根权杖是在第 2 卷的开头。阿伽门农遭到宙斯欺骗,误认为能够很快攻下特洛伊,他自作

---

① 《伊利亚特》,1.240—244。

② 同上,1.234—238。

③ 同上,1.245—246。

聪明地试探军心,结果导致局面失控。就在阿伽门农走出营帐准备假意宣布撤军的时候,荷马描述了权杖的来历:

> 阿伽门农站起来,手里拿着权杖,
> 那是赫菲斯托斯为他精心制造。
> 匠神把它送给克洛诺斯之子,大神宙斯,
> 宙斯送给杀死牧人阿尔戈斯的天神,
> 赫尔墨斯王送给策马的佩洛普斯,
> 佩洛普斯送给人民的牧者阿特柔斯,
> 阿特柔斯临死时传给多绵羊的提艾斯特斯,
> 提艾斯特斯又交给阿伽门农,使他成为
> 许多岛屿和整个阿尔戈斯的国王。①

在阿伽门农手中,权杖不再象征技艺(以及政治习俗)对自然的侵犯,而是承载诸神的秩序(赫菲斯托斯将权杖献给宙斯、宙斯再将权杖赐予赫尔墨斯)和王者的世系(权杖先后由佩洛普斯、阿特柔斯、提艾斯特斯、阿伽门农掌管)。权杖的神圣来源和传承历程为它所象征的政治权威奠定了基础,而阿伽门农面对全军第一次正式发言的场景,也俨然城邦的常规政事议程:首先是"君主"与"长老议

---

① 《伊利亚特》,2.100—108。

事团"的内部会晤,继而由"君主"将商定的决议宣告给"公民大会"。① 由此可见,在《伊利亚特》中,如果说阿基琉斯代表着英雄最完美的自然本性,那么阿伽门农则承载着阿开奥斯阵营的政治维度。

阿基琉斯摔权杖诅咒全军,阿伽门农持权杖试探军心,而阿开奥斯人先是因为阿基琉斯负气不战而士气大挫,继而又被阿伽门农的颓丧发言刺激,纷纷"骚动起来,有如伊卡洛斯海浪……奔向各自的船只"。② 这是《伊利亚特》中阿开奥斯阵营的第一次全面危机,此危机由阿基琉斯和阿伽门农的冲突引发,其深层根源在于英雄自然天性和共同体政治习俗的强烈张力和严重失衡。阿基琉斯负气不战并诅咒全军,是要以牺牲整个共同体为代价来恢复个人的荣誉、证明其天性的卓越,其争强好胜的冲动完全无视共同体的利益;另一方面,阿伽门农试探军心的灾难性决策在很大程度上是思虑过度和自作聪明所致,他一方面渴望速战速决赢得战争,另一方面又想让议事的将领承担攻城的责任,这种造作的政治计谋压制了自然的血气本能,最终弄巧成拙。③

阿基琉斯太自然,阿伽门农太政治。在他们共同造成的危机中,唯有天性和地位居于二者之间、实现了自然卓越和

---

① 《伊利亚特》,2.53—99。

② 同上,2.144—150。

③ Cf. Owen, *The Story of Iliad*, pp. 20—22.

政治习性之平衡的奥德修斯能够力挽狂澜，"他奔跑……一直去到阿特柔斯之子阿伽门农那里，接过那根祖传的不朽权杖"。① 奥德修斯手握权杖上下奔走，区别对待"显赫的人物"和"普通士兵"，"用温和的话语阻止"前者，对后者则"拿凶恶的话语责骂"②；至于以下犯上的特尔西特斯，奥德修斯则"厉声斥责"，并"拿权杖打他的后背和肩膀"。③ 此举取得杀鸡儆猴的效果，获得全军的一致赞许，军队秩序这才得以恢复。④ 最终，奥德修斯手持权杖动员全军，成功化解了这次危机。⑤ 奥德修斯面对危机的处理方式既展现了领袖的威严和熟稔的统治技艺，又不失天生的果敢和机智，这种自然品性和政治品性的平衡也反映在他对于权杖的运用之中：在奥德修斯的手中，权杖既恢复了政治权威应有的威慑力，又被用作一件得力应手的武器。⑥

　　以权杖的三次出现为叙事线索，《伊利亚特》前两卷对于阿基琉斯、阿伽门农、奥德修斯这三个人物的刻画生动而精确地展现了荷马对于人性与政治、自然与习俗之关系的深入理

---

① 《伊利亚特》，2.183—186。

② 同上，2.188—206。

③ 同上，2.245—269。

④ 关于特尔西特斯，参考程志敏："修辞、真理与政治——《伊利亚特》卷二211—277 的政治哲学解读"，收于《荷马笔下的伦理》，第187—195 页。

⑤ 《伊利亚特》，2.278—332。

⑥ 伯纳德特（Seth Benardete）精辟地指出："只有奥德修斯知道如何在权杖之中结合阿伽门农的地位和阿基琉斯的力量。"（Benardete, *Achilles and Hector*, p.34）

解,而整部史诗的主体故事脉络正是据此展开。阿伽门农夺走布里塞伊斯、阿基琉斯退回营帐之后,尽管阿开奥斯人一度取得了局部的胜利,[①]但是宙斯还是兑现了他许给忒提斯和阿基琉斯的诺言,帮助特洛伊人大败阿开奥斯人,致使阿伽门农在强大的压力下不得不派出由奥德修斯带领的使团去向阿基琉斯道歉,恳求后者出战。然而,阿伽门农的致歉演说丝毫没有减弱对自身权威地位的强调,尽管奥德修斯明智地删去了最具冒犯性的结束语,[②]但是阿基琉斯还是被这份演说再次激怒,不仅拒绝返回战场,而且打算彻底抛弃阿开奥斯人,起航回家。在阿基琉斯拒绝使团的诸多理由中,最重要的一条是他对于生死和荣辱的全新领悟:"肥壮的羊群和牛群可以抢夺而来,枣红色的马、三角鼎全部可以赢得,但人的灵魂一旦通过牙齿的樊篱,就再也夺不回来,再也赢不到手。"[③]这意味着阿基琉斯已经在很大程度上摆脱了对于荣誉的执着,超越了以荣誉为核心的习俗生活,进入个体生死所展开的自然视野,正是这种不无痛苦和孤独的超脱,使得阿基琉斯的精神状态与阿开奥斯人的征战,甚至与整个英雄道德的意义世界彻底疏离,其存在抵达了自然与习俗的边界。

---

①　其中,狄奥墨得斯的战功尤为显著。在阿基琉斯缺席的情况下,狄奥墨得斯扮演了阿开奥斯阵营在战场上的统领角色,而这位英雄虔敬、忠诚、谦虚、沉稳的性格特征也衬托出阿基琉斯唯我独尊的个性。

②　《伊利亚特》,9.158—161。

③　同上,9.406—409。

此后,帕托克鲁斯被赫克托尔所杀,扭转了阿基琉斯的生死抉择,使他毅然选择复仇和赴死。[①] 然而,回到战场的阿基琉斯非但没有真正返回英雄价值的习俗世界,反而越过了习俗与自然、人性与神性的边界,上升到完全自然、无限接近神性的高度。与此同时,阿伽门农继续在张力的另一端承载战争的政治维度,只是其政治性不再体现为对权力的滥用和人间权威对自然秩序的僭越,而是体现为他以统帅的身份首次向阿基琉斯真诚致歉,从而恢复阿开奥斯阵营的正常秩序。可以说,帕托克鲁斯之死是《伊利亚特》情节的根本转折,该事件在促使阿基琉斯与阿伽门农和解的同时,也让这两位英雄更加充分地成为自身之所是。然而,正因为如此,双方的象征性对立并未随着两人的和解而消除,反而获得了更加极致的展现,这集中体现为阿伽门农坚持完成致歉的献礼和祭祀仪式,其用意在于通过严肃的政治程序修复共同体的裂痕,而阿基琉斯则复仇心切,甚至连吃喝都不顾就要空腹出战,更没有任何耐心去完成阿伽门农准备好的一系列仪式。[②] 最终,阿基琉斯同意让全军上下先用餐再出战,但是自己仍然拒绝吃喝,以至于宙斯不得不亲自命令雅典娜将神的食物"灌进他的胸膛,免得他受渴忍饥饿"。[③] 阿基琉斯得

---

① 《伊利亚特》,18.95—126。

② 比较《伊利亚特》,19.140—144,184—197,250—265 和《伊利亚特》,19.145—153,198—214。

③ 《伊利亚特》,19.340—354;比较24.599—620:回归人性的阿基琉斯劝普里阿摩斯进食。

以享用神的食物，表明了他此刻超越了人性的境界，这种超越性在他出战后的一系列表现中得以进一步确证。

在如此"神样的"阿基琉斯和终于配称"人民的国王"的阿伽门农中间，奥德修斯再次发挥了平衡与协调的作用。在和解的全军集会召开之初，荷马特别提及奥德修斯"瘸拐着赶来参加，手中拄着长枪，带着未痊愈的创伤"。① 面对阿伽门农的政治考虑和阿基琉斯的自然冲动，奥德修斯一方面力劝阿基琉斯和全体阿开奥斯将士一起用餐，另一方面建议阿伽门农简化仪式、抓住致歉的重点——他应该当着全军的面发誓，他"没有碰过她（布里塞伊斯）的床榻，触动过她"。② 在阿基琉斯和阿伽门农最终的和解中，奥德修斯再次扮演了极其重要的作用，正是因为有他的斡旋和疏解，阿基琉斯和阿伽门农各自的原则性差异才没有再次升级为不可调和的全面冲突；而正是在这次和解之后，两个"最好的阿开奥斯人"得以最终实现各自的使命：阿基琉斯将以生命为代价为朋友复仇，完成自己最初选择的命运，而阿伽门农也将带领阿开奥斯军队攻陷特洛伊，夺回海伦，赢得这场十年的鏖战。

通过讲述阿基琉斯和阿伽门农的冲突与和解，荷马呈现了《伊利亚特》在思想层面的根本问题——自然与习俗的张力。虽然奥德修斯只是这部史诗的配角，但是通过他居于阿

①　《伊利亚特》，19.40—49。
②　同上，19.154—183。

基琉斯和阿伽门农之间、兼具自然卓越与政治禀赋的形象，诗人已经预告了《奥德赛》对于自然和习俗之问题的解决。

《奥德赛》的答案：从"摩吕"到"树床"

《伊利亚特》和《奥德赛》这两部荷马史诗在叙事风格和精神取向上有显著的不同。理查德·卢瑟福（Richard Rutherford）这样概括二者的区别："阿基琉斯的故事讲的是一个人如何一步步与他自己的社会相隔离……而《奥德赛》则讲述了一个人和他的妻子团聚，使得家庭和王国恢复和平与秩序。"[①]上一节的分析表明，在《伊利亚特》以自然与习俗的张力为焦点的主题性线索中，奥德修斯作为张力的化解者发挥了至关重要的作用。而通过奥德修斯作为主角历险归乡、家庭团聚、重夺王位的故事，《奥德赛》更为显著和充分地展现了这位英雄所象征的人性境界和政治理想。

在《奥德赛》第9至12卷中，奥德修斯对好客的费阿刻斯人讲述了他在归乡的漂泊中经历的九次奇异遭遇，其中第五个故事居于至关重要的中心地位。[②] 奥德修斯一行人来到魔女基尔克的岛屿，远远看见一座宫殿，有炊烟从宫宅中

---

① Richard Rutherford, "From the 'Iliad' to the 'Odyssey'", *Bulletin of the Institute of Classical Studies*, No. 38（1991—1993）, pp. 53—54.

② Benardete, *The Bow and the Lyre: A Platonic Reading of the Odyssey*, Rowman & Littlefield Publishers, 1996, p. 63.

升起。历经磨难的奥德修斯对陌生岛屿的宫殿充满警惕,再三思虑之后,决定用抽签的方式选出先头部队前去宫殿查看。由欧律洛科斯带领的一伙人来到基尔克的宫殿面前,看见"宅邸周围有生长于山林的狼群和狮子,但她(基尔克)让它们吃了魔药,陷入了魔力,它们不再向路过的行人猛扑进攻,而是摇着长长的尾巴,站在道边。如同家犬对宴毕归来的主人摆尾,因为主人常带回食物令它们欢悦;健壮的狼群和狮子也这样对他们摆尾"。① 基尔克以美妙的歌声诱惑众人入宫,除了欧律洛科斯"留在门外,担心有欺诈"外,其他人都进入宫殿接受了款待,结果魔女"在食物里渗进害人的药物,使他们迅速把故乡遗忘。待他们饮用了她递给的饮料之后,她便用魔杖打他们,把他们赶进猪栏。他们立即变出了猪头、猪声音、猪毛和猪的形体,但心智仍和从前一样"。② 基尔克的魔力在于她既可以驯化凶猛的野兽,使之变为家中的牲畜,也可以把人变成动物,用猪的身体囚禁人的心智。欧律洛科斯发现同伴一去不复返,"立即跑回乌黑的快船,报告同伴们遭遇到令人屈辱的不幸",建议奥德修斯扔下那些同伴赶快离开。③ 奥德修斯却回答道:

　　　　欧律洛科斯,那就请你留在这里吧,

---

① 《奥德赛》,10.212—218。
② 同上,10.235—240。
③ 同上,10.244—269。

> 在壳体乌黑的空心船旁尽情地吃喝，
>
> 我却得前去那里，强大的必然性降于我。①

王焕生先生将上述最后一行诗句后半句译为"因为我责任在肩"，但是原文更为字面的含义是"强大的必然性（κρατερὴ ... ἀνάγκη）降于我"。这一令人费解的用语其实是荷马有意为之：一方面，和阿基琉斯形成强烈对比的是，奥德修斯自始至终保持着对于同伴命运的关切（"我却得前去那里"），这展现出他身上固有的政治属性；但另一方面，奥德修斯对这种关切的表达（"强大的必然性"）却不带任何道德色彩，其政治属性更多是某种不可避免甚至无可奈何的天性使然，这又和阿伽门农（以及赫克托尔）惯用的表达迥异。

在奥德修斯前往基尔克宫殿的途中，赫尔墨斯下凡相助。他不仅警告奥德修斯要提防基尔克的魔法陷阱，而且指点他运用一种神奇的药草来进行防御：

> 弑阿尔戈斯的神一面说，一面从地上
>
> 拔起药草交给我，并将它的自然展示给我。
>
> 那药草根呈黑色，花的颜色如奶液。
>
> 神明们称这种草为摩吕，有死的凡人

---

① 《奥德赛》，10.271—273。

很难挖到它,因为神明们无所不能。①

伯纳德特认为上述文段对自然($φύσις$)的提及是《奥德赛》全诗的最高峰。② 我们赞同他的观察,因为从贯穿《伊利亚特》和《奥德赛》的核心问题来看,奥德修斯遭遇基尔克并获赫尔墨斯相助的场景,其实象征着这位英雄在回归习俗世界的途中不得不面对低于人性之自然的挑战,同时需要高于人性之自然的援助。基尔克的毒药带来了奥德修斯归途中最为严峻的一次危机:如果魔女再次得逞,那么奥德修斯将被永远封锁在猪的身体(象征着兽性的自然)之中;而在如此紧要的关头,赫尔墨斯,作为奥德修斯的祖先,因而是他身上神性的来源,亲自下凡将防御魔女毒药的药草摩吕(象征着神性的自然)指示给奥德修斯。③ 哲学家亚里士多德说人是政治的动物,生活于城邦之外的人非神即兽,④而奥德修斯的故事则让我们看到,人要想避免沦为野兽,就必须挖掘内心的神性;政治生活对人性之恶的克服需要以超越人性之善的真理为前提。

在赫尔墨斯的帮助下克服了基尔克带来的危机之后,奥德修斯还要遭遇许多苦难才能回到伊萨卡,而且在他最终赢

———————

① 《奥德赛》,10. 302—306。

② Benardete, *The Bow and the Lyre*, p. 84.

③ 基尔克的"毒药"和摩吕"草药"是同一个词:$φάρμακα,$ $φάρμακον,$见《奥德赛》,10. 236,10. 302。

④ 亚里士多德:《政治学》,1253a27—29。

回自己熟悉的世界之前,还有一个关键的试探需要他面对,这个试探正是来自于王后佩涅洛佩。在奥德修斯杀死所有的求婚者之后,一直躲避在楼上房间的佩涅洛佩走下来,"久久默然端坐,心中仍觉疑虑,一会儿看着奥德修斯的脸,觉得熟识,一会儿见他衣衫褴褛,又不认识"。① 佩涅洛佩认出了奥德修斯的面庞,但是认不出他的穿着;也就是说,虽然分别时日已久,妻子仍然记得丈夫的模样,但是刚刚归来的国王穿得像乞丐,尚未换上王室的衣装。这正好对应于奥德修斯目前的处境:虽然他已经通过自然的强力夺回了实质的统治权,但是还需要某种文化性的确认才能恢复其原有的政治权威。奥德修斯先是从容安排好暴力斗争的善后事宜,②接着沐浴更衣,正式完成从乞丐向国王的转变。荷马这样描述沐浴更衣后的奥德修斯:

> 这时年迈的女管家欧律诺墨在屋里
>
> 给勇敢的奥德修斯沐完浴,抹完橄榄油,
>
> 再给他穿上精美的衣衫,披上罩袍,
>
> 雅典娜在他头上洒下浓重的光彩,
>
> 使他顿然显得更高大,也更壮健,
>
> 一头鬈发垂下,有如盛开的水仙。

---

① 《奥德赛》,23.94—95。
② 同上,23.129—140。

> 好似有一位匠人将给银器镶上黄金，
>
> 受赫菲斯托斯和帕拉斯·雅典娜传授
>
> 各种技艺，制作出无比精美的作品，
>
> 女神也这样把美丽洒向他的头和双肩。①

　　沐浴更衣是文明世界的生活方式，而此处荷马用技艺（τέχνην）来概括这种文明生活的符号象征。和阿基琉斯对权杖的理解强调技艺对自然的戕害不同，沐浴更衣的技艺赋予奥德修斯的自然身体以国王的仪容，在本无尊卑的自然中创造出政治的权威。然而，和阿伽门农强调政治权威的世系和神授背景不同，奥德修斯的政治权威具有更为自然的基础。这位英雄所象征的自然和习俗、人性与政治的平衡与融合，在他与佩涅洛佩最终相认的场景中得以集中展现：王后为了消除最后的疑虑，想了一个办法来试探奥德修斯，她对女仆说道："欧律克勒娅，去给他铺好结实的卧床，铺在他亲自建造的精美的婚房外面。把那张坚固的婚床移过来，备齐铺盖，铺上厚实的羊皮、毛毯和闪光的褥垫。"②奥德修斯听后回答道：

> 夫人啊，你刚才一席话真令我伤心。

---

① 《奥德赛》，23.153—162。
② 同上，23.177—180。

> 谁搬动了我的那张卧床？不可能有人
>
> 能把它移动，除非是神明亲自降临，
>
> 才能不费劲地把它移动到别处地方。①

接着，奥德修斯描述了自己当年制作婚床、修造婚房的过程，以证明他的身份，因为只有他们夫妇两人知晓这张独特婚床的由来。这张床之所以无法移动，是因为它本是一棵橄榄树，虽然被做成床形，但是并未遭到砍伐，而是仍然繁茂葱郁。奥德修斯"制床"的高超技艺无需扼杀树的自然生命，而是依照树本身的形状和位置稍作修饰，就做成了婚床，再围着这张"树床"筑起墙壁和屋顶，就做成了国王和王后的卧室。② 奥德修斯和佩涅洛佩的婚床不仅象征着王室婚姻的神圣，而且象征着国王和王后统治伊萨卡的合法权威，以及这种政治权威与其自然基础的融洽衔接——奥德修斯巧夺天工的技艺，正是他自然卓越和政治禀赋完美结合的象征，而他居于阿基琉斯和阿伽门农之间的天性和品德，也构成了统治者所必需的人性境界。正是通过树床的秘密，失散20年的夫妇得以相认，奥德修斯也最终恢复了伊萨卡国王的地位。

从阿基琉斯和阿伽门农的权杖之争到奥德修斯的树床，

---

① 《奥德赛》,23.183—186。

② 同上,23.190—201。

诗人荷马通过希腊英雄征战特洛伊和胜利归乡的故事,展现了自然与习俗、人性和政治的冲突和融合。在这个意义上,荷马史诗构成了整个希腊文明的精神开端。虽然以明确的概念来表述自然和习俗的对立是智者时代的产物,比荷马史诗的成书晚了好几百年,但笔者认为,古典时期的智者和哲学家之所以能够用自然和习俗这对概念来表述古希腊文明的内部张力和自我反思,恰恰是因为他们都是荷马的精神后代,换言之,古典时期的自然与习俗之争只不过是把荷马史诗的直觉性洞察变成了概念性的论述。① 毫不夸张地说,阿基琉斯摔权杖的一幕开启了古希腊思想对于自然和习俗之张力的根本反思,而奥德修斯的树床则凝聚着古希腊人对于自然和习俗之融合的原初体悟。在荷马看来,自然和习俗要实现"文质彬彬"的平衡,需要那些站在二者边界的英雄们去承担超乎常人的命运抉择和上天入地的人性历险。

---

① 比较亚里士多德:《物理学》,194a9—17。智者安提丰提出的"种床生木"论就是对于奥德修斯树床之典故的哲学运用,而亚里士多德基于形式质料二分的框架对安提丰的批判则是对自然与习俗问题的形而上学转化。对此的相关讨论,见陈斯一:"亚里士多德论家庭与城邦",载于《北京大学学报:哲学社会科学版》,2017 第 3 期,第 93—99 页。

五、赫克托尔的悲剧

英雄道德的自然与习俗

在《伊利亚特》第 12 卷,特洛伊大军在赫克托尔的带领下攻打阿开奥斯人为保护战船而修筑的城墙,在激战中,特洛伊的重要盟友吕底亚国王萨尔佩冬鼓舞他的表亲和副将格劳科斯的一番话,被公认为是对于英雄道德的经典表述:

格劳科斯啊,为什么吕底亚人那样

用荣誉席位、头等肉肴和满斟的美酒

敬重我们? 为什么人们视我们为神明?

我们在克珊托斯河畔还拥有那么大片的

密布的果园、盛产小麦的肥沃土地。

我们现在理应站在吕底亚人的最前列,

坚定地投身于激烈的战斗毫不畏惧，

好让披甲的吕底亚人这样评论我们：

"虽然我们的首领享用肥腴的羊肉，

啜饮上乘甜酒，但他们不无荣耀地

统治着吕底亚国家：他们作战勇敢，

战斗时冲杀在吕底亚人的最前列。"

朋友啊，倘若我们躲过了这场战斗，

便可长生不死，还可永葆青春，

那我自己也不会置身前列厮杀，

也不会派你投入能给人荣誉的战争；

但现在死亡的巨大力量无处不在，

谁也躲不开它，那就让我们上前吧，

是我们给别人荣誉，或别人把它给我们。①

　　在这段话中，萨尔佩冬提出了两个截然不同的参战理由。其中，第一个理由是政治的和习俗性的，第二个理由是个人的和纯粹自然的。第一个理由基于萨尔佩冬和格劳科斯作为吕底亚部落统帅的政治地位，这一地位虽然有着英雄世系的身份基础，②但是仍然需要德性和功业的确认与巩

---

① 《伊利亚特》，12. 310—328。值得注意的是，这段话在整部史诗中的位置接近中心。关于这段话表达的英雄道德观念及其内在张力，参考雷德菲尔德的精彩分析：Redfield, *Nature and Culture in the Iliad*, pp. 99—103。

② 萨尔佩冬是宙斯之子，他的母亲是英雄柏勒罗丰的女儿。

固。一个好的统帅应该"作战勇敢,冲杀在吕底亚人的最前列",获得全体吕底亚人的赞美,才配得上共同体赋予的特权。在萨尔佩冬看来,这就是"荣耀"($\varkappa\lambda\acute{\epsilon}o\varsigma$)的具体体现。[①]

然而,虽然这个理由说明了萨尔佩冬和格劳科斯为什么要英勇地作战,但是它无法解释这两位英雄为什么要率领吕底亚部落加入这场战争,毕竟,阿开奥斯人攻打的是特洛伊而非吕底亚。在第 5 卷的战斗中,狄奥墨得斯大发神威,击败多名特洛伊将领,眼见己方节节败退,萨尔佩冬斥责赫克托尔指挥作战不力:"我把亲爱的妻子和婴儿留在那里(指吕底亚),也留下大量穷人非常想望的财产。我鼓励吕底亚人作战,我自己也想打($\mu\acute{\epsilon}\mu o\nu'\ a\grave{\upsilon}\tau\grave{o}\varsigma\ ...\ \mu a\chi\acute{\eta}\sigma a\sigma\vartheta a\iota$),尽管我在特洛伊没有一件可以让阿开奥斯人带走或是牵走的财产。你却站在那里,不命令其他的人坚守阵地,保护他们的亲爱的妻子。"[②]和肩负保家卫国重任的赫克托尔不同,萨尔佩冬与阿开奥斯人没有任何过节,但是他不仅前来参战,而且表现得比赫克托尔更加积极。这不仅仅是因为吕底亚是特洛伊的同盟,有援助盟邦的义务,更重要的是,萨尔佩冬"自己也想打"。事实上,他在第 12 卷的那段话所提出的第二个理由解释了自己的作战欲望的根源:如果人可以长生不老,那

---

　　① 《伊利亚特》,12. 318—319:"不无荣耀($o\grave{\upsilon}\ ...\ \grave{a}\varkappa\lambda\epsilon\acute{\epsilon}\epsilon\varsigma$)地统治。"
　　② 同上,5. 480—486。关于吕底亚对特洛伊的援助,另见《伊利亚特》,17. 140—168。

么谁也不会愿意冒死参战;但生命是有限的,人终归是会死的,而在《伊利亚特》的史诗世界中,通过英勇杀敌、高贵赴死的行动来争取不朽的荣誉,几乎是人赋予有限生命以意义的唯一方式。① 在这个更深层的参战理由所揭示的人性处境中,荣耀不再是统治者在政治共同体中的特权,而是对于死亡这个人生最根本的自然大限的补偿。

萨尔佩冬提出的两个参战理由勾勒出了《伊利亚特》的道德世界的基本轮廓,也界定了荷马式英雄在这个世界中的位置。严格意义上的英雄都是半人半神的,他们都是流着不朽血液的必朽者,从而注定要生存在神和人、不朽和必朽的张力之中。作为部落领袖,英雄要带领和保护那些不具备神性的人类部下,履行王者的政治责任。作为神性的承载者,英雄要用高贵的战斗和死亡换取不朽的声名,泯灭生与死的自然界限。在《伊利亚特》中,英雄道德的两个面向展开了习俗与自然的象征谱系,每一个英雄的性格与命运都将在这一谱系中获得意义,而《伊利亚特》的两个中心人物——赫克托尔和阿基琉斯,正处在这一谱系的两端:赫克托尔是习俗德性的典范,阿基琉斯则是自然卓越的顶点。正如荷尔德林所言,"赫克托尔是一位完全出自义务和纯净良知的英雄,而阿基琉斯则一切来自于丰饶而美的自然"。②

---

① Whitman, *Homer and the Heroic Tradition*, pp. 181—220; Schein, *The Mortal Hero*, pp. 67—84.

② 荷尔德林:《荷尔德林文集》,戴晖译,商务印书馆,1999 年,第201 页,译文有改动。

笔者同意荷尔德林的概括,但需要指出的是,在荷马对于赫克托尔和阿基琉斯的实际刻画中,二者的形象远非单纯而平面化的脸谱符号。随着《伊利亚特》情节的发展,赫克托尔和阿基琉斯朝着不同的方向迈进,愈发清晰地揭示出英雄道德的结构性张力:赫克托尔本来更适合做一个和平城邦的统治者,但是在神意的安排和命运的推动下被迫成为"杀人的赫克托尔",而在他的行动和自我意识越来越接近严格意义上的英雄的同时,他也逐渐丧失了习俗德性的审慎和节制。和赫克托尔相比,阿基琉斯是最强大的战士,也是特洛伊战场上最年轻的英雄。他选择以短暂的生命为代价换取无上的荣耀,堪称英雄的典范。然而,由于荣誉受侵害而引发的愤怒,最终使他看穿了英雄道德的虚幻,对战争和战利品分配所象征的习俗世界的意义提出了深刻的质疑,这才逐渐达到了真正的自然卓越,这种卓越不再仅仅体现为战无不胜的强力,而是在更加根本的意义上体现为深邃的理智洞察和道德反思。赫克托尔和阿基琉斯的故事从习俗和自然这两个不同的角度出发,共同谱写了英雄道德的人性光辉和悲剧性困境。①

虽然阿基琉斯是整部史诗的主角,但是唯有在赫克托尔的衬托下,我们才能真正理解阿基琉斯的超凡脱俗。正如雷德菲尔德所言,"阿基琉斯是一个奇怪的、神奇的角色,他有着不朽的铠甲和会说话的马匹,他的意志通过他的海神母亲甚

---

① Cf. Redfield, *Nature and Culture in the Iliad*, pp. 99—103.

至可以影响众神;赫克托尔是一个凡人,有妻子和孩子,父母和兄弟,朋友和公民同胞……唯有透过赫克托尔的故事,阿基琉斯才获得了他在人类世界中的位置。"①雷德菲尔德认为,阿基琉斯和赫克托尔的对比是理解《伊利亚特》的核心线索,而理解前者又以理解后者为前提。本章将沿着雷德菲尔德的思路,尝试迈出理解《伊利亚特》的第一步:通过分析赫克托尔的性格和命运,揭示这个形象所展现的英雄道德的习俗机制和内在困难,从而把握荷马对于英雄道德的理解和反思。

赫克托尔的德性

荷马第一次提及赫克托尔是在第 2 卷行将结束的时候,而赫克托尔第一次出场的戏份只有行动(ἔργον),没有言辞(λόγος)②:宙斯派来的信使伊里斯化作特洛伊哨兵的模样给赫克托尔带来消息:阿开奥斯人已经"在平原进军攻城,像树叶沙粒那样多。赫克托尔,我特别吩咐你,你要这样行动……"。③

① Redfield, *Nature and Culture in the Iliad*, pp. 27—28.

② 在篇幅上,荷马史诗中的言辞占了三分之二,行动只占三分之一。就荷马史诗的原创性而言,言辞比行动更重要,如果说行动大多取自史诗传统的故事材料,那么言辞就是展现英雄的内心活动、从而表达荷马对英雄的独特理解的载体。在主要以言辞来凸显英雄个性的《伊利亚特》中,赫克托尔出场时的沉默或许揭示出他与众不同的质朴。不过,赫克托尔自身的性格,他的崇高德性与致命缺陷,还是会在他的几段重要的言辞中展现出来。

③ 《伊利亚特》,2.801—802。

当时,特洛伊人"正在普里阿摩斯的大门内老少聚齐开大会",伊里斯命令赫克托尔召集盟军、组成防线。赫克托尔"认识女神的话语",却没有用言语回答,而是直接展开行动:"他很快解散大会,人人奔向武器,城门全部打开,步兵军士冲出去,巨大的吼声爆发出来,响彻云端。"①赫克托尔的初始形象是一个沉默的行动者。他非逻各斯的德性表现为对城邦的忠诚、可靠的纪律性、果敢的统帅能力和不经反思但卓有效率的行动。作为政治共同体的保卫者,赫克托尔似乎不具备也不需要犀利的言辞和鲜明的自我。②

直到第 3 卷,赫克托尔才第一次开口说话。当时阿开奥斯人和特洛伊人在城外对峙,海伦的原配丈夫墨涅拉奥斯看见拐走他妻子的帕里斯,像是"一匹狮子在迫于饥饿的时候,遇见野山羊或戴角的花斑鹿",帕里斯也看见墨涅拉奥斯,却像是"一个人在山谷中间遇见蟒蛇,他往后退,手脚颤抖,脸色发白"。③ 赫克托尔目睹这一幕,"就用羞辱的话

---

① 《伊利亚特》,2. 807—810。

② 比较《伊利亚特》,5. 493—496、6. 102—106、11. 210—213。这些反复出现的场景用同样的模式来刻画赫克托尔的领袖形象:赫克托尔用沉默的行动回应某人的言辞(批评或者建议),从而使得特洛伊人重整旗鼓。就赫克托尔的初始形象而言,笔者同意陈戎女的概括:"战场上他也追求不朽的荣耀,但个人荣誉并非他的生命孜孜以求之物,或者说,责任之重使他无法将个人置于家国之先考虑。"见陈戎女:《荷马的世界:现代阐释与比较》,中华书局,2009 年,第 137—138 页。

③ 《伊利亚特》,3. 23—24、3. 33—34。

($\alpha i \sigma \chi \varrho o \tilde{\iota} \varsigma$)谴责他:'不详的帕里斯,相貌俊俏,诱惑者,好色狂,但愿你没有出生,没有结婚就死去,那样一来,正好合乎我的心意,比起你成为骂柄,受人鄙视好得多。'"①赫克托尔在整部史诗中第一次说话是谴责他的弟弟,而非针对阿开奥斯人,他骂帕里斯"没有力量和勇气",这样的人在他看来还不如不要出生。可见,即便在战场上,赫克托尔首要的自我认知仍然是兄长和统帅,他辨识善恶的根据似乎并非战争状态造成的敌我之分,而是政治习俗塑造的羞耻和光荣之别。萨尔佩冬将一场与吕底亚人无关的战争视作争取不朽声名的机会,而赫克托尔则认为战争殃国殃民,责备帕里斯是罪魁祸首:"你召集忠实的伴侣,混在外国人里面,把一个美丽的妇人、执矛的战士们的弟妇从遥远的土地上带来,对于你的父亲、城邦和人民是大祸,对于敌人是乐事,于你自己则可耻。"②

比起好战的阿开奥斯人(以及萨尔佩冬这样的同盟),赫克托尔更愿意做和平的统治者,他身上的德性最佳的施展场合是城邦,而非战场。正因为如此,刻画赫克托尔性格的

————————

①　《伊利亚特》,3. 38—42,比较 6. 280—285,6. 326—331,6. 503—529。赫克托尔在他人面前对帕里斯的痛斥与单独同帕里斯交谈时的亲切平和形成了显明的对比,特别参阅6.521—525。由此看来,赫克托尔公开谴责帕里斯的言论既是其道德立场的真实表达,也是一种必要的政治姿态和训导部属的策略。

②　同上,3.47—51。赫克托尔说帕里斯拐走海伦从而引发战争"对于敌人是乐事",或许是在暗指阿开奥斯人其实是以海伦事件为借口侵略特洛伊,其真实目的在于征服和掠夺。

核心文本是第 6 卷的回城一幕。① 赫克托尔在赫勒诺斯的
建议下返回特洛伊,召请妇女们给雅典娜献祭。他刚到城门
边,"特洛伊人的妻子和女儿跑到他身边,问起她们的儿子、
弟兄、亲戚和丈夫"。② 赫克托尔代表全体特洛伊战士,带着
他们的消息回到家园,安抚和鼓励他们的妻子儿女。这个动
人的场景揭示了赫克托尔之于特洛伊的意义:作为普里阿摩
斯的长子和特洛伊的最高军事领袖,他一人承载着整个城邦
的生存希望。赫克托尔"叫她们一个个都去祈求神明,许多
人心里充满无限的悲愁哀怨"。③ 接着,赫克托尔先后同母
亲赫卡柏、帕里斯和海伦的会面和交谈,不仅交代了特洛伊
王室的政治结构和赫克托尔在其中的位置,而且从各个方面
展现了他的责任感、宗教虔敬、周全缜密的思虑和沉稳得体
的风度。④ 赫克托尔的形象逐渐饱满起来,我们甚至可以

---

　　① 《伊利亚特》,6.86—115 交代了赫克托尔回城的目的。和阿伽
门农不同,赫克托尔要对城邦的长老负责,这些长老(而非国王普里阿
摩斯)才是特洛伊城的实际统治者,因此,赫克托尔回城的行动带有强
烈的政治意味,从一个侧面揭示了特洛伊的政治结构。事实上,即便在
战场上,赫克托尔也不像阿伽门农那样拥有至少在形式上至高无上的
统帅权。特洛伊军师波吕达马斯也具备相当的指挥权,当赫克托尔与
波吕达马斯意见不一致的时候,两人需要在全军面前辩论。参见 Sale,
"The Government of Troy", pp. 59—61;比较《伊利亚特》,15. 722—725 和
18. 243—313:赫克托尔在和特洛伊长老的政治斗争中表现得勇敢而明
智,在和波吕达马斯产生战略分歧时却犯了明显而致命的错误,这说明
他真正擅长的领域是政治而非军事。

　　② 同上,6. 237—239。

　　③ 同上,6. 240—241。

　　④ 同上,6. 251—285(赫卡柏)、6. 321—341(帕里斯)、6. 342—
368(海伦)。

说,第 6 卷中的赫克托尔是整部史诗到目前为止最为生动完整、有血有肉的人物形象。这当然在很大程度上是因为,随着赫克托尔的回城,我们得以观察到他在和平状态中的言谈举止,从而了解他是一个什么样的儿子、兄长、大伯子、丈夫和父亲,而不仅仅是"杀人的赫克托尔"。①

然而,第 6 卷的回城毕竟只是一个短暂的插曲,在《伊利亚特》中,我们只能匆匆一瞥和平生活的景象。城外的鏖战时刻威胁着城内的和平,赫克托尔也必须回到战场,继续参与杀人与被杀的角逐,并最终走向他命中注定的惨死,这更加让我们为业已树立的赫克托尔的崇高形象感到惋惜。② 在最后和妻子安德洛玛克的会面和交谈中,赫克托尔的本性与其命运的悲剧性张力充分暴露了出来。荷马精心设计了这场会面的过程和场景:赫克托尔没有在家中寻见妻儿,被一个女奴告知安德洛玛克正抱着他们的小儿子在望楼上哭泣。赫克托尔本来很想与妻儿见一面,因为他"不知道能否再回到他们那里,或是神明会借阿开奥斯人的手把我杀死",但是得知妻子的状态后,却一言不发

---

① 第一次这样称呼赫克托尔的正是阿基琉斯,见《伊利亚特》,1. 240—241。斯科特观察到"赫克托尔"是唯一在《伊利亚特》的每一卷都出现的名字(Scott, *The Unity of Homer*, p. 218);雷德菲尔德指出,虽然赫克托尔在整部史诗中的地位是次要的,但是相比于主角阿基琉斯,他的形象在细节方面却更加详实(Redfield, *Nature and Culture in the Iliad*, p. 109)。

② 比较《伊利亚特》,6. 466—470。

地"转身离开他的家……来到斯开埃城门,打算穿过门洞,下到特洛伊平原"。① 这时安德洛玛克迎面跑来,流着泪恳求赫克托尔不要再离开特洛伊:"不幸的人啊,你的勇武(μένος)会害了你……赫克托尔,你成了我的尊贵的母亲、父亲、亲兄弟,又是我的强大的丈夫。你得可怜可怜我,待在这座望楼上,别让你的儿子做孤儿,妻子成寡妇。"②安德洛玛克的父兄全部为阿基琉斯所杀,母亲被阿基琉斯俘虏后也死于非命,赫克托尔是她仅剩的亲人和唯一的依靠,正如他也是整座特洛伊城最后的希望。没能避开妻子的恳求之辞,赫克托尔不得不在临走之前痛苦而又坚定地回答她:

> 夫人,这一切我也很关心,但是我耻于见
>
> 特洛伊人和那些穿拖地长袍的妇女,
>
> 要是我像个胆怯的人逃避战争。
>
> 我的血气也不容我逃避,我早已学会③
>
> 勇敢杀敌,同特洛伊人并肩打头阵,

---

① 《伊利亚特》,6.366—368,6.390—393。

② 同上,6.407—432。

③ 此处中译为"一向习惯于",但原文是μάθον,应该译为"早已学会"。这个词很重要,因为它表明赫克托尔并非阿基琉斯那样天生的战士,他的天性与战士的身份不符。比较《伊利亚特》,6.466—481:赫克托尔的孩子害怕他的马鬃头盔("那鬃毛在盔顶可畏地摇动"),待他脱下头盔,方才认出父亲。相比之下,阿基琉斯的铠甲几乎是其身体和"自我"的一部分。

为父亲和我自己赢得莫大的荣耀。①

安德洛玛克并不是要赫克托尔放弃抵抗,而是希望他采取守城的防御性策略,"下令叫军队停留在野无花果树旁边,从那里敌人最容易攀登,攻上城垣"。② 从特洛伊同盟的运作模式和当时的战局来看,这个建议是行不通的。③ 然而,赫克托尔的回答与战略无关,而是完全从英雄道德的要求出发:他"耻于"(αἰδέομαι)逃避前线,因为他早已"学会"(μάϑον)通过冲杀前阵来赢得"荣耀"(κλέος)。这里尤为重要的是"学会"一词。赫克托尔不像阿基琉斯那样是天生的战士,他的战斗力并不出众,他的勇猛也并非发自内心。从特洛伊城返回战场之后,面对前来和自己决斗的埃阿斯,"赫克托尔的心也在胸中加快悸动。他不能逃跑,也不能就这样退到将士丛中去,因为是他发出挑战"。④ 雷德菲尔德评论道:"赫克托尔对死亡的恐惧被他对耻辱的更深的恐惧所克服。"⑤我们再次看到,政治共同体和习俗规范所塑造的羞耻和光荣之别是赫克托尔的道德支柱,他的道德是作为耻感文化之典型代表的荷马社会的主流道德,而他本人就是这种道

---

① 《伊利亚特》,6.441—446。

② 同上,6.433—434。

③ Cf. Redfield, *Nature and Culture in the Iliad*, pp. 152—153.

④ 《伊利亚特》,7. 216—218;比较陈戎女:《荷马的世界》,第132—137 页。

⑤ Redfield, *Nature and Culture in the Iliad*, p. 115.

德的化身,他的德性展现了教化对于自然的驯服。① 赫克托尔的回答清晰地揭示了习俗培育德性的方式:首先,运用他人对自我的评价("特洛伊人和那些穿拖地长袍的妇女")来判定羞耻和光荣;其次,将社会性规范内化为自我的内在规范("我的血气也不容我逃避")。

社会性规范的力量在赫克托尔身上体现得非常明显,他既在意他人对自己的评价,也热衷于评价他人。在这一点上,帕里斯与他形成鲜明的对比:帕里斯既不评价他人,也不在意他人对自己的评价。虽然赫克托尔公开谴责帕里斯的怯懦和无耻,但是荷马并未将帕里斯刻画为一个猥琐的小人,而是凸显了他的随心所欲和逍遥自在。赫克托尔在特洛伊将士和海伦面前反复痛斥帕里斯,但是帕里斯每次的回复都显得极为平静:"赫克托尔,你责备我的这些话非常恰当,一点不过分。"②帕里斯既能够坦然接受自己临阵的恐慌,也能够主动提出决斗。在战败即将被杀之际,帕里斯被阿芙洛狄忒救回自己的寝宫,面对海伦的斥责,他又欣然接受了眼下的局面,对海伦说:"这一回墨涅拉奥斯有雅典娜帮助战胜

---

① 关于荷马社会的耻感文化,参考 E. R. Dodds, *The Greeks and the Irrational*, University of California Press, 1951, p. 28 ff.

② 这一行诗重复出现于《伊利亚特》,3. 59 和 6. 333。在前一处,帕里斯接着用一个比喻来形容赫克托尔:"你的这颗心是这样坚强,有如一把斧子被人拿来砍木柴,用技巧($τέχνη$)造成船板"(3. 60—62)。赫克托尔对于帕里斯的道德训斥被比作将树木制作为船板的技艺。

我,下一回是我战胜他,我们也有神相助。你过来,我们上去
睡觉,享受爱情。"①这种洒脱的心态不光是赫克托尔无法想
象的,在《伊利亚特》所有的人类角色中也是特例。在赫克
托尔看来,帕里斯是一个毫无英雄气概的人,但是反过来看,
帕里斯无视他人目光的自足和无视习俗道德的潇洒,恰恰是
一种赫克托尔不具备但绝非不需要的优点。②

赫克托尔不仅极为重视他人的道德评价,而且已经将社
会性规范充分内化为了自我施加的纪律:"我的血气也不容
我逃避。"这里的"血气"(ϑύμος)一词非常重要。古典时期
的希腊作家通常用ϑύμος[血气]一词指称人类灵魂中的一种
特定情感,例如,柏拉图将ϑύμος[血气]的本质概括为"对于
权力、胜利和名誉的追求",并指出,由血气统治的灵魂是
"高傲而且热爱荣誉的"。③ 亚里士多德关于ϑύμος[血气]的
讨论相对松散,他认为ϑύμος[血气]和勇敢、友爱、政治自由、
羞耻感等现象有关。④ 在ϑύμος[血气]的诸多表现形式中,
亚里士多德最关注愤怒(ὀργή),并将这种感受定义为一种针

---

① 《伊利亚特》,3.439—441。
② Cf. Adkins, *Merit and Responsibility*, pp.48—49. Adkins 提出,在
荷马社会中,大众意见是道德评判的最重要的标准,"荷马的英雄无法
退回他对自己的看法,因为他的自我仅仅拥有由他人赋予的价值"。这
一点对于赫克托尔来说或许是成立的,但是并不适用于帕里斯(Red-
field, *Nature and Culture in the Iliad*, pp.113—115; Cairns, *Aidōs*, pp.76—
77)。
③ 参阅柏拉图:《理想国》,550b,581a。
④ 参阅亚里士多德:《尼各马可伦理学》,1116b24—7a9;《政治
学》,1327b38—8a7。

对自己或亲友所遭受的不公正的轻慢的复仇欲望。① 对于柏拉图和亚里士多德来说，θύμος[血气]的各种表现或多或少都和胜利与失败、荣誉与羞耻、高贵与低贱的区分有关，所有这些区分一方面预设了每个人的自我意识，另一方面预设了人与人在共同体内外的社会关系。因此，θύμος[血气]是一种融合了感性和理性的政治情感，它极为鲜明地反映了强调竞争和卓越的古希腊文化所塑造的道德心态。在荷马史诗中，θύμος[血气]的意涵更加宽泛，它在很多地方指的不是某种具体特殊的情感，而是人的各种欲望和感受、激情和冲动所发生的内在场所。② 不过，虽然θύμος[血气]以及相关词汇在荷马史诗中的含义和用法丰富多样，但是其最主要的意义仍然与英雄捍卫荣誉的情感和冲动密切相关，是耻感道德的心理枢纽。③ 唯有专注于θύμος[血气]的这一核心意义，

① 亚里士多德：《修辞学》，1378a30—33。关于亚里士多德的血气观念，参考陈斯一："亚里士多德论血气的德性"，载于《现代哲学》，2019 年第 1 期，第 72—79 页。

② 多兹称荷马史诗中的θύμος为"情感的器官"（organ of feeling），见 Dodds, *The Greeks and the Irrational*, p. 16；许多学者指出，对于θύμος最恰当的翻译应该是"心"（heart）。关于早期希腊史诗中的θύμος观念，参见 C. Caswell, *A Study of Thumos in Early Greek Epic*, Brill, 1990；另见 Barbara Koziak, "Homeric Thumos: The Early History of Gender, Emotion, and Politics", *The Journal of Politics* Vol. 61, No. 4（Nov., 1999），pp. 1068—1091。

③ 正因为如此，血气的具体表现往往是赴战的勇气，例如《伊利亚特》，7. 152—153："我的坚忍的血气（θύμος）却驱使我鼓起勇气，去同他战斗"；12. 307—308："神样的萨尔佩冬的血气（θυμός）也这样激励他，勇往直前地去攻打壁垒"。

我们才能理解何以"心高气傲"是荷马对于英雄的固定刻画，这个形容词的字面意义就是"血气很大"（μεγάϑυμος）。从血气和荣辱的内在关联来看，血气很大意味着有充足的动力将基于他人评价的社会性规范内化为基于内在羞耻感和荣誉感的政治德性，这是英雄的基本规定。[①]

赫克托尔的错误

在耻感道德的支配下，英雄将自身的血气源源不断地转化为勇武的行动，而行动所取得的胜利和荣耀反过来激发出更强烈的血气。第 6 卷之后的赫克托尔将血气和行动的相互转化和激发表现得淋漓尽致，而他的战绩所引发的后果也是推动《伊利亚特》接下来的情节发展的一条主线：第 7 卷，与埃阿斯决斗；第 8 卷，率军击退阿开奥斯人，并在卷末发表激昂的动员演说；第 12 卷，率先冲破阿开奥斯人的壁垒，把阿开奥斯人逼退到船边；第 15 卷，点燃敌方战船，声称"宙斯把补偿一切的时刻赐给了我们"，将阿开奥斯人逼至绝境，导致阿基琉斯派帕托克鲁斯出战；第 16 卷，杀死帕托克鲁斯，夺走阿基琉斯的铠甲，导致阿基琉斯返回战场；第 20 卷，试图挑战阿基琉斯，被阿波罗制止。伴随这一系列事件，赫克托尔的性格缺陷逐渐暴露了出来，最终由于致命的错误而走

---

① Cf. Cairns, *Aidōs*, pp. 80—81.

向死亡,也断送了特洛伊的希望。从第7卷返回战场直到第
22卷被阿基琉斯杀死之前,赫克托尔在战斗的过程中变得
越来越自负、莽撞和固执。通过描述赫克托尔的心态、选择
和悲剧性的结局,特别是特洛伊军师波吕达马斯给赫克托尔
的四次建议和赫克托尔的四次回应及其后果,诗人既表现了
人物的性格和命运相互交织的具体方式,也揭示了这位英雄
所代表的习俗道德的内在局限。

　　在《伊利亚特》中,波吕达马斯没有行动,只有言辞,而
他的全部言辞都是给赫克托尔提供军事建议。很多学者不
无道理地认为,波吕达马斯这个人物是荷马专门设计出来反
衬赫克托尔的。在第12卷,面对阿开奥斯人挖的壕沟,波吕
达马斯建议战士们跳下战车、徒步跨越。① 赫克托尔认同了
这个建议,而仅仅数十行之后,荷马就告诉我们违背该建议
的后果:"所有的特洛伊人和他们的著名的同盟者都接受了
白璧无瑕的波吕达马斯的建议,只有人民的首领许尔塔科斯
的儿子阿西奥斯不赞成把战车交由御者看管,他驾着战车驶
向阿开奥斯人的战船,愚蠢地注定不可能逃脱邪恶的
死亡。"②

　　稍后,人们看见一只老鹰抓着巨蛇飞过战场上空,巨蛇
拼命挣扎,咬中老鹰前胸,老鹰在剧痛中把蛇抛下。波吕达

---

① 《伊利亚特》,12.60—79。

② 同上,12.108—103。

马斯认为这是凶兆,建议不要进攻对方的船只,这一次却遭
到赫克托尔的责骂。波吕达马斯在进言之前就提醒赫克托
尔,不要像往常一样"不允许一个普通人在议院里或战场上
和你争论,只想增强自己的威名",这说明赫克托尔平时
("在议院里")就很注重社会阶层和政治身份,即便在战场
上也拘泥于这些人为的秩序与偏见。赫克托尔的回复暴露
了他的自负和不虔敬:"显然不朽的天神使你失去了理智,以
至于竟要我忘记鸣雷神宙斯的意愿……最好的征兆只有一
个,那就是为城邦而战。"①赫克托尔坚信为城邦而战是正义
的,必然为神的意志所褒奖,却似乎意识不到战争的双方都
在为各自的城邦而战,也遗忘了这场战争所涉及的复杂是
非;他批评波吕达马斯失去理智,这更是极具反讽意味,因为
读者清楚地知道,此时缺乏理智的正是赫克托尔自己。事实
上,虽然宙斯从第 8 卷开始全力帮助赫克托尔和特洛伊人,
但是他的真实目的在于满足阿基琉斯的愿望。赫克托尔只
是宙斯的工具,而"城邦"这个在他心目中神圣不可侵犯的
正义源泉,只不过是诸神博弈中微不足道的砝码。②

　　波吕达马斯第三次给赫克托尔建议是在第 13 卷的末
尾,赫克托尔在冲击壁垒时遭遇阿开奥斯人的坚决抵抗,并
且"不知道阿尔戈斯人正在船寨左翼屠戮特洛伊军队"。由

---

① 《伊利亚特》,12.200—250。
② 比较《伊利亚特》,4.50 以下。

于上一次建议被拒绝,波吕达马斯这次特意强调了行动与言辞的分工,暗示赫克托尔虽然勇武,但是并不善于谋略:"神明让这个人精于战事,让另一个人精于舞蹈,让第三个人谙于竖琴和唱歌,鸣雷的宙斯又把高尚的智慧置于第四个人的胸中,使他见事最精明。"接着,他建议赫克托尔知难而退,尽快撤军以便重商战局。赫克托尔虽然口头同意了,但是依旧恋战,继续四处布置战斗,其间又谴责帕里斯作战不力。帕里斯的回答既是为自己辩护,也是给赫克托尔警告:"你刚才询问的那几位战友已经被杀死……我们有多少力量就会使多少力量,一个人不可能凭热情超越能力去作战。"①在数行之前,荷马专门交代了特洛伊阵营的伤亡情况,让读者明确意识到,赫克托尔已经越来越呈现出"凭热情超越能力去作战"的倾向,而且逐渐将整个特洛伊军队拖入极为危险的处境。在第13卷的开头,荷马曾用一个精彩的比喻揭示出赫克托尔沉浸于血气的激情并且在行动的惯性中越来越失控的状态:"特洛伊人蜂拥冲来,赫克托尔冲杀在前,率领他们,如同山崖上浑圆的巨石,那巨石被冰雪消融的盈溢流水冲下崖壁,急流冲掉了它的座基。"②赫克托尔有如一块从山崖滚下的巨石,表面上势不可挡,其实已经丧失了对于战局以及自身命运的掌控。

---

① 《伊利亚特》,13.673—787。

② 同上,13.136—139。

在这种情势中,波吕达马斯给赫克托尔的第四次建议是后者悬崖勒马的最后机会。这时候阿基琉斯已经得知帕托克鲁斯的死讯,待工匠神为他打造的新铠甲完工即可出战。在波吕达马斯最后一次进言之前,荷马加上四行诗句:"明达事理的波吕达马斯首先发言,他们中只有他一人洞察过去未来,还是赫克托尔的伙伴(ἑταῖϱος),出生在同一个夜晚,一个擅长投枪,另一个擅长辩论。"①赫克托尔和波吕达马斯是出生在同一个夜晚的伙伴,分别擅长投枪和辩论,诗人运用这一鲜明的对仗呈现出行动与言辞、血气与理智的对立。眼见复仇心切的阿基琉斯即将出战,波吕达马斯主张全军退回城邦,转攻为守,以便保存力量。鉴于赫克托尔的过度进取已经导致特洛伊军队疲惫透支和严重伤亡,这时候直面战斗力超强且充满杀戮欲望的阿基琉斯无疑是极不明智的。然而,面对波吕达马斯的正确意见,赫克托尔粗暴地斥责他"刚才的话太令人恼怒"。他重申宙斯正在帮助自己,不仅拒绝撤退,而且要求全军明日发动总攻。在某种意义上,波吕达马斯是赫克托尔的理智的化身;后者不假思索地拒绝前者的建议,这意味着赫克托尔的血气已经不受其理性的控制。最能说明这一点的莫过于他对阿基琉斯的挑战:"若神样的阿基琉斯胆敢出现在船前,到时候就让他好好如愿以偿地吃吃苦。我

① 《伊利亚特》,18.249—252。

不会害怕临阵退缩,决心和他比个高低,看是他战胜我还是我战胜他。"①荷马以叙述者的口吻总结道:"愚蠢啊,帕拉斯·雅典娜使他们失去了理智。② 人们对赫克托尔的不高明的意见大加称赞,却没人赞成波吕达马斯的周全主意。"③或许,正是因为赫克托尔的错误实在太过明显,荷马才暗示,若非雅典娜夺走特洛伊人的理智,没有人会赞同他的决策。

赫克托尔的错误决策是整个战局的转折点,但是这并非他所犯的最后一个错误。阿基琉斯出战后大发神威,最终,不堪杀戮的特洛伊人"像一群惊鹿逃进城里",但是"恶毒的命运却把赫克托尔束缚在原地,把他阻留在伊利昂城外斯开埃门前"。④ 赫克托尔的父母在城墙的望楼上看见阿基琉斯全速奔跑着前来猎杀他们的儿子,哭喊着恳求后者退回城内。普里阿摩斯"把手伸向赫克托尔,可怜地哀求"他"为了拯救特洛伊男女"而保全性命,并且向赫克托尔描绘了特洛伊一旦陷落将会发生的惨绝人寰的景象。赫卡柏"一手拉开衣襟,一手托起乳房",含泪哀求赫克托尔:"儿啊,赫克托尔,可怜我,看在这份上,我曾经用它里面的汁水平抚你哭泣。"⑤然而,父母的哀求没能打动赫克托尔,他"心情激越不愿退缩……但

---

① 《伊利亚特》,18.305—308。

② 此句更加字面的翻译是"帕拉斯·雅典娜夺走了他们的理智"。值得注意的是,荷马没有说雅典娜夺走了赫克托尔的理智(cf. Lloyd-Jones, *The Justice of Zeus*, p.23),赫克托尔所犯的错误不涉及神的干预。

③ 同上,18.311—313。

④ 同上,22.1—5。

⑤ 同上,22.25—89。

他也不无忧虑地对自己的心（ϑυμόν）这样说"：

> 天哪，如果我退进城里躲进城墙，
>
> 波吕达马斯会首先前来把我责备，
>
> 在神样的阿基琉斯复出的这个恶夜，
>
> 他曾经建议让特洛伊人退进城里，
>
> 我却没有采纳，那样本会更合适。
>
> 现在我因自己顽拗损折了军队，
>
> 耻于面对特洛伊男子和拽长裙的特洛伊妇女，
>
> 也许某个贫贱于我的人会这样说，
>
> "只因赫克托尔过于自信，损折了军队。"
>
> 人们定会这样指责我，我还远不如
>
> 出战阿基琉斯，或者我杀死他胜利回城，
>
> 或者他把我打倒，我光荣地战死城下。①

在生死存亡的紧要关头，最终支配赫克托尔的仍然是他的血气。至此，他已经充分意识到自己因盲目自信和固执鲁莽而犯下的战略错误，正如第9卷的阿伽门农意识到自己对阿基琉斯的侵犯，或者第3卷的帕里斯意识到自己面对墨涅拉奥斯的胆怯。然而，与阿伽门农和帕里斯不同的是，赫克托尔无法接受自己的错误并做出相应的补救，他害怕遭到波

---

① 《伊利亚特》，22.96—110。

吕达马斯的谴责,特别是害怕遭到那些比他地位低下的人
("贫贱于我的人")的谴责,这对于他而言将会是极大的耻
辱。对于羞耻的恐惧成就了赫克托尔的德性,使得他在绝大
多数情况下是远比阿伽门农和帕里斯更为卓越的英雄,而且
他的卓越在很大程度上就体现为献身于城邦的无畏和大义
凛然。然而,同样是对于羞耻的恐惧,最终却导致赫克托尔
在他自己和特洛伊城的命运关节点上做出了一个极为自私
的选择:为了逃避特洛伊人的指责,他选择留在城外迎战阿
基琉斯,即便他非常清楚地知道自己不是阿基琉斯的对手。
此时的赫克托尔只求光荣地战死城下,即便他非常清楚地知
道特洛伊会随着自己的死亡而陷落。

在第 22 卷的开头,荷马说"恶毒的命运($\mu o \tilde{\imath} \varrho a$)把赫
克托尔束缚在原地",而我们已经看到,命运向来是通过人
的选择来发挥作用的。从某种意义上讲,赫克托尔在第 6
卷的选择已经决定了他在第 22 卷的结局,早在他当时离
开家重返战场的时候,家中的妻子和女仆就已经"在厅堂
里哀悼还活着的赫克托尔"。[①] 赫克托尔对安德洛玛克的
拒绝并非简单地在家庭和城邦之间选择了后者。[②] 他预感
到战败的结局并且为妻子的命运忧虑,但是这种忧虑表现

---

① 《伊利亚特》,6.500。雷德菲尔德精辟地指出:"赫克托尔的故事始
于也终于他的葬礼。"(Redfield, *Nature and Culture in the Iliad*, p. 127)
② 这似乎是雷德菲尔德的观点,他认为赫克托尔的悲剧根源于
他在家庭和城邦之间的两难选择,参见 Redfield, *Nature and Culture in the
Iliad*, pp. 123—124。

为"但愿我在听见你被俘呼救的声音以前,早已被人杀死,葬身于一堆黄土"。① 我们很难判断这是一种坚毅的承受还是一种怯弱的逃避,抑或是二者兼具。在战场上,无论是过分的进取和鲁莽,还是拒绝不同意见的自负与固执,甚至面对神明的不虔敬,其实都是那些本来成就了赫克托尔之德性的性格要素(放手一搏的胆识、决断的果敢、行动的坚毅顽强、对正义的持守……)在极端状态中失去节制而变得"过分"(ὕβϱις)的体现。这种人性的悖谬在赫克托尔的一个个选择及其后果中逐渐暴露出来,最终造成了他的悲剧。

赫克托尔的悲剧

赫克托尔的悲剧不仅始于对城邦的忠诚、终于对城邦的背叛,而且始于他强烈的羞耻感和荣誉感、终于其尊严的彻底丧失。虽然下定赴死的决心迎战阿基琉斯,但是当阿基琉斯持枪咄咄逼近,赫克托尔还是禁不住心中发颤、仓皇而逃。② 阿基琉斯随即展开追逐,两人在特洛伊人、阿开奥斯人、诸神的注目下绕城三周。荷马将这场追逐比作鹰隼追逐野鸽、猎狗追逐雏鹿,足见赫克托尔的狼狈惨状,以至于宙斯一度产生拯救他的念头,而阿波罗也一直给他灌输力量,让

---

① 《伊利亚特》,6.464—465。
② 同上,22.136—137。

他能够甩开阿基琉斯,暂存性命。① 在这个紧张而又肃穆的场面中,荷马看似不经意地描绘起两人跑过之处的景象,勾勒出特洛伊城战前的和平生活,极大加剧了赫克托尔之死以及这一死亡所预示的特洛伊之覆灭的悲剧色彩:

> 他们跑过丘冈和迎风摇曳的无花果树,
>
> 一直顺着城墙下面的车道奔跑,
>
> 到达两道涌溢清澈水流的泉边,
>
> 一道泉涌流热水,热气从中升起,
>
> 笼罩泉边如果缭绕着烈焰的烟雾。
>
> 另一道涌出的泉水即使夏季也凉得
>
> 像冰雹或冷雪或者由水凝结的寒冰。
>
> 紧挨着泉水是条条宽阔精美的石槽,
>
> 在阿开奥斯人到来之前的和平时光,
>
> 特洛伊人的妻子和他们的可爱的女儿们
>
> 一向在这里洗涤她们的漂亮衣裳。②

---

① 《伊利亚特》,22.139—142,168—176,188—192,203—204。

② 《伊利亚特》,22.145—156;比较《伊利亚特》,6.491—493,赫克托尔告别安德洛玛克最后的话是:"你且回到家里,照料你的家务,看管织布机和卷线杆,打仗的事情男人管,每一个生长在伊利昂的男人管,尤其是我。"以及《伊利亚特》,22.442—446:"她刚才还吩咐那些美发的侍女们进屋,把大三脚鼎架上旺火,从战场回来的赫克托尔可以痛痛快快地洗个热水澡。她绝没想到丈夫不可能再回来把澡洗,雅典娜已通过阿基琉斯之手把他杀死。"最终,赫克托尔未能保卫安德洛玛克所代表的那个和平而温存的世界。

赫克托尔和阿基琉斯一连三次跑过这泉水,而当他们第四次来到泉边,宙斯取出定夺命运的黄金秤盘,放上阿基琉斯和赫克托尔的命数,"他提起秤杆中央,赫克托尔的一侧下倾,滑向哈德斯,阿波罗立即把他抛弃"。① 阿基琉斯毫无悬念地杀死了赫克托尔,不仅无情地拒绝了后者善待尸体的请求,而且剥下他的铠甲,割开他的脚筋,穿进皮带系上战车,拖着尸体肆意凌辱。赫克托尔的悲剧在父母妻子目睹其死亡和受辱的巨大悲伤和全体特洛伊人的深深绝望中达到高潮。他致力于守护的和平生活凝聚为妻女在泉水边洗涤衣裳的画面,成为逃命途中的一瞥,注定随着他的死亡而毁灭。

不过,在另一个意义上,赫克托尔的故事并没有随着他的生命终止而结束。直到第 24 卷的开头,阿基琉斯仍然在不断地折磨赫克托尔的尸体,被自己无法释怀的愤怒和悔恨捆绑于反复复仇的假想。无论是对于死去的赫克托尔,还是对于活着的阿基琉斯,这都并非合适的结局。最终,在诸神的介入下,普里阿摩斯勇敢而诚恳的请求复苏了阿基琉斯残存的人性,他善待了特洛伊国王,归还了赫克托尔的尸体。整部《伊利亚特》至此终告结束:"他们是这样为驯马的赫克托尔举行了葬礼。"②死后的赫克托尔不再是"杀人的",而是"驯马的",他重又成为一个"善驯马的特洛伊人"。在某种

---

① 《伊利亚特》,22.208—213。

② 同上,24.804。

意义上,死亡让赫克托尔回到了他的本性,正如他静静的尸体"比他把熊熊火把抛向船舶时要温和"。① 在荷马的世界中,死亡本身并不可怕,可怕的是死无葬身之地、尸体被鸟兽吞食。② 如果说葬礼的习俗是以文化的方式将死亡重新纳入人类生活世界的标志,那么被弃于郊野的尸体就通过沦为鸟兽的食物而被彻底地纳入了严峻而冷酷的自然。虽然赫克托尔的死亡是习俗道德的悲剧,但是他的葬礼最终在自然的严峻和冷酷面前挽救了文化的尊严。然而,也正是在这个意义上,特洛伊比赫克托尔更加悲惨,因为同牺牲的英雄相比,陷落的城邦没有葬礼。

---

① 《伊利亚特》,22. 374。

② 关于荷马史诗中葬礼的意义,参考 Redfield, *Nature and Culture in the Iliad*, p. 167 ff. 。

六、阿基琉斯的神性与兽性

阿基琉斯与"自然"

女神啊，请歌唱佩琉斯之子阿基琉斯的

致命的愤怒，那一怒给阿开奥斯人带来

无数的苦难，把战士的许多健壮英魂

送往冥府，使他们的尸体成为野狗的猎物

和各种飞禽的餐食，从阿特柔斯之子、

人民的国王同神样的阿基琉斯最初在争吵中

分离时开始吧，就这样实现了宙斯的意愿。①

这七行诗是《伊利亚特》的序言或"序诗"，概括了全诗

---

① 《伊利亚特》，1.1—7。

的主题。

《伊利亚特》以阿基琉斯的"愤怒"($μῆνις$)开篇。全诗的第一个词$μῆνιν$[愤怒]极为重要。① 在荷马史诗用来表达愤怒的诸多词语中,名词$μῆνις$[愤怒]通常指的是神对人的愤怒或宙斯对其他神的愤怒。在《伊利亚特》中,人作为$μῆνις$[愤怒]之主体的情况仅出现了四次,而这四次指的都是阿基琉斯的愤怒。② 同时,阿基琉斯愤怒的后果是带给阿开奥斯人"苦难"($ἄλγεα$),而在荷马史诗的语言中,造成$ἄλγεα$[苦难]的通常是神、诅咒或其他超自然力量,阿基琉斯是唯一能够给他人带来$ἄλγεα$[苦难]的人。③ 事实上,"神的$μῆνις$[愤怒]导致人的$ἄλγεα$"[苦难]是古希腊神话中人神关系的典型模式,也是正义的重要表现方式:神的$μῆνις$[愤怒]往往是因为人违背了人神秩序,僭越

---

① $Μῆνιν$[愤怒]是$μῆνις$[愤怒]的宾格,是荷马祈求缪斯歌唱($ἄειδε$)的直接对象。纳吉指出,"古风诗歌传统上用开篇的第一个词(其功能类似标题)来命名叙事的主要主题"(Nagy, *Best of the Achaeans*, p. 73, n. 1)。对于该词的研究,参考 Patrick Considine, "Some Homeric Terms for Anger", *Acta Classica* 9 (1966), pp. 15—25; Calvert Watkins, "On MHNIΣ", *Indo-European Studies* 3 (1977), pp. 686—722; Redfield, "The Proem of the Iliad: Homer's Art", *Classical Philology* Vol. 74, No. 2 (Apr., 1979), pp. 95—110。

② 另见《伊利亚特》,9. 517:"我决不会规劝你平息自己的怒火($μῆνιν$)";19. 35:"消除对士兵的牧者阿伽门农的怨恨($μῆνιν$)";19. 75:"欢呼勇敢的佩琉斯之子消除愤怒($μῆνιν$)"。比较 Nagy, *Best of the Achaeans*, p. 73, n. 2。

③ 比较《伊利亚特》,5. 384,22. 422; Redfield, "The Proem of the Iliad", p. 101。

了自己的位置、冒犯了神，而人的 ἄλγεα［苦难］则是神对此的惩罚。① 紧跟在序诗之后，荷马讲述了阿伽门农因拒绝归还阿波罗祭祀之女而触怒太阳神，导致阿开奥斯军队惨遭瘟疫之罚的故事。在诗文中，阿波罗的愤怒用词是 μῆνις［愤怒］，而阿开奥斯人遭受的瘟疫则被概括为 ἄλγεα［苦难］。② 由此可见，序诗将这两个极具标示性的词汇分别用在阿基琉斯和阿开奥斯人身上，目的正是在于将二者的关系类比于神和人的关系，将阿基琉斯的形象塑造为人中之神。③

由于阿基琉斯的愤怒，阿开奥斯人的"尸体成为野狗的猎物和各种飞禽的餐食"。雷德菲尔德指出，这两行诗有两个蹊跷之处：首先，它们"给我们呈现了一幅从未在诗歌中出现的场景"，也就是说，《伊利亚特》并未出现英雄的尸体为野狗和飞禽所食的情节。④ 其次，"餐食"（δαῖτα）一词通常

①　参见洛伊德-琼斯对古希腊正义观念的概括："宙斯的正义不仅要求人类在彼此的关系中履行正义，而且要求人类牢记自己的从属地位，切勿试图分享不朽者的特权。"（Lloyd-Jones, *The Justice of Zeus*, p. 35）

②　《伊利亚特》，1. 75，1. 96。与愤怒和苦难紧密相关的是，阿基琉斯和神共享"阻挡毁灭"（λοιγὸν ἀμῦναι）的能力，也就是说，和神一样，阿基琉斯既能够带来苦难，也能够解除苦难。参见 Nagy, *Best of the Achaeans*, pp. 74—78；Laura M. Slatkin, *The Power of Thetis and Selected Essays*, Center for Hellenic Studies, 2011, pp. 59—62, 73—74。阿基琉斯的这一能力应该遗传自他的母亲忒提斯，后者在诸神中具有最高程度的"阻挡毁灭"的能力，见下文的分析。

③　Considine, "Some Homeric Terms for Anger", pp. 19—20；Watkins, "On MHNIΣ", p. 690；Redfield, "The Proem of the Iliad", pp. 97—98；Nagy, *Best of the Achaeans*, pp. 73—75。

④　Redfield, "The Proem of the Iliad", p. 101. 英雄们常用"鸟兽吞食尸体"来相互威胁，例如《伊利亚特》，2. 393，8. 379—380，（转下页注）

指人类的宴席,与"猎物"(ἐλώρια)的性质迥异。① 雷德菲尔德认为,荷马之所以在序诗中提及鸟兽吞食尸体的情节,并且将ἐλώρια[猎物]和δαῖτα[餐食]并举,目的是揭示战争如何消融了人性与兽性的界限,展现人与人在战场上的相互征服和杀戮无异于兽类的弱肉强食。对此最直白的印证正是阿基琉斯在杀死赫克托尔之前对他发出的威胁:"凭你的作为在我的心中激起的怒火,恨不得把你活活剁碎一块块吞下肚……狗群和飞禽会把你全部吞噬干净。"②阿基琉斯预言

――――――――――

(接上页注) 13.831—832,18.271—272,22.43,22.335,22.354,等等。然而,这些威胁从未被真正执行过。(唯一的例外出现于第21卷,阿基琉斯杀死吕卡昂和阿斯特罗帕奥斯,将他们的尸体扔进河里喂鱼,见《伊利亚特》,1.114以下。笔者将在后文分析该段落。)尤其是整部史诗中最重要的两具尸体——帕托克鲁斯和赫克托尔的尸体,虽然都曾遭到类似的威胁,但是最终都完好无损,并且获得了隆重的葬礼。赫克托尔尸体的命运是《伊利亚特》最后一卷的重要主题。(普里阿摩斯前去赎回赫克托尔尸体时遇见自称阿基琉斯侍从的赫尔墨斯,他首要的问题便是:"请你把真实情况告诉我,我的儿子依然是在船边,还是被阿基琉斯砍断手和脚,扔去让疯狂的狗群吞吃?"24.405—409)雷德菲尔德提出,尸体是介于自然与文化之间的临界性(liminal)存在,尸体的两种命运象征着自然与文化的永恒斗争:葬礼(尤其是火葬)是将尸体重新纳入人类文化世界的方式,而被鸟兽吞食则意味着尸体被彻底地纳入了自然。参见 Redfield, *Nature and Culture in the Iliad*, pp.179—199。

① 关于此处的文本争议,参见普法伊费尔:《古典学术史(上卷)》,第133—137页;Redfield, "The Proem of the Iliad", p.96。

② 《伊利亚特》,22.345—354,注意此处"吞噬"(δάσονται)一词和δαῖτα[餐食]同源。阿波罗谴责阿基琉斯虐待赫克托尔的尸体时也使用了δαῖτα[餐食]一词,见《伊利亚特》,24.43。在此之前,针对赫克托尔提出的胜利者善待失败者尸体的请求,阿基琉斯回复道:"赫克托尔,最可恶的人,没什么条约可言,有如狮子和人之间不可能有信誓,狼和绵羊永远不可能协和一致。"(《伊利亚特》,22.261—263)阿波罗还使用了"害人的"(ὀλοῷ)这个词,该词在全诗其他地方指的都是具有毁灭性的自然力量,见 Schein, *The Mortal Hero*, p.158。

赫克托尔的尸体将同时成为他自己的 $\delta a \hat{\imath} \tau a$[餐食]和鸟兽的 $\dot{\epsilon}\lambda\dot{\omega}\varrho\iota a$[猎物],这个并未执行的威胁与序诗中并未实现的预言遥相呼应,通过暗示人与人同类相食的野蛮行径来暴露阿基琉斯身上的兽性。①

在《伊利亚特》中,所有的英雄都具有神的血统,所有的英雄也都在战斗中暴露出野兽般的噬血和残酷。事实上,英雄的神性与兽性是一体两面,二者从不同的方向展现了英雄体内蕴含的自然力量,这种力量超越了安顿人性的习俗世界,并与之形成强烈的张力。在这一点上,就连赫克托尔也不例外。虽然赫克托尔在通常情况下非常敬畏神明,并且重视善待对手尸体的礼仪,②然而,正是在他鲜有地表现出渴望神性血统时,他也向对手发出宣泄自身兽性的威胁,印证了神性和兽性的如影随形:"犹如我一向希望自己能是鸣雷神宙斯的儿子,天后赫拉所生,受人敬重如同雅典娜和福波斯·阿波罗③,我

① 事实上,阿提卡瓶画艺术有对于阿基琉斯食用赫克托尔尸体的表现(Redfield, "The Proem of the Iliad", p. 104, n. 33)。笔者认为,这说明特洛伊战争的神话传统中确实存在阿基琉斯吃人肉的野蛮情节,但是荷马对其进行了删改,转化为阿基琉斯对赫克托尔发出并未执行的威胁以及对其尸体的虐待,从而在很大程度上净化和升华了阿基琉斯身上的兽性。比较 Brian Satterfield, "The Beginning of the 'Iliad': The 'Contradictions' of the Proem and the Burial of Hektor", *Mnemosyne*, Fourth Series, Vol. 64, Fasc. 1 (2011), pp. 1—20。

② 例如《伊利亚特》,6. 263—268:赫克托尔因为未洗手而拒绝饮用母亲端给他的酒并向宙斯奠酒,避免冒犯宙斯;以及 7. 76—91:在与大埃阿斯决斗前,赫克托尔提出双方需承诺胜利者要善待失败者的尸体,将尸体归还给对方阵营,以便举行葬礼。

③ 关于赫克托尔渴望成为宙斯之子,见 Nagy, *The Best of the Achaeans*, pp. 148—149。

也这样深信阿尔戈斯人将遭不幸,你也会死在他们中间,倘若你胆敢对抗我的长枪,不怕嫩肉被撕碎。那时你将倒在阿开奥斯人的船边,用你的肥肉喂饱特洛伊的恶狗和鸟群。"①

在所有的英雄中,阿基琉斯具有最高程度的自然卓越,这一点尤其鲜明地体现为:超乎常人的神性和兽性同时存在于他的体内。亚里士多德认为,天性不适于城邦生活的存在要么是低于人的野兽,要么是高于人的神,而阿基琉斯正是这样的存在——他的天性不适于任何政治共同体,他的神性和兽性从两个方向超越了安顿人性的习俗世界,从而打开了这个世界所居其中的更为广阔的自然秩序。② 正如雷德菲尔德所言,"序诗告诉我们,《伊利亚特》将会探索人、兽、神之间的关系"。③ 这个探索者就是阿基琉斯。

阿基琉斯的神性

要更加充分地理解阿基琉斯的神性,我们应该从他的身世谈起。阿基琉斯是色萨利国王佩琉斯和海洋女神忒提斯

---

① 《伊利亚特》,13. 825—832。赫克托尔死后,普里阿摩斯这样评价他:"他是人中的神,不像凡人的儿子,而像天神的儿子。"(24. 259—260)

② 比较亚里士多德:《尼各马可伦理学》,1145a15—27。亚里士多德在《尼各马可伦理学》第7卷的开头提出:存在超出普通德性与劣性的更为广阔的道德谱系,其中,比劣性更低的品质是兽性,比德性更高的品质是英雄德性或者神性的德性。

③ Redfield, "The Proem of the Iliad", p. 110.

的儿子,而佩琉斯的祖父是宙斯。虽然阿基琉斯对自己的父系血脉颇为自豪①,但是他毕竟只是宙斯的曾孙,这在英雄当中并不算出众,比如萨尔佩冬就是宙斯的儿子。不过,通过女神母亲忒提斯,阿基琉斯其实与宙斯甚至整个奥林匹亚神圣秩序有着超乎寻常的关系,可以说,忒提斯才是阿基琉斯身上神性的源泉。② 与奥林匹亚诸神相比,忒提斯虽然是一个处于边缘地位的小神,但是在整个古希腊神话体系中,她是一位身世古老且拥有非凡能力的神,在某些流传至今的文献中,她甚至被当作"宇宙的生成本原",具有"原始而神圣的创造力"。③ 更重要的是,忒提斯具有救助其他神明的能力:荷马在《伊利亚特》中提及她曾经救助过宙斯、狄奥尼索斯、工匠神赫菲斯托斯。④ 基于对这些段落的细致分析,

---

① 《伊利亚特》,21. 186—187,阿基琉斯在战胜阿斯特罗帕奥斯之后对他说:"你说你属水流宽阔的河神家族,我却荣耀地归属强大的宙斯世系"。比较20. 105—108,阿波罗对埃涅阿斯说:"都说是宙斯的女儿阿芙洛狄忒生了你,阿基琉斯却是地位低下的神女所生,她们的父亲一个是宙斯,一个只是海中老朽。"

② 英雄的神性血统通常更多来自父系。在整部《伊利亚特》中,由女神与男人所生的英雄只有两位:阿基琉斯和埃涅阿斯。关于女神与男人结合的主题以及该主题的悲剧色彩,参见 Slatkin, "The Wrath of Thetis", *Transactions of the American Philological Association* Vol. 116 (1986), pp. 5—9。

③ 参见 Slatkin, "The Wrath of Thetis", pp. 13—14;另见柯克:《希腊神话的性质》,刘宗迪译,华东师范大学出版社,2017 年,第 42 页:"忒提斯……与世界的原初创造之间存在着一种令人费解的关联"。

④ 参阅《伊利亚特》,1. 396—406,6. 130—137,18. 393—409。更重要的是,忒提斯能够为宙斯"阻挡毁灭"($\lambda o\iota\gamma\grave{o}\nu\ \dot{\alpha}\mu\tilde{\nu}\nu\alpha\iota$,1. 398),这是《伊利亚特》中唯一一处一个神为另一个神(而且是宙斯)"阻挡毁灭"的例子。对此的分析,见 Slatkin, "The Wrath of Thetis", pp. 15—16。

劳拉·斯拉特金（Laura M. Slatkin）总结道，"虽然在《伊利亚特》的范围之内，宙斯是终极的保护者，但是此处诗歌似乎指涉着另一种宇宙论关系"，也就是一个更为古老的以忒提斯为至高护佑力量的神话体系。[①]

忒提斯强大的自然力量对于我们理解阿基琉斯的神性特质极为重要。大体而言，古希腊神谱经历了以乌拉诺斯为首的自然神、以克洛诺斯为首的巨人神或泰坦神、以宙斯为首的奥林匹亚诸神这三个"朝代"的更迭，整个更迭的过程呈现出从自然神系到人文神系的过渡。[②] 以天空之神乌拉诺斯、大地之神盖亚为代表的第一代神在很大程度上是自然力量的象征，二者生育了泰坦神，包括与时间、农业、丰收相关的克洛诺斯，其妻子第二任神后地母神瑞亚，被荷马称作众神始祖的大洋神欧申纳斯，秩序和正义女神忒弥斯，缪斯之母记忆女神谟涅摩绪涅等，这些泰坦神的族群呈现出自然要素和人性要素的混杂。到了宙斯这一代，奥林匹亚诸神已经在整体上高度人文化了，其代表是雷神宙斯、神后赫拉、智慧女神雅典娜、太阳神阿波罗、海神波塞冬、战神阿瑞斯等，这些神的外形与性情都与人类无异，只是智慧更高、力量更强、容貌更美、永生不死。与最终取得统治地位的奥林匹亚

[①]　Slatkin, "The Wrath of Thetis", p. 10.

[②]　参考柯克：《希腊神话的性质》，第 37 页以下。柯克认为，由于古希腊原住民（proto-Greeks）比较早地告别了狩猎社会，其神话系统很早就"开始了这个漫长的人文主义历程，将人置于宇宙的中心"（第45 页）。

诸神相比,忒提斯的世系属于更加古老的自然神①,她所代表的更为原始的自然力量与宙斯缔造的高度政治化的诸神秩序形成强烈的张力,这集中体现为,忒提斯不仅拥有救助神明甚至救助宙斯的力量,而且拥有摧毁宙斯主权的潜能。事实上,正是这一足以颠覆整个奥林匹亚神圣秩序的潜能蕴藏着阿基琉斯身世的秘密。

我们能够通过品达的《伊思特米颂歌·八》(*Isthmian* 8)和埃斯库罗斯的《被缚的普罗米修斯》了解有关阿基琉斯身世的故事:宙斯与波塞冬曾经争相追求忒提斯,后因得知关于忒提斯的预言——海洋女神的儿子注定将胜过他的父亲,两位神明放弃了忒提斯,将她嫁给佩琉斯,生下了阿基琉斯。② 在埃斯库罗斯的悲剧中,普罗米修斯知道宙斯与忒提斯结合的后果将是宙斯的覆灭:"他将受损,得之于将来的婚

---

① 一般认为,忒提斯是被称为"长者"的海神涅柔斯和海洋女神多丽斯的女儿,而涅柔斯是古海神蓬托斯和大地之神盖亚的长子。

② 对该故事的分析,参考 Slatkin, *The Power of Thetis and Selected Essays*, pp. 62—66。斯拉特金认为这个故事表明忒提斯的力量主要在于其隐蔽性,"它是一个秘密武器,一个隐藏的承诺"(Slatkin, *The Power of Thetis and Selected Essays*, p. 70)。笔者认为,从"海洋女神的儿子必将胜过父亲"的预言来看,忒提斯的自然力量其实体现了海洋神典型的流变性,是一种冲破秩序的潜能(cf. Slatkin, "The Wrath of Thetis", p. 14)。将水系神与流变性相联系是柏拉图的主张,参阅柏拉图:《泰阿泰德篇》,152e;另见 Apollodorus, *The Library*, 3. 13. 5 对忒提斯"变形"的刻画以及洛布(Loeb)版英译者的注释(Apollodorus, *The Library* (*vol.* 2), trans. Sir James George Frazer, University of California Libraries, 1921, p. 67, n. 6)。我们认为,阿基琉斯身上源自自然神的流变本性,能够解释代表神圣秩序的人文神阿波罗对他的强烈敌意(cf. Nagy, *The Best of the Achaeans*, pp. 61—62)。

姻……她将生养一子,比他父亲强健。"①而在品达的诗篇
中,秩序和正义女神忒弥斯将关于忒提斯的预言告诉了宙斯
和波塞冬,并且建议他们将忒提斯下嫁给虔敬的凡人佩琉
斯,让她生出一个力量如战神、迅捷如闪电的儿子,再让她看
着这个儿子年纪轻轻就战死沙场。② 接着,品达讲述了阿基
琉斯的光辉事迹,盛赞他的不朽荣耀,似乎诗人的传颂
(*κλέος*)正是为了补偿阿基琉斯的英年早逝和忒提斯的丧子
之痛。③

在古希腊神话体系中,"儿子推翻父亲"是神界主权更
迭的通则,克洛诺斯推翻其父乌拉诺斯成为第二代主神,
宙斯推翻其父克洛诺斯成为第三代主神。从某种意义上
讲,主神的更迭模式用神话的语言折射出超群个体与既定
秩序之间的永恒张力,而古希腊文明对于这种张力有着深
刻的认知:前者总是要推翻后者,缔造新的秩序。正是通
过这种方式,奥林匹亚诸神最终完成了古希腊神谱的人性
化过程,也终结了"儿子取代父亲"的轮回,形成了以宙斯
为首的永恒稳固的宇宙论秩序。作为原始自然力量的神

---

① 参阅埃斯库罗斯:《被缚的普罗米修斯》,757—770,译文引自
埃斯库罗斯:《埃斯库罗斯悲剧全集》,陈中梅译,上海译文出版社,2016
年,第224—226页。

② Pindar, *Isthmian* 8, 30—46. 英译参考:Pindar, *Pindar: Olympian
Odes, Pythian Odes*, (ed. and trans.) William H. Race, Cambridge; Lon-
don: Harvard University Press, 1997。

③ Pindar, *Isthmian* 8, 48—60; Nagy, *The Best of the Achaeans*, pp.
176—177.

圣承载者,忒提斯是奥林匹亚秩序的最大威胁,因为一旦
她与宙斯结合,所生之子就将推翻宙斯,成为新一代主神,
从而再次开启父子相争、主神更迭的循环。宙斯听从秩序
的守护者忒弥斯的建议,将忒提斯下嫁给凡间的佩琉斯,
从而化解了奥林匹亚秩序的危机,而这一安排的后果便
是,原本能够成为新一代主神的忒提斯之子,最终成了虽
然拥有最高神性,但仍然和所有人一样必死,而且比特洛
伊战场上的所有其他英雄都更加短命的阿基琉斯。斯拉
特金精辟地指出,"宙斯主权的代价是阿基琉斯的死",进
一步讲,由于宙斯主权所象征的是整个宇宙的神圣秩序,
而阿基琉斯代表着人性所能企及的最高境界,因此,阿基
琉斯身世的深层意义在于:"宇宙论平衡的维护要以人类
的必死性为代价。"①

　　正因为如此,忒提斯在《伊利亚特》中的另一个作用(实
际上,这是她在这部史诗中的主要作用),就是通过她的不断
悲叹来强调阿基琉斯的必死性。② 尤其重要的是,虽然阿基
琉斯在恳请忒提斯替他向宙斯祈求的时候特意提到了她救
助宙斯的往事,但是忒提斯在向宙斯祈求的时候却不谈此
事,而是强调阿基琉斯的短命,这无疑是因为,阿基琉斯的短

----

　　① Slatkin, "The Wrath of Thetis", pp. 21—22; cf. Slatkin, *The Power of Thetis and Selected Essays*, p. 95.

　　② 例如《伊利亚特》,1. 413—418, 1. 505—506, 18. 95—96, 18. 429—441。

命才是宙斯欠忒提斯的最大一笔债。① 斯拉特金指出,阿基琉斯的"短命"(μινυνϑάδιος) 是《伊利亚特》的重要主题,相比于英雄诗系的其他作品中部分英雄最终获得不朽的情节而言,荷马的独创性就在于决定性地排除了英雄永生的可能性。在荷马史诗中,"不朽的观念所表达的只是一种想象的极限,以此为参照,关于人类潜能与界限的现实得以衡量和理解";而在所有必死的英雄中,阿基琉斯是"必死性经验的极端案例"。② 在斯拉特金看来,荷马对于英雄必死性的强调使得《伊利亚特》成为一部真正关于人性的诗歌。笔者基本上同意她的判断,但需要补充的是,正如阿基琉斯这一形象是通过凸显英雄身上高于和低于人性的自然力量来展现人性的面貌,反过来讲,强调阿基琉斯的必死性的真正效果,是从人性的根本界限出发强化他的神性。在萨尔佩冬对于英雄道德的概括中,我们已经看到,英雄争夺荣誉的深层动机是对于死亡的克服。在所有英雄中,唯有阿基琉斯被明确赋予了在默默无闻的长寿和辉煌荣耀的短命之间做选择的机会,而他之所以毫不犹豫地选择了后者,就是因为生命的

---

① 参阅《伊利亚特》,1. 394—398,阿基琉斯对忒提斯说,"如果你曾经在言行上面使宙斯喜欢,你就去到奥林匹亚向他祈求。我时常在父亲的厅堂里听见你夸口地说,你曾经独自在天神中为克洛诺斯的儿子,黑云中的神挡住那种可耻的毁灭";1. 503—506,忒提斯对宙斯说,"父神宙斯,如果我曾在永生的天神中用言行帮助你,请你满足我的心愿。你要重视我的儿子,他命中注定比别人早死"。

② Slatkin, *The Power of Thetis and Selected Essays*, pp. 39—43.

长短对他来说是没有任何分别的。阿基琉斯对死亡之于生命的意义有着异于常人的清醒认知,同时他也丝毫不畏惧死亡,这正是人之神性的展现。如果说神摆脱了死亡,那么人的神性就在于能够直面无法摆脱的死亡。

阿基琉斯的兽性

阿基琉斯的身世决定了他的神性渊源,而他的兽性则更多暴露在战场上。直到史诗的最后几卷,我们才见到战斗中的阿基琉斯——荣誉受损导致他一开始就退出战场,最终是朋友帕托克鲁斯的死令他返回;返回战场的阿基琉斯怀着强烈的复仇欲,将自己的神性力量毫无保留地灌注给了冷酷无情的杀戮。

在刚夺回帕托克鲁斯的尸体之后,“阿开奥斯人整夜为帕托克鲁斯哀悼哭泣。他们中间佩琉斯之子率先恸哭,把习惯于杀人的双手放在同伴胸前,发出声声长叹,有如美鬃猛狮,猎鹿人在丛林中偷走了它的幼仔,待它回来为时已晚,长吁不止,它在山谷间攀援寻觅猎人的踪迹,心怀强烈的怒火($\chi\acute{o}\lambda o\varsigma$),一心要找到恶敌”。① 此处,阿基琉斯被比作失去了幼仔的狮子,而在第9卷,阿基琉斯曾把自己比作母鸟,把阿伽门农和阿开奥斯人比作雏鸟:“我心里遭受很大的痛苦,舍命

---

① 《伊利亚特》,18.314—322。

作战,对我却没有一点好处。有如一只鸟给羽毛未丰的小雏
衔来它能弄到的可吃的东西,自己却遭不幸。"①这两处比喻都
旨在形容阿基琉斯的愤怒:对他来说,阿伽门农和阿开奥斯人
像是不知感恩母鸟的雏鸟,而赫克托尔和特洛伊人则有如偷
取狮子幼仔的猎人。阿基琉斯的前一种愤怒是对于统帅的不
义和共同体失序的谴责,后一种愤怒则是对敌人的血海深仇。
我们已经指出,荷马通过对于名词μῆνις[愤怒]的运用暗示前
一种愤怒体现了阿基琉斯的神性,这种愤怒接近父神宙斯对
他的子女的愤怒,因而被比作母鸟对雏鸟的愤怒;相比之下,
后一种愤怒带着强烈的兽性色彩,是狮子对猎人的愤怒。②

　　在阿基琉斯决心返回战场之后,种种迹象表明他已经进
入了某种非人的状态:他声称不仅要杀死赫克托尔为朋友复
仇,而且要在帕托克鲁斯的火葬堆前"砍杀十二个显贵的特
洛伊青年"给朋友送葬。③ 他与阿伽门农握手言和,但是已
经丝毫不在意荣誉的补偿,至于他所喜爱的布里塞伊斯,他
甚至说"愿当初攻破吕尔涅索斯挑选战利品时,阿尔忒弥斯
便用箭把她射死在船边。"④此外,阿基琉斯在重返战场之前

---

　　① 《伊利亚特》,9.321—324。
　　② 阿基琉斯针对赫克托尔和特洛伊人的愤怒用词是χόλος[怒
火],而非μῆνις[愤怒]。关于野兽和猎人的比喻,参见 Redfield, *Nature
and Culture in the Iliad*, pp. 189—192。
　　③ 《伊利亚特》,18.334—337。
　　④ 《伊利亚特》,19.59—60;比较9.343:"我从心里喜爱她,尽管
她是女俘。"

还拒绝吃喝，并且对好心劝他的奥德修斯说："我现在心中想的不是进食和渴饮，而是杀戮、流血和人们的沉重呻吟叹。"荷马也以叙述者的口吻讲道，"想要安慰他的心灵，只有投进血战的大口"，最终，"雅典娜把琼浆和甜美的玉液灌进阿基琉斯的胸膛，免得难忍的饥饿袭进他的膝头"——须知，琼浆和玉液是神的食物。① 在奔赴战场之前，阿基琉斯甚至与自己的战马对话，后者预言他的死，他愤怒地回复道："这无需你牵挂！我自己清楚地知道我注定要死在这里，远离自己的父母，但只要那些特洛伊人还没有被杀够，我便绝不会停止作战。"②

在战斗重新打响之后，阿基琉斯几乎凭一己之力击败了整支特洛伊军队。③ 从第 20 卷开始的阿基琉斯之"勇绩"(ἀριστεία) 是全诗在战斗情节方面的最高潮，"荷马从头至尾铺展阿基琉斯灵魂中的全部恐怖，将他浸于噬血

---

① 《伊利亚特》,19.213—214,312—313,352—354。

② 同上,19.420—423。

③ 在第 20 卷，荷马反复渲染阿基琉斯超强的战斗力，例如《伊利亚特》,20.26—30,此处宙斯说，"即使捷足的佩琉斯之子独自出战，特洛伊人对阿基琉斯也难以阻挡。以前他们一见他便惊慌得发颤，何况他现在怒火填膺，为同伴之死，我担心他要违背命数摧毁城墙"；20.97—100,此处埃涅阿斯说，"没有哪个人能同阿基琉斯对抗，永远有一位神明在他身边护佑他。况且他那支长枪也总是向前飞翔，不吃进人的肉体从不会力之止息"。另见 20.41—46,20.353—363;20.455—503;比较 18.202—242,尚未出战的阿基琉斯只用三声呐喊，就"三次使特洛伊人和他们的盟军陷入恐慌，有十二个杰出的英勇将士被他们自己的长枪当即刺死在他们自己的战车旁"。正是这三声呐喊帮助阿开奥斯将士夺回了帕托克鲁斯的尸体。

的行动之中,这些行动令此前所有的战斗场景显得大为逊色"。① 在波塞冬和阿波罗先后将埃涅阿斯和赫克托尔从阿基琉斯的枪下救走之后,阿基琉斯开始了他的杀戮。他首先杀死了某位女河神之子伊菲提昂,"阿开奥斯人的战车轮子把伊菲提昂的尸体碾碎"。② 接着,在一连杀死了好几个特洛伊战士之后,阿基琉斯再次遭遇赫克托尔,双方展开对战,阿波罗用迷雾保护赫克托尔,"神样的捷足阿基琉斯三次举着铜枪猛冲上去,却三次戳着空虚的迷雾。阿基琉斯神灵一般地发起第四次冲击,喊叫着说出有翼飞翔的可怖的话语,'你这条狗,又逃过了死亡……福波斯·阿波罗又一次救了你'"。③ 这个段落非常重要。在此前的战斗情节中,狄奥墨得斯和帕托克鲁斯都以相似的方式遭遇过阿波罗。在第5卷,狄奥墨得斯进攻受阿波罗保护的埃涅阿斯;在第16卷,帕托克鲁斯先是冲击受阿波罗保护的特洛伊城墙,然后冲杀特洛伊军队。④ 在狄奥墨得斯的和帕托克鲁斯的第一次三连击未果之后,两人都因为"神灵一般地"($\delta\alpha\acute{\iota}\mu o\nu\iota$ $\acute{\iota}\sigma o\varsigma$)发起第四次进攻而遭到阿波罗警告,太阳神"发出可怖的吼声"($\delta\varepsilon\iota\nu\acute{\alpha}$),提醒对方"永生的神明和地上行走的凡人在种族上不相同"、"特洛伊城并未注定毁

① Whitman, *Homer and the Heroic Tradition*, p.206.
② 《伊利亚特》,20.394—395。
③ 同上,20.445—450。
④ 参阅《伊利亚特》,5.436—444,16.702—711,16.783—788。

于你的枪下"。① 两位英雄都听从了警告，立刻后退，"避开了远射神阿波罗的愤怒（μῆνιν）"。② 然而，在帕托克鲁斯稍后以同样的方式冲杀特洛伊军队时，阿波罗并未在他三次进攻之后给予警告，帕托克鲁斯于是完成了第四次"神灵一般"的进攻，僭越了荷马反复提示的某种神秘的规则，导致他"生命的极限来临"，很快就被阿波罗、欧福尔波斯和赫克托尔合力杀死。③ 阿基琉斯返回战场之后很快便遇到了完全相同的情况，然而，他一连发动了四次进攻，虽然未能伤害受阿波罗保护的赫克托尔，但是既没有收到任何警告，自己也毫发无损。更重要的是，在他发起第四次"神灵一般"的进攻时，是阿基琉斯自己而非阿波罗喊出了"可怖的话语"（δεινά）。由此可见，第20卷的阿基琉斯已经突破了英雄不可连续四次挑战阿波罗以及不可像"神灵一般"作战的铁律。④ 接下来，阿基琉斯继续将"神灵一般"的战斗力投入于更多、更残忍的杀戮，直到这一卷在整部史诗到

---

① "神灵一般地"的原文为δαίμονι ἶσος，字面意思是"与神灵平等地"，属形容词作状语的用法。关于古希腊"神灵"（δαίμων）观念，参考 Dodds, *The Greeks and the Irrational*, pp. 40—43。需要指出的是，虽然 δαίμων[神灵]的地位低于宙斯、阿波罗、雅典娜这样的神，而且经常引人犯错，但是直到新约圣经之前，这个词并未内在包含任何贬义色彩。为方便区分，笔者将δαίμων译作"神灵"，将θεός、θεά译作"神"或"神明"。

② "避开了远射神阿波罗的愤怒"这一行诗一字不差地出现于《伊利亚特》5.444和16.711，注意"愤怒"的用词是μῆνιν。

③ 《伊利亚特》，16.787—857。

④ Cf. Nagy, *The Best of the Achaeans*, pp. 143—144.

目前为止最为血腥和惨烈的场面中结束："阿基琉斯就这样神灵一般地挥舞长枪,到处追杀,鲜血淌遍黑色的泥土。有如一个农夫驾着宽额公牛,在平整的谷场上给雪白的大麦脱粒,麦粒迅速被哞叫的公牛用蹄踩下,高傲的阿基琉斯的那两匹单蹄马也这样,不断踩踏横躺的尸体和盾牌,整条车轴和四周的护栏从下面溅满血,由急促的马蹄和飞旋的车轮纷纷扬起。"①

阿基琉斯可怕的"勇绩"并未止于这幅画面。在第21卷的开头,他将退至克珊托斯河口的大批特洛伊人截成两段,把其中一段从平原赶向城墙,把另一段全部赶入河中,自己手持长剑"神灵一般地冲过去……凶狠地左右砍杀……鲜血染红了水流……从河中挑出十二个青年把他们活捉,为墨诺提奥斯之子帕托克鲁斯之死作抵偿……他把俘虏交给同伴们送往空心船,自己急切地冲回去继续勇猛砍杀"。② 接着,阿基琉斯先后杀死了吕卡昂和阿斯特罗帕奥斯。在杀死吕卡昂之后,"阿基琉斯抓住一只脚把他扔进河里",让鱼群"吞噬吕卡昂光亮的嫩肉"。③ 紧接着,阿基琉斯又杀死阿斯特罗帕奥斯,把他的尸体仍在沙滩上,任凭"鳗鲡和鱼群围绕着他的尸体忙碌,啄食他的嫩肉,吞噬他的肝脏"。④ 重返战

---

① 《伊利亚特》,20.493—501。

② 同上,21.17—33。

③ 同上,21.120—138。

④ 同上,21.200—204。

场的阿基琉斯对敌人的尸体缺乏丝毫的尊重,这与他此前的表现形成鲜明的对比。① 他不仅任凭马车践踏死者的尸体,而且让吕卡昂和阿斯特罗帕奥斯的尸体被鱼鳗吞食,这是整部史诗中尸体被动物吞食的仅有实例。我们已经指出,史诗开头提到的"尸体成为野狗的猎物和各种飞禽的餐食"的场景在《伊利亚特》中从未成为现实——虽然双方英雄时常威胁要将对方的尸体交给鸟兽吞食,但是没有人真正付诸行动。如果说荷马反复提及这种威胁的用意在于揭示战争的残酷和英雄在战斗中暴露的兽性,那么阿基琉斯将吕卡昂和阿斯特罗帕奥斯的尸体交给鱼鳗吞食的举动,就毫无疑问地展现了他超乎寻常的兽性。②

---

① 比较《伊利亚特》,6.414—420,安德罗马克讲述阿基琉斯杀死她的父亲之后,"心里却尊重他,没有剥夺他的铜甲,容他穿着那精致的戎装火化成灰"。另见21.100—105,阿基琉斯自述他的转变:"在命定的死亡降临帕托克鲁斯之前,我的心曾经很乐意宽恕特洛伊人,我活捉了他们许多人把他们卖掉,但现在凡是不朽的神明在伊利昂城前交到我手里的特洛伊人,都不可能躲过一死。"

② 在笔者看来,荷马之所以用鱼鳗代替鸟兽来执行吞食尸体的情节,是因为鱼鳗是水生的动物,而"水"这个意象在《伊利亚特》中代表自然。反过来说,也正因为如此,《伊利亚特》中英雄的葬礼必须是火葬,因为"火"代表文化。比较 Charles Segal, *The Theme of the Mutilation of the Corpse in the Iliad*, Brill, 1971, pp. 30—32。西格尔指出,"光亮的嫩肉"(ἀργέτα δημόν)这个短语在《伊利亚特》中仅出现两次,另一处是11.818,帕托克鲁斯看见同伴受伤,"深怀同情地说出有翼飞翔的话语,'啊,可怜的达那奥斯首领和君主们,你们显然被注定要远离亲人和故土,在特洛伊你们的光亮的嫩肉(ἀργέτι δημῷ)喂恶狗'"。帕托克鲁斯代表着阿基琉斯的人性,在他死后,"帕托克鲁斯的温柔和悲悯变成了阿基琉斯的狂怒和仇恨"。

张力与和解

　　吕卡昂和阿斯特罗帕奥斯只是阿基琉斯扔进河里的大量尸体中的两例,这种严重的污染激怒了河神,"汹涌的河神气愤,化作凡人从漩涡深处对他这样说,'阿基琉斯,你比所有的凡人都强大,但暴虐($a\check{\iota}\sigma\upsilon\lambda a$)也超过他们……我的可爱的河道充塞了无数尸体,我已无法让河水流往神圣的大海,尸体堵塞了去路,你却还在继续诛杀。住手吧,军队的首领,这场面使我惶栗'"。① 阿基琉斯并未听从,反而"跃身离岸,跳进河心",试图与河神一较高下。荷马在这里安排了一段在《伊利亚特》中独一无二的战斗情节:河神以水的形态与阿基琉斯交战,"掀起巨浪扑来,喧嚣着鼓起所有急流滚滚席卷……翻起层层黑浪,向神样的阿基琉斯涌来"。② 在荷马史诗中,英雄与神明之间的对抗并不少见,狄奥墨得斯甚至打败了爱神阿芙洛狄忒和战神阿瑞斯。③ 与这些奥林匹亚诸神相比,阿基琉斯的对手河神看似不起眼,但是和他母亲忒提斯一样,河神也属于更加古

---

　　① 《伊利亚特》,21.212—221。"暴虐"($a\check{\iota}\sigma\upsilon\lambda a$)一词在5.403也出现过,用以描述赫拉克勒斯用箭射伤赫拉和哈得斯的行为,因此,这个词带有强烈的僭越色彩。河神说阿基琉斯"暴虐",指的应该不是他对于特洛伊人的杀戮,而是他将大量尸体投进河中造成了污染和堵塞。

　　② 同上,21.233—250。

　　③ 同上,5.334—351,846—863。

老的自然神系,这一点集中体现为,虽然河神在同阿基琉斯对话时化作人形,但是在战斗时,他并未化作手持长枪或刀剑的战士,而是保持河水的自然之体,以急流和巨浪为武器。如果说狄奥墨得斯与阿瑞斯的对抗是凡间战士与神界战士之间的较量,那么阿基琉斯与河神的对抗就是人与自然的斗争。① 由于这场斗争源自于阿基琉斯过度的暴虐之举对于自然神灵的触犯,我们不妨认为,河神的形象其实是阿基琉斯体内某种被彻底释放的自然力量的外化象征,而阿基琉斯被河神逼入绝境的时刻其实暴露了他自身蕴含的自然力量的失衡。

在危机之中,阿基琉斯求助于奥林匹亚诸神,雅典娜和波塞冬立即前来援助,最终,赫拉命令工匠神赫菲斯托斯送来烈火,"焚尽了被阿基琉斯杀死的无数尸体,把整个平原烤干,闪光的洪水被抑阻"。② 赫菲斯托斯战胜河神的方式是利用火来对抗水,这显然是技艺征服自然的象征;荷马也先后两次提及"足智多谋"的赫菲斯托斯用烈火烧沸了河水,

---

① 正因为如此,狄奥墨得斯战胜阿瑞斯而阿基琉斯不敌河神的事实并不能证明狄奥墨得斯的战斗力强于阿基琉斯,因为前者是在雅典娜的帮助下用长枪刺伤了阿瑞斯(雅典娜的战斗力强于阿瑞斯,见《伊利亚特》,21.403—414),而人类的武器根本不可能伤害以洪水的形式战斗的河神。此外,阿基琉斯只有在对抗河神的时候才表现出恐惧,不过他害怕的并不是死亡,而是"被一条大河淹没,不光彩的死去",失去为朋友复仇的机会,见《伊利亚特》,21.281—282;比较 Simone Weil,"The Iliad, or the Poem of Force", *Chicago Review* Vol. 18, No. 2 (1965), p. 13。

② 《伊利亚特》,21.342—345。

吓退了啄食尸体的鱼群和鳗鲡,逼得河神投降。① 在第21
卷前半部分的战斗中,阿基琉斯失去节制的兽性和逾越界限
的暴虐引发了更加原始的自然力量的报复(其象征为水),
直到代表技艺和秩序的奥林匹亚诸神(其象征为火)出面才
恢复了自然与人性在整个战局以及在阿基琉斯体内的平
衡。② 在此后的战斗中,阿基琉斯再也没有像刚出战时那样
噬血和残酷。虽然在最终杀死赫克托尔之后,他将尸体系在
战车后面,绕着特洛伊城拖行,但是这种凌辱尸体的方式已
经不再带有兽性的意象。事实上,拖拽赫克托尔的尸体既宣
泄了阿基琉斯的仇恨,也是出于战略的考虑:"现在让我们全
副武装绕城行进,看看特洛伊人怎样想,有何打算,他们是见

---

① 我们译作"足智多谋"的两处希腊文原文略有不同,分别是《伊
利亚特》,21.355 的 *πολυμήτιος* 和 21.367 的 *πολύφρονος*。这两个词也是
最常用来形容奥德修斯的饰词。

② 水与火的斗争从第 20 卷的诸神之战就开始了,见《伊利亚
特》,20.73—74:"与赫菲斯托斯抗争的是人间称斯卡曼德罗斯,神间称
克珊托斯的那条多漩涡的大河神。"河神通常是自然力量的象征(冥河
除外,参见 Nagy, *The Best of the Achaeans*, pp. 187—189),而善用火的工
匠神赫菲斯托斯则代表技艺与文明。关于《伊利亚特》第 20—21 卷的
"水火之战",参考 Whitman, *Homer and the Heroic Tradition*, pp. 139—
141;比较 Redfield, *Nature and Culture in the Iliad*, pp. 250—251。雷德菲
尔德提出,阿基琉斯(以及他背后的奥林匹亚诸神)与河神的冲突是
"两个自然领域之间的斗争",是"天界的形式"和"水界的纯粹生成"之
间的斗争。此外,我们认为水火之争这个意象也关涉围绕英雄尸体命
运的自然与文化的对立。在《伊利亚特》的实际叙事中,战士最悲惨的
结局是尸体被水生的鱼鳗所食,从而被彻底纳入自然,而火葬则意味着
文化对自然循环的阻断和对死亡的净化。在《奥德赛》的末尾,阿伽门
农的亡魂讲到阿基琉斯的葬礼时特别提到,阿基琉斯的遗体是被"赫菲
斯托斯的火焰焚尽"的,参阅《奥德赛》,24.71。

赫克托尔被杀死放弃高城,还是没有赫克托尔也仍要继续作战。"①

　　阿基琉斯带着至高的神性来到特洛伊战场,在命运的捉弄下经受了常人不可及的愤怒和悲痛,暴露出至深的兽性,释放出可怕的自然力量,最终在神的干涉下趋于平缓。在很大程度上,《伊利亚特》随后的剧情是这一平缓趋势的逐渐展开,这尤其体现为最后两卷的主题:和解。阿基琉斯不仅与所有阿开奥斯人(第23卷,主持帕托克鲁斯的葬礼),还与特洛伊国王普里阿摩斯达成和解(第24卷,归还赫克托尔的尸体),而最重要的是,阿基琉斯终于与他自己的秉性和命运达成和解,从而在全新的层面回归了人性。在这场对"自然"的悲剧性探索中,英雄阿基琉斯展开了古希腊人性观念的整全谱系,在这个意义上,他是荷马史诗为古希腊文明创设的人性范式。也正因为如此,阿基琉斯才不仅仅是神灵和猛兽,也是一个完整的人。②

────────────

　　① 《伊利亚特》,22.381—384。

　　② 比较柯克:《希腊神话的性质》,第208—212页对赫拉克勒斯的分析。柯克提出,"英雄就其本性而言就是介于神与人之间,亦圣亦俗,亦正亦邪",而赫拉克勒斯"集兽性与教养两个水火不容的秉性于一身",在这个意义上是英雄的典范。柯克认为,在赫拉克勒斯充满矛盾的诸人格要素背后"存在着一个特别的、意味深长的轴心,那些看似毫无来由的品格实由此轴心生发而来",而这个轴心"可能存在于自然与文化所构成的一般的二元性之中"。笔者认为,荷马塑造的阿基琉斯形象继承和发展了柯克看到的"轴心",但是相比之下,阿基琉斯的神性、兽性、人性,都要比赫拉克勒斯更加纯粹、更加统一、更加融贯。阿基琉斯是诗人荷马精心打磨的成果,笔者希望本书接下来的两章能够证明这一点。

七、阿基琉斯的选择

阿基琉斯的第一个选择

在《伊利亚特》第 9 卷,阿基琉斯第一次向我们讲述了他的两种选择:

> 我的母亲、银足的忒提斯曾经告诉我,
> 有两种命运引导我走向死亡的终点。
> 要是我留在这里,在特洛伊城外作战,
> 我就会丧失回家的机会,但名声将不朽;
> 要是我回家,到达亲爱的故邦土地,
> 我就会失去美好名声,性命却长久。①

_____

① 《伊利亚特》,9.410—415。

阿基琉斯最初的选择，是《伊利亚特》中阿开奥斯和特洛伊双方所有英雄共同的选择：放弃长久的生命、争取不朽的荣誉。① 不仅如此，阿基琉斯的选择比其他英雄的更加纯粹，因为他的选择是完全自主的，没有任何义务的成分。其他阿开奥斯英雄来到特洛伊固然也是为了荣誉，但是他们同时也受制于盟约：作为海伦曾经的追求者，众阿开奥斯英雄们曾宣誓保卫海伦的婚姻。② 阿基琉斯因为当时还太小，并未参与追求海伦，也就并未宣誓。海伦被拐走之后，卡尔卡斯预言阿开奥斯人需要阿基琉斯的帮助才能攻下特洛伊，而忒提斯不愿阿基琉斯上战场，便将他男扮女装藏于吕科墨得斯的宫殿。最终，是奥德修斯以计谋令阿基琉斯暴露：奥德修斯听闻阿基琉斯藏于吕科墨得斯的宫殿，假装前来访问，赠送混有兵器的饰品给众宫女。他观察到其中一个"宫女"在别人挑选饰品时眼睛直勾勾地盯着兵器，便突然吹响号角，导致众人惊慌失措，唯有这位"宫女"本能地夺过一支矛和一张盾，立刻进入戒备状态。这样一来，奥德修斯便认出了阿基琉斯。③ 虽然这个故事主要意在表现忒提斯的母爱和奥德修斯的智慧，而非阿基琉斯的意愿和选择，但是它也

---

① 奥德修斯和赫克托尔是明显的例外，尤其是奥德修斯，他原本不想参加特洛伊战争，甚至试图通过装疯来逃避，见 Apollodorus, *Epitome*, Book E, 3.6—7。

② Apollodorus, *The Library*, 3. 10. 9.

③ Apollodorus, *The Library*, 3. 13. 8；Ovidius, *Metamorphoses*, 13. 162 ff.

从侧面展现出阿基琉斯的天性和禀赋：与赫克托尔"学会（μάθον）勇敢杀敌"不同，阿基琉斯是一个天生的战士，他注定属于战场。① 阿基琉斯的选择忠实于他的本性。

　　阿基琉斯在朋友帕托克鲁斯和长辈福尼克斯的陪同下加入了阿开奥斯联军，相传当时他年仅 15 岁。② 到《伊利亚特》的叙事开始时，特洛伊战争已经打到第十年，阿基琉斯也才 25 岁，是最年轻的阿开奥斯英雄。阿基琉斯受辱之后，忒提斯在替他向宙斯请愿时特别提到他的年轻和短命："你要重视我的儿子，他命中注定比别人早死。"③我们在上一章谈到，如果阿基琉斯是忒提斯与宙斯所生，那么他将代替宙斯成为不朽的主神；如今阿基琉斯却是特洛伊战场上最短命的英雄，这是他为奥林匹亚秩序付出的代价，也象征着人的必死性之于神圣自然秩序的意义。人的必死性是《伊利亚特》的重要主题，第 6 卷中，格劳科斯遭遇狄奥墨得斯时说的一番话，是这一主题最鲜明的呈现：

> 正如树叶的枯荣，人类的世代也是如此。
>
> 秋风将树叶吹落到地上，春天来临，
>
> 林中又会萌发，长出新的绿叶，

---

　　① 《伊利亚特》，6.444。相传忒提斯用火煅烧幼年阿基琉斯的身体，欲使之刀枪不入；后来佩琉斯又将阿基琉斯交给马人喀戎抚养，后者以狮子的内脏和熊的骨髓喂养他（Apollodorus, *The Library*, 3.13.6）。

　　② Apollodorus, *Epitome*, Book E, 3.16.

　　③ 《伊利亚特》，1.505—506。

　　人类也是一代出生，一代凋零。①

　　格劳科斯将人的生死比作树叶的荣枯。在《伊利亚特》
中，荷马一贯使用植物的意象来表现人类自然生命的短暂和
脆弱。② 虽然阿基琉斯拥有至高的神性与至烈的兽性，是最
强大的英雄，但是在终有一死这一点上，他的脆弱恰也超出
常人，这集中体现为植物意象与必死性之关联在阿基琉斯身
上的特别呈现。在第 18 卷的开头，阿基琉斯得知好友帕托
克鲁斯的死讯，陷入巨大的悲痛，忒提斯听见后也痛哭起来，
再次悲叹儿子的短命：

　　　　我好命苦啊，忍痛生育了最杰出③的英雄，

　　　　生育了一个完美无瑕的强大儿子，

　　　　英雄中的豪杰，他像幼苗一样成长，

---

　　① 《伊利亚特》，6.146—149。

　　② 例如《伊利亚特》，21.462—466，阿波罗对波塞冬说："震地
神，倘若我为了那些可怜的凡人和你交手，你定会认为我理智丧尽，他
们如同树叶，你看那些绿叶，靠吮吸大地养分片片圆润壮实，但一旦生
命终止便会枯萎凋零。"关于《伊利亚特》以及其他古希腊诗歌中植物
意象与必死性主题的关系，参见 Nagy，*The Best of the Achaeans*，pp.
174—210；Schein，*The Mortal Hero*，pp. 96—97。纳吉强调植物意象与
"自然"的关联；谢恩指出，阿基琉斯是阿开奥斯人中唯一和植物意象
密切相关的英雄，这使得他的死亡和他给特洛伊人带来的死亡反讽地
联结在一起。

　　③ 此处，已有的中译本译为"杰出"，但原文是形容词最高级
(δυσαριστοτόχεια，字面意思是"最杰出儿子的不幸母亲")，笔者修正为
"最杰出"。

> 我精心抚育他有如培育园中的幼树，
>
> 然后让他乘坐翘尾船前往伊利昂，
>
> 同特洛伊人作战，从此我便不可能
>
> 再见他返归可爱的佩琉斯的宫阙。①

　　在母亲忒提斯眼中，阿基琉斯这个最杰出的英雄始终是一株注定夭折的树苗。"最杰出"和"最短命"在阿基琉斯身上的结合触目惊心地揭示出人性的根本处境：一方面，无论人取得多么辉煌的成就，都无法超越死亡的大限；另一方面，也正是死亡逼促人去争取和创造生命的辉煌。正如萨尔佩冬所言：

> 倘若我们躲过了这场战斗，
>
> 便可长生不死，还可永葆青春，
>
> 那我自己也不会置身前列厮杀，
>
> 也不会派你投入能给人荣誉的战争；
>
> 但现在死亡的巨大力量无处不在，
>
> 谁也躲不开它，那就让我们上前吧，
>
> 是我们给别人荣誉，或别人把它给我们。②

---

　　① 《伊利亚特》，18.54—60。另见22.87，此处，赫克托尔的母亲在预言其死亡时也把他比作树苗。

　　② 同上，12.322—328。雷德菲尔德准确地指出，格劳科斯和萨尔佩冬（两人是表亲和好友）的这两段话（6.146—149，12.322—328）形成一首"合唱"，揭示了英雄道德的人性基础和内在困难，见 Redfield, *Nature and Culture in the Iliad*, p. 102。

死亡给生命施加的限制是荣誉伦理的真正基础,而战争
用最单纯又最极致的方式将生命的脆弱同荣誉的辉煌结合
在一起,这正是英雄道德需要用战争史诗来树立的原因,也
是阿基琉斯拥有最强战斗天性的道德意义。然而,死亡与荣
誉在个体身上的关联,虽然其表层的用途是将英雄的无畏导
向王者的责任,但是其深层的悖谬却是以牺牲共同体的方式
来成就个体的不朽。赫克托尔在他最后的选择中暴露了这
个残酷真相的政治后果,也暴露了荣誉伦理的内在困难,①
而赫克托尔的终点只是阿基琉斯的起点:从一开始,阿基琉
斯就以最极端的方式选择了用生命换取荣誉——他付出从
神界下凡到人间的代价,唯有人世间最高的荣誉才能补偿。
唯有理解了阿基琉斯原初选择的全部意义,我们才能理解他
在《伊利亚特》开篇的愤怒为何是神性的愤怒,以及这一愤
怒为何导致如此灾难性的后果:"那一怒给阿开奥斯人带来
无数的苦难,把战士的许多健壮英魂送往冥府。"②

阿基琉斯愤怒的原因是阿伽门农夺走了他的"礼物"
(γέρας)。所谓礼物,指的是代表荣誉的战利品。在他最初
的选择中,阿基琉斯似乎和大多数英雄一样,认为他用生命
换取的荣誉就表现为这些有形的礼物。然而,仔细阅读第1
卷即可发现,真正触怒阿基琉斯的不是礼物被夺走的事实,

---

① 见第五章的分析。
② 《伊利亚特》,1.2—4。

而是这一事实所暴露的一种深刻的不正义。事实上,在自己的礼物被阿波罗夺走之后,阿伽门农并未一开始就要夺走阿基琉斯的礼物,而是首先泛泛地要求其他阿开奥斯人给他补偿,在这个要求遭到阿基琉斯反对之后,才对阿基琉斯宣称"要亲自前去夺取你的或阿埃斯的或奥德修斯的荣誉礼物",并立刻把话题转回阿波罗,"但是这些事情留到以后再考虑……"①正是阿伽门农的这句逞一时口舌之快的话,成为阿基琉斯之怒的起点,他完全忽略归还阿波罗祭司女儿的话题(正是他为了平息阿波罗的愤怒而召集会议),全力针对阿伽门农的威胁展开反击:"你这个无耻的人,你这个狡诈之徒,阿开奥斯人中今后还有谁会热心地听你的命令去出行或是同敌人作战?"②紧接着,阿基琉斯迅速将自己的愤怒转化为对于特洛伊战争的全面质疑:首先,特洛伊人没有得罪他,为何他与他们作战? 因为他们中有人抢走了斯巴达王后海伦,而他是阿开奥斯人。但是现在阿伽门农要抢走他的布里塞伊斯,那么阿伽门农之于他就正如帕里斯之于墨涅拉奥斯,进一步讲,默许阿伽门农的全体阿开奥斯人之于密尔弥冬人(阿基琉斯的部下)就正如特洛伊人之于阿开奥斯人。阿基琉斯用无懈可击的逻辑穿透了敌我之分的传统面纱,直击这场战争的赤裸真相:除了墨涅拉奥斯和阿伽门农之外,

---

① 《伊利亚特》,1. 137—141。
② 同上,1. 149—151。

没有人真正在意海伦,每个英雄参加战斗,都只是为了争取
属于自己的荣誉礼物罢了。既然如此,那么荣誉礼物就应该
完全按照战斗的胜负成败来分配,然而事实却是"每当阿开
奥斯人掠夺特洛伊人城市,我得到的荣誉礼物和你的不相
等;是我这双手承担大部分激烈战斗,分配战利品时你得到
的却要多得多"。① 不仅如此,现在阿伽门农还要抢夺他的
礼物。本是为了荣誉来到特洛伊,却得不到荣誉,反而受辱,
阿基琉斯再次得出了似乎唯一合乎逻辑的结论:"我现在要
回到弗伊亚,带着我的弯船,那样要好得多。"②阿伽门农听
完这番话,自然以愤怒回敬愤怒,到这时他才着实决定要抢
走布里塞伊斯。③

　　在对这场冲突的分析中,雷德菲尔德看到了阿基琉
斯之怒背后惊人的理智洞察力,这种洞察力是偏执的,但
极具穿透性;或者说,恰恰因为它是偏执的,才具有如此
尖锐的穿透力。④ 我们认为,正是这种透彻的理智洞察,
而不仅仅是超强的战斗力,才真正反映了阿基琉斯身上
的神性。然而,阿基琉斯的神性视野完全遵循自然的逻

---

① 《伊利亚特》,1.163—166。

② 同上,1.169—170。

③ 整个争吵的过程,正如雷德菲尔德所言,是"双方放大对方的
愤怒"。见 Redfield, *Nature and Culture in the Iliad*, p.96。

④ 雷德菲尔德说,"阿基琉斯之所以看得如此透彻,是因为他只
看到了事情的一部分"(Redfield, *Nature and Culture in the Iliad*, p.13),
这一观察反过来也成立。人类理智的局限正体现为:视野的周全和视
角的尖锐是不可兼得的。阿基琉斯必须牺牲周全,才能获得尖锐。

辑,无视人的凡俗处境,这尤其体现为他对两项根本政治
事实的瓦解:阿开奥斯人与特洛伊人的敌我之分、阿开奥
斯人内部的等级秩序。在人的世界中,这些政治事实从
来不可能是完全符合自然的。就军队的等级秩序而言,
正如涅斯托尔劝解二人时对阿基琉斯说的:"你虽然更加
强大,而且是女神生的,他却更优秀,统治着为数众多的
人。"①远征特洛伊毕竟是一项集体事业,需要发号施令
的统帅,而担任统帅者往往并非,也不应该是,最强大的
战士(不论阿伽门农自身是否称职)。同普里阿摩斯、赫
克托尔和安德洛玛克的特洛伊相比,阿开奥斯阵营看似
是一股没有城邦的自然力量,唯有战利品的分配构成了
征战生活的政治维度,通过这种分配而构建的荣誉差异
已然构成了英雄生存意义的日常维度。② 在《伊利亚特》

---

① 《伊利亚特》,1. 280—281。涅斯托尔形容阿基琉斯和阿伽门
农的词分别是 καρτερός 和 φέρτερος,中译本译为"非常勇敢"和"更强
大",不够准确;καρτερός 是一个带有鲜明力量色彩的词,应该译为"更
加强大",而 φέρτερος 的意义则比较宽泛,可以译为"更好",笔者译为
"更加优秀"。虽然涅斯托尔的用语在常识的层面是准确的,然而,在此
时的阿基琉斯看来,自己"更加强大"是一个显而易见的自然事实,阿伽
门农"更加优秀"却仅仅是因为外在的身份和地位。涅斯托尔忽略了阿
基琉斯在之前的愤怒言辞中已经完全消解了习俗性的政治区分,他也
根本无法理解阿基琉斯此时的心境和看问题的层次,因此,他的劝解没
有起到任何作用。我们不禁猜测,如果劝解者换成大埃阿斯,效果或许
会更好。

② 关于《伊利亚特》中阿开奥斯阵营的政治维度,参见 Dean
Hammer, *The Iliad as Politics: The Performance of Political Thought*, Univer-
sity of Oklahoma Press, 2002。

中,这一日常政治维度的承载者不是阿基琉斯,而是阿伽门农。① 通过挑战阿伽门农的权威,阿基琉斯实际上已经开始对整个英雄道德体系提出质疑:一种从根本上取决于征服与被征服、杀人与被杀的道德,何以能够将荣誉的等级制建立在任何一种除自然强力之外的基础之上? 阿开奥斯阵营的根本困难在于,英雄事业需要政治正义,但这一事业所要求的英雄道德却是一种自然道德。一旦看到了政治和自然的这个裂隙,阿基琉斯便以惊人的尖锐将二者的对立推到极端,以至于得出:任何事情只要不完全符合自然,那就完全不正义;既然完全不正义,那就应该毁掉重建,使之完全符合自然的正义。正是对"自然正义"的诉求,构成阿基琉斯摔权杖起誓一幕的意义:

> 我凭这根权杖起誓,这权杖从最初
>
> 在山上脱离树干以来,不长枝叶,
>
> 也不会再现出鲜绿,因为铜刀已削去
>
> 它的叶子和树皮;现在阿开奥斯儿子们,

---

① 应该注意,阿开奥斯阵营是由相互独立的部落构成的,部落首领或"王者"($\beta\alpha\sigma\iota\lambda\epsilon\acute{v}\varsigma$)之间的地位严格说来是平等的,只不过阿伽门农在形式上充当了最高统帅,所以他常被称作"君王"($\check{\alpha}\nu\alpha\xi$)。关于$\beta\alpha\sigma\iota\lambda\epsilon\acute{v}\varsigma$[王者]和$\check{\alpha}\nu\alpha\xi$[君王]的区别,参见 Finley, "Homer and Mycenae", pp. 141—142。相比之下,特洛伊的统治阶层(普里阿摩斯和长老议会)和军事将领(赫克托尔)之间的政治分工是更加明确的,其等级秩序也更加严格,参见 Sale, "The Government of Troy", pp. 59—61。

> 那些立法者,在宙斯面前捍卫法律的人,
>
> 手里掌握着这权杖;这是个庄重的誓言:
>
> 总有一天阿开奥斯儿子们会怀念阿基琉斯,
>
> 那时候许多人死亡,被杀人的赫克托尔所杀,
>
> 你会悲伤无力救他们,悔不该不尊重
>
> 阿开奥斯人中最英勇的人,你会在恼怒中
>
> 咬伤自己胸中一颗忧郁的心。①

　　阿基琉斯这段话既是针对阿伽门农的,也是针对整个阿开奥斯阵营的,因为后者默许了阿伽门农对他的侮辱。在他看来,阿开奥斯人的"正义"完全违背了自然,就像为了制作象征政治权威的权杖,铜刀的技艺戕害了树木。阿基琉斯将退出战斗,任凭赫克托尔杀戮阿开奥斯人,从而证明自己才是最杰出的阿开奥斯人,这才实现了"自然正义"。阿基琉斯所追求的"自然正义"是残酷的,也是悖谬的:一方面,个人的荣誉诉求径直以己方共同体遭遇毁灭性打击为前提,另一方面,个人的荣誉毕竟需要从共同体的同伴那里获取。阿基琉斯虽然把自己置于共同体之上,但又恰恰离不开这个共同体;他希望阿开奥斯人遭到失败,恰恰是为了逼迫他们承认对自己的需要。开始质疑英雄道德的阿基琉斯,并未因此而摆脱英雄道德的逻辑,更没有真正离开英雄们的"社会";

---

① 《伊利亚特》,1.234—244。

事实上,此刻的阿基琉斯,或许比任何时候都更加需要自己的同伴来需要他自己。①

阿基琉斯的第二个选择

阿基琉斯退出战场之后,阿开奥斯人取得了一些局部的胜利,但最终,特洛伊人在赫克托尔的率领和宙斯的帮助下击溃了阿开奥斯人。在第 2—8 卷的剧情中,狄奥墨得斯代替阿基琉斯成为阿开奥斯阵营的主力,第 3—7 卷的主题就是"狄奥墨得斯的伟绩",这部分文本在整部史诗的卷章结构中与第 18—22 卷"阿基琉斯的伟绩"对称。② 在很大程度上,狄奥墨得斯是阿基琉斯的衬托。和阿基琉斯一样,狄奥

---

① 真正的社会欲望不仅体现为自己需要他人,在更深的层面其实体现为自己需要他人来需要自己;而这里的悖谬在于,需要源自于缺乏和痛苦,因此,自我的社会欲望最终指向他人的不幸。比较卢梭在《爱弥儿》第四卷对同情和社会情感的论述:"我们之所以爱我们的同类,与其说是由于我们感到了他们的快乐,不如说是由于我们感到了他们的痛苦;因为在痛苦中,我们才能更好地看出我们天性的一致,看出*他们对我们的爱的保证*。如果我们的共同的需要能通过利益把我们联系在一起,则我们共同的苦难可通过感情把我们联系在一起……一个幸福的人的面孔……*使我们觉得这个人已不再需要我们了*"。参阅卢梭:《爱弥儿》上卷,李平沤译,商务印书馆,2015 年,第 334 页,强调系笔者所加。阿基琉斯残酷的誓言,其实深刻地暴露了这种社会性的内在悖谬。

② Cf. Whitman, *Homer and the Heroic Tradition*, p. 255 ff. 虽然狄奥墨得斯代替阿基琉斯挑起大梁,但是荷马反复提醒我们,阿基琉斯的退出和他向宙斯的请愿才是全部情节的真正线索,见《伊利亚特》,3. 302,4. 512,6. 99,7. 228,8. 225,8. 474。

墨得斯也是一位非常年轻而又非常强大的战士,但是他的性格却是谦逊、节制、沉稳的。在第4卷的战斗中,阿伽门农因误以为狄奥墨得斯退却而责备他。同伴斯特涅洛斯立刻愤而反驳,狄奥墨得斯却耐心地劝他道:"老兄,坐下来不言语,请听我说的话。我不生阿伽门农、将士的牧者的气,他正在鼓励胫甲精美的阿开奥斯人勇敢地投入战斗;如果阿开奥斯人杀死特洛伊人,攻占神圣的伊利昂,光荣归于他;如果阿开奥斯人被杀死,他也最哀伤。"①不过,狄奥墨得斯也并非一味听命于阿伽门农,在第9卷的开头,当阿伽门农绝望地提出撤军时,狄奥墨得斯直言不讳地回应道:"阿特柔斯的儿子,我反对你做事愚蠢……克洛诺斯的狡诈的儿子把两样东西的一样给了你,他赠你权杖,使你受尊敬,却没有把胆量给你。"②在阿伽门农不公正的谴责面前,狄奥墨得斯心态平和,而他诚恳而严厉的批评,也并不让对方生气。要做到这一切所需要的品质,是狄奥墨得斯身上最突出、阿基琉斯身上最缺乏的德性。此外,我们还可比较:阿伽门农责备狄奥墨得斯时提及其父提丢斯,奥德修斯奉劝阿基琉斯时也提及其父佩琉斯,不同在于,阿伽门农试图用父亲的勇敢来激励狄奥墨得斯,而奥德修斯则希望阿基琉斯记住父亲的教导:"你要控制你胸膛里面的傲气。"③涅斯托尔这样评价狄奥

---

① 《伊利亚特》,4.365—418。
② 同上,9.32—39。
③ 同上,4.372—375,9.252—259。

墨得斯:"你在战斗中很是强大,议事时在同年岁的伙伴中出众超群。"①而阿基琉斯这样评价自己:"虽然没有哪个穿铜甲的阿开奥斯人作战比我强,但是议事时许多人强过我。"②所有这些细节都揭示出,狄奥墨得斯是一个各方面都比阿基琉斯更加平衡的角色,他的周全与阿基琉斯的尖锐形成鲜明对比。③ 通过二者的比较,荷马非常明确地告诉我们,虽然传统意义上或日常层面的英雄典范是狄奥墨得斯,但是他在《伊利亚特》中树立的英雄的巅峰境界却是阿基琉斯。

在很大程度上,这一巅峰境界是阿基琉斯在第9卷通过他的第二次选择达到的。

战事进行到第8卷,阿开奥斯人已经节节败退,在第9卷的开头,沮丧的阿伽门农甚至产生了撤军的想法。这时候,涅斯托尔建议阿伽门农向阿基琉斯道歉,阿伽门农表示同意,承诺给阿基琉斯大量礼物,将布里塞伊斯归还给他,甚至要把女儿嫁给他,还要赠送七座城邦给他统治。然而,在一长串赔礼清单的末尾,阿伽门农却这样总结道:

愿他让步——冥王哈德斯不息怒、不让步,

① 《伊利亚特》,9.53—54。
② 同上,18.105—106。
③ 关于狄奥墨得斯的形象,参考 Whitman, *Homer and the Heroic Tradition*, pp.166—169。

在全体天神中最为凡人憎恶。

愿他表示服从，我更有国王的仪容，

我认为按年龄我也比他长得多。①

　　这几句话表明，阿伽门农虽然承认夺走布里塞伊斯是一
个错误，但是他并未理睬阿基琉斯对其权威的挑战，反而要
求对方以臣服的姿态接受自己的道歉。② 这一方面暴露了
阿伽门农的固执和虚荣，另一方面也深刻揭示出，他并未理
解阿基琉斯对礼物所象征的荣誉以及围绕荣誉而建构的道
德世界的质疑。最终，阿伽门农也并未亲自向阿基琉斯道
歉，而是派奥德修斯、福尼克斯、大埃阿斯以及两个传令官组
成的使团前去说服阿基琉斯。

　　当使团来到阿基琉斯的营帐，他们发现"他在弹奏清音
的弦琴，娱悦心灵……歌唱英雄们的事迹"。③ 阿基琉斯看
见他们，热情地欢迎道："你们前来，是朋友，来得是时候，尽
管我生气，你们是我最亲爱的阿开奥斯人。"④此处文本存在
一个著名的疑难，那就是阿基琉斯称呼对方时使用的是双

---

① 《伊利亚特》，9. 158—161。

② 雷德菲尔德尖锐地指出，阿伽门农的"赔礼"（尤其是嫁女儿和
赠送城邦的承诺）实际上是要将阿基琉斯真正置于自己的统治之下，见
Redfield, *Nature and Culture in the Iliad*, pp. 15—16。

③ 《伊利亚特》，9. 186—189。阿基琉斯歌唱英雄事迹时，帕托克
鲁斯"面对他坐着，静默无言"（9. 190）。

④ 同上，9. 197—198。笔者在中译文"最亲爱的"前面加了一个
"我"，因为阿基琉斯是在表达自己对对方的情感。

数,而非复数。① 对此,纳吉提出了一个非常精彩的解释,他认为此处使用双数是为了暗示听众,阿基琉斯只对福尼克斯和大埃阿斯表示欢迎,而故意不理睬奥德修斯,因为后者不是他"最亲爱的阿开奥斯人"。在纳吉看来,"用双数的欢迎语排斥奥德修斯,是为了提醒听众注意奥德修斯与阿基琉斯之间的敌意"。② 然而,《伊利亚特》的叙事只提到阿基琉斯与阿伽门农的争吵,未曾提到阿基琉斯与奥德修斯的争吵,这两位英雄之间为何存在敌意?③

让我们先回到这里的情节。使团的三位英雄依次发言,试图说服阿基琉斯平息愤怒并回到战场。第一个发言的是奥德修斯,接着是福尼克斯,最后是大埃阿斯。从阿基琉斯的反应来看,奥德修斯发言的效果最差,不仅没能说服阿基

---

① 《伊利亚特》,9.197—198:"欢迎你们($\chi\alpha\acute{\iota}\rho\varepsilon\tau o\nu$),你们前来($\acute{\iota}\kappa\acute{\alpha}\nu\varepsilon\tau o\nu$),是朋友,来得是时候,尽管我生气,你们是($\acute{\varepsilon}\sigma\tau o\nu$)我最亲爱的阿开奥斯人"。其中$\chi\alpha\acute{\iota}\rho\varepsilon\tau o\nu$、$\acute{\iota}\kappa\acute{\alpha}\nu\varepsilon\tau o\nu$和$\acute{\varepsilon}\sigma\tau o\nu$都是动词的第二人称双数形式,即"欢迎你们两位","你们两位前来……","你们两位是……"。

② Nagy, *The Best of the Achaeans*, pp.49—54. 纳吉指出,与阿基琉斯和阿伽门农的冲突一样,阿基琉斯和奥德修斯的冲突也是一个传统的诗歌主题,两种冲突展现了人性冲突的两个不同的维度:武力优势与社会优势的冲突、武力与计谋的冲突,相比之下,后者才是更为根本的冲突。如果说《伊利亚特》以前一种冲突为主题,那么整个荷马史诗就以后一种冲突为更深刻和更宏大的主题,这表现为《伊利亚特》和《奥德赛》对于谁是"最好的阿开奥斯人"的不同回答。我们完全赞同纳吉的观察,只是倾向于把他的洞见表述为自然和政治/技艺的冲突:《伊利亚特》展现了自然与政治的冲突,而《伊利亚特》和《奥德赛》作为整体展现了自然与技艺的冲突。关于这两种冲突的内在关联,参考柏拉图:《法律篇》,888e 以下。

③ 比较《奥德赛》,8.72—82。

琉斯,反而更加激怒了他,导致他宣布明天就要返回家乡。①
福尼克斯的发言让阿基琉斯的情绪缓和了一些。最终,是大
埃阿斯的发言让阿基琉斯收回了返航的决定,而是改成:除
非赫克托尔放火烧船,否则自己不会出战。虽然阿基琉斯仍
然拒绝了使团的请求,但是他实则已经承诺了回归的条件。
就人物给我们的通常印象而言,奥德修斯显然要比大埃阿斯
更善于外交和辞令,但是在劝服阿基琉斯的任务上,为何足
智多谋的奥德修斯失败了,一介武夫大埃阿斯却成功了?

　　在研究使团一幕的文章中,詹姆斯·阿列蒂注意到,荷
马反复提示我们奥德修斯的关键位置:涅斯托尔任命三位英
雄时提出由福尼克斯领队,然而在他们临走前却特别吩咐了

---

① 《伊利亚特》,9. 357—363:"明天我向宙斯和全体天神献祭,我
把船只拖到海上,装上货物……第三天我会到达泥土深厚的弗提亚。"
纳吉指出,阿基琉斯家乡的名字"弗提亚"(Φϑία)及其常用修饰在词源
上和植物意象相关,象征着自然的生灭。在这个意义上,离开弗提亚、
前往特洛伊就意味着用文化的不朽超越自然的生灭,而相反的选择则
是从文化回到自然(Nagy, *The Best of the Achaeans*, p. 185)。在《克里同
篇》的开头,苏格拉底援引《伊利亚特》9. 363 来指自己的死亡,"我梦见
一位美丽而端庄的白衣女子,她走过来对我说:苏格拉底,希望你第三
天便到达泥土深厚的弗提亚"(柏拉图:《克里同篇》,44a—b),这里的
语境是苏格拉底拒绝克里同为他准备的越狱方案。阿基琉斯选择生和
苏格拉底选择死有一个共同点,那就是这两个选择都完全超出了一般
人的理解,超出了文化的常规。克里同显然并不理解苏格拉底的决定,
而使团在听完阿基琉斯讲话之后,"全体默不作声,惊异他的发言"
(《伊利亚特》,9. 430—431)。在《斐多篇》中,苏格拉底回顾自己从事
哲学的历程,援引奥德修斯的"次航"来说明从自然哲学向政治哲学的
转向(参阅《奥德赛》,10. 76 以下;柏拉图:《斐多篇》,99d)。在柏拉图
看来,苏格拉底像奥德修斯那样生活,像阿基琉斯那样死去,最伟大的
人生莫过于此。

奥德修斯;在阿基琉斯欢迎并招待了使团之后,大埃阿斯本来点头示意福尼克斯,奥德修斯却抢先开口。① 阿列蒂提出,发言的顺序意义重大,奥德修斯必须第一个发言,因为正是他的发言让阿基琉斯"跨越了分离(separation)和疏离(alienation)的界限",接着,福尼克斯和大埃阿斯的发言"逐渐软化了阿基琉斯的极端立场,这种立场是阿基琉斯对于奥德修斯及其发言的反应"。② 阿列蒂所谓"分离",指的是一个人在仍然认同共同体规范的前提下与所有人产生分歧,从而隔离于共同体,这正是第 1 卷结束时阿基琉斯的状态;而所谓"疏离",指的是一个人更加彻底地否定了整个共同体的规范,从而既离弃共同体也被共同体离弃,这便是第 9 卷中"奥德修斯及其发言"将阿基琉斯推入的状态。③ 我们不妨

---

① 《伊利亚特》,9. 165—181:"(涅斯托尔说)首先,让宙斯宠爱的福尼克斯先行,然后是伟大的埃阿斯和神样的奥德修斯……涅斯托尔给他们许多吩咐……特别是奥德修斯";222—224:"在他们满足了饮酒吃肉的欲望之后,埃阿斯向福尼克斯点头,神样的奥德修斯会意,他斟满一杯葡萄酒,举杯向阿基琉斯致意……"

② Cf. Arieti, "Achilles' Alienation in 'Iliad 9'", pp. 3—4.

③ Cf. Arieti, "Achilles' Guilt", pp. 193—194. 在这篇文章的开头,阿列蒂写道:"如果你感到某种我未曾感到的东西,我们便彼此分离了;如果你感到某种你所在的集体未曾感到的东西,你便与集体疏离……你必定质疑将整个集体统一在一起的标准是否是真的,是否为你所接受。"阿列蒂认为,《伊利亚特》第 1 卷的阿基琉斯还只是与其他英雄分离,而到了第 9 卷,他已经与整个英雄世界彻底地疏离。进一步讲,第 1 卷的分离遵从了耻感文化的逻辑,而第 9 卷的疏离则导致对于耻感文化的抛弃和超越。最终,作为第 9 卷疏离的结果,阿基琉斯"发现了罪",从而率先进入了罪感文化,"荷马已经开启从耻到罪的运动,他正是通过阿基琉斯这个人物做到这一点的"(Arieti, (转下页注)

将阿列蒂的洞察和纳吉的解释综合起来：当我们理解了奥德修斯如何促使阿基琉斯完成从分离到疏离的跨越，我们就能够理解阿基琉斯对奥德修斯的敌意，同时也就能理解，为何最终是大埃阿斯而非奥德修斯有限地完成了使团的任务。①

在他的发言中，包括复述阿伽门农的礼物清单，奥德修斯总共提出了四个理由来说服阿基琉斯，按照顺序分别是：（1）战局的危急，其中特别提到（2）赫克托尔的嚣张气焰；（3）佩琉斯的嘱咐；（4）阿伽门农的赔礼。在讲完（3）（4）之后，奥德修斯又重复了（1）（2），因此，他的发言整体结构为：（1—2）（3—4）（1—2）。我们认为，这意味着（1—2）才是在奥德修斯看来真正要紧的理由，而（2）又服从于（1）——阿基琉斯应该顾全大局，他应该杀死如此嚣张的赫克托尔，从而扭转战局，挽救阿开奥斯人。从（2）导向（1）意味着从争强好胜的个人荣誉导向同仇敌忾的集体事业，这是英雄道德的基本面向，也是英雄的基本职责。此时的阿基琉斯之所以

（接上页注）"Achilles' Guilt", p. 194）；"阿基琉斯是一个道德价值的探索者和发现者，其对于西方世界的重要性不亚于亚伯拉罕"（Arieti, "Achilles' Alienation in 'Iliad 9'", p. 11）。虽然笔者对阿列蒂关于耻感文化和罪感文化的判断以及将阿基琉斯与亚伯拉罕类比的观点持保留态度，但必须承认，他对第 9 卷的分析非常深刻，本章下文的分析也深受阿列蒂两篇文章的影响。

①　本章主要分析奥德修斯的发言和阿基琉斯的回应，福尼克斯和大埃阿斯的发言以及阿基琉斯对于二者的回应，留到下一章再讨论。

拒绝履行这一职责，是因为阿伽门农对他的侵害，这一点需要由(4)来纠正；但是阿伽门农看似不足道的侵害之所以导致如此严重的后果，根本原因还在于阿基琉斯自己的性情，而这一点需要由(3)来纠正。分析到此，我们已经发现奥德修斯发言的根本问题：一方面，奥德修斯的目标是扭转战局，而非纠正不义，更非安抚阿基琉斯；如果阿开奥斯阵营拥有更强的战士，或者狄奥墨得斯能够杀死赫克托尔，那么对于他来说，阿基琉斯的受辱和退出就根本无关紧要。另一方面，奥德修斯虽然一字一句地复述了阿伽门农的礼物清单，但是并未强调阿伽门农的歉意，①甚至未曾谈到阿伽门农的过错，而是首先提醒阿基琉斯要记得其父佩琉斯的嘱咐："你要控制你胸膛里面的傲气。"②事实上，(3)(4)结合起来的效果是：阿伽门农丰富得有炫耀之嫌的赔礼与阿基琉斯失去的战利品在量上形成鲜明的对比，让人觉得整件事情的缘由不是阿伽门农的霸道，而是阿基琉斯的孩子气；真正的问题

---

① 比较《伊利亚特》，9.115—120："老人家，你说起我做事愚蠢，并不是假话，我做事愚蠢，我并不否认。宙斯心里宠爱的那个战士抵得上许多将士，大神重视他，毁灭了阿开奥斯人的军队。我做事愚蠢，顺从了我的恶劣心理。我想挽救，给他无数的赔偿礼物。"阿伽门农承认错误的这几句话被奥德修斯忽略了。阿基琉斯需要的不是礼物，而是道歉，因此，他才会说，"即使赠送的礼物像沙粒尘埃那样多，阿伽门农也不能劝诱我的心灵，在他赔偿那令我痛心的侮辱之前"（9.385—387）。

② 《伊利亚特》，9.252—256，其中，"傲气"一词的希腊文原文是 μεγαλήτορα θυμόν，即"高傲的血气"。关于血气这个概念，见本书第五章第109—111页。

并非前者的侵害和侮辱，而是后者斤斤计较、受不了一点委屈。①

我们认为，与其说奥德修斯的发言是要说服阿基琉斯，不如说荷马借此展现了奥德修斯和阿基琉斯针锋相对的人格特质。奥德修斯不仅比阿基琉斯年长得多，其性格更是阿基琉斯的反面。无论从《伊利亚特》中零散但精到的刻画，还是从《奥德赛》浓墨重彩的描绘来看，奥德修斯的主要特点都是：足智多谋、思虑周全、善于隐忍。② 可以说，所有这些特点都是阿基琉斯完全缺乏的，然而，正是通过这些特点的完全缺失，阿基琉斯才能将属于自己的卓越发展到极致：超强的战斗力、极具穿透性的理智、汹涌的激情。奥德修斯给出了一篇能够说服他自己的演讲，穷尽了种种公事公办的理由，却也完美地错过了所有能够从内心打动阿基琉斯的要点，反而处处触碰红线，戳到对方痛处，无异于火上浇油。同时，从更深的层面来讲，奥德修斯提出的如此周全而又统统无效的理由，实际上让阿基琉斯更加彻底也更加清晰地感到

---

① 奥德修斯在正式开始陈述他的理由之前就提到，"阿基琉斯，在阿特柔斯之子阿伽门农的营帐和现在你这里不缺少相等的肉食"（《伊利亚特》，9.225—226），这等于是在对阿基琉斯说：对于你所拥有的丰厚的战利品来说，少一个布里塞伊斯根本不造成什么影响，何必斤斤计较？这一点对于奥德修斯这个心系战局的实用主义者来说或许是显而易见的，但却完全忽视了阿基琉斯的视角和感受。我们有理由认为，甚至在他开始说服阿基琉斯之前，奥德修斯就已经激怒了对方。

② 关于奥德修斯独特的英雄形象，参考 Margalit Finkelberg, "Odysseus and the Genus 'Hero'", in *Homer's the Odyssey*, ed. Harold Bloom, Chelsea House Publication, 1988, pp. 30—33。

这些理由所构成的意义世界的崩塌。① 正是由于双方人格特质的极端对立，奥德修斯的发言在情绪和理智这两个方面促成了阿基琉斯从分离到疏离的跨越。

奥德修斯的发言有一处细节，集中表现了他的智谋和周全，那就是他刻意省略了阿伽门农附在赔礼清单末尾的那几句话，"愿他让步——冥王哈德斯不息怒、不让步，在全体天神中最为凡人憎恶。愿他表示服从，我更有国王的仪容，我认为按年龄我也比他长得多"，并且在复述完赔礼清单之后又加了一句："即使阿特柔斯之子和他的礼物非常可恨，你也该怜悯其他的阿开奥斯人。"②奥德修斯知道阿伽门农的道歉并不真诚，不愿让后者的原话激怒阿基琉斯，并试图迅速将话题转移回战局之危急这个在他看来真正要紧的因素。然而，奥德修斯的巧计却以另一种更加深刻和强烈的方式激怒了阿基琉斯。在听完他的发言之后，阿基琉斯这样回复道：

> 拉埃尔特斯的儿子、大神宙斯的后裔、
>
> 足智多谋的奥德修斯，我不得不

---

① Cf. J. B. White, *When Words Lose Their Meaning*: *Constitutions and Reconstitutions of Language*, *Character*, *and Community*, University of Chicago Press, 1984, p. 46. 针对阿基琉斯的拒绝，怀特评论道："在这个世界的这个场合，能说的一切都说了，能做的一切都做了，就仿佛文化的全部资源由其穷尽而得以定义"。

② 《伊利亚特》，9.300—301。

> 把我所想的、会成为事实的话讲出来，
>
> 免得你坐在那里那样喋喋不休。
>
> 有人把事情藏心里，嘴里说另一件事情，
>
> 这在我看来像冥王的大门那样可恨。①

　　阿基琉斯此时的愤怒针对的是"有人把事情藏心里，嘴里说另一件事情"，与这种口是心非的人不同，他宣称自己说话从不拐弯抹角，从来直言不讳，而此刻，他正是要以绝对的真诚去对抗狡猾的虚伪，讲出自己的心声。阿伽门农把"不息怒、不让步"的人比作可憎的冥王哈德斯，现在阿基琉斯用同样的语言表达对于虚伪者的痛恨。然而，虽然阿伽门农针对的是阿基琉斯，阿基琉斯针对的却是奥德修斯，而且他所针对的正是奥德修斯把阿伽门农的那几句话"藏在心里"。②

---

　　①　《伊利亚特》，9.308—313。

　　②　当然，如果阿基琉斯没有听到阿伽门农的原话，他也就无从知道奥德修斯的隐瞒。然而，听众知道阿伽门农的原话和奥德修斯的隐瞒，此处的艺术效果正取决于此。荷马希望听众理解此刻的阿基琉斯，他将知情的听众置于不知情的阿基琉斯的心境之中，从而让阿基琉斯分享听众的知识，这样才能借助阿基琉斯针对奥德修斯的愤怒揭示出两人最深刻的差异，以及阿基琉斯步入疏离之境的根本原因。关于阿基琉斯针对的是谁，参见 Nagy, *The Best of the Achaeans*, p. 52；J. C. Hogan, *A Guide to the Iliad*, Garden City, 1979, p. 165；该解释可追溯至柏拉图，参见柏拉图:《小希庇阿斯篇》，365b:"在这几行诗中，荷马明显是要表现每个人不同的性格:阿基琉斯是真诚而单纯的，奥德修斯却是一个狡猾的骗子，因为阿基琉斯说的这几句话是针对奥德修斯的。"对于这一解释的质疑，参见 Rainer Friedrich, "Odysseus and Achilleus in the *Iliad*: Hidden Hermeneutic Horror in Readings of the *Presbeia*", *Hermes*, 139. Jahrg., H. 3 (2011), pp. 271—290。我们接受传统的解释，（转下页注）

阿基琉斯并非不能理解奥德修斯此举是出于策略,甚至多多少少也是出于善意,然而,由于自己彻头彻尾的真诚,他容不得对方的半点虚伪,哪怕是善意的虚伪,事实上,他尤其容不得善意的虚伪。恶意的虚伪由于其恶意而创造出正面对抗的空间,并且正由于其恶意而让对抗能够痛痛快快,这时候,虽然虚伪是恶意的虚伪,但对抗却是真诚的对抗。相比之下,善意的虚伪由于其善意而封闭了对抗的空间,这时候,虚伪者能够接受这种虚伪,从而达成妥协,真诚者却不仅遭遇了虚伪,还必须原谅这种虚伪,就因为它是善意的。面对奥德修斯善意的虚伪,阿基琉斯既不接受也不原谅,他选择用恶意的真诚对抗善意的虚伪。事实证明,奥德修斯最周全、最细致的考虑,在面对阿基琉斯的时候反而成了最致命的错误。阿基琉斯宁愿只听见阿伽门农要他服从的恶言,从而再度释放自己的愤怒,也不愿听奥德修斯"喋喋不休"的善语,这只会让他更加憋屈,更加不耐烦。

（接上页注）即阿基琉斯针对的是奥德修斯;同时,笔者也同意弗里德里希的如下意见:荷马并非要贬低奥德修斯。事实上,奥德修斯与阿基琉斯的发言以迥异的风格展现了他们各自的德性:"着眼于他的目的,奥德修斯小心翼翼地组织了他的发言;阿基琉斯则声称要讲出单纯的真相,继而将关于自己精神处境的赤裸真相暴露无遗"(Redfield, *Nature and Culture in the Iliad*, p. 7);"奥德修斯的德性是广博的,而阿基琉斯的德性是尖锐的"(Arieti, "Achilles' Alienation in 'Iliad 9'", p. 9)。关于二者的对比,另见 Whitman, *Homer and the Heroic Tradition*, pp. 177—180。

第 1 卷的阿基琉斯已经开始质疑以荣誉为核心的英雄道德世界,就这个世界是一种文化和习俗的建构而言,它和赤裸裸的自然人性之间的区别就正如虚伪和真诚的区别一样。说谎是奥德修斯最擅长的技艺之一,在《奥德赛》中,他正是通过这种技艺才成功恢复了自己的政治身份、重建了家国的政治秩序,但是在《伊利亚特》第 9 卷的语境中,奥德修斯的谎言成为整个非自然的人为世界(artificial world)的象征,它在试图劝说阿基琉斯返回这个世界的努力中,恰恰发挥了令阿基琉斯疏离于这个世界的作用。比起阿伽门农的权威,奥德修斯的技艺给阿基琉斯带来更严重的伤害,他的发言将阿基琉斯之怒的"自然—政治"张力推进为更深层的"自然—技艺"张力,我们认为,这才是奥德修斯促成阿基琉斯从分离跨越到疏离的根本原因。[①] 在使团一幕的开头,阿基琉斯之所以拒绝欢迎奥德修斯,拒绝叫他"最亲爱的阿开奥斯人",正是因为他觉得奥德修斯"像冥王的大门那样可恨"。

接着,阿基琉斯开始讲出他的心声。正如他所承诺的,他将直抒胸臆,"把我心里认为是最好的意见讲出来"。[②] 阿基琉斯讲的第一点就是阿伽门农的不义,以及由此暴露的荣

[①] 这里,笔者结合了纳吉和阿列蒂的解释。参见 Nagy, *The Best of the Achaeans*, pp. 51—53；Arieti, "Achilles' Alienation in 'Iliad 9'", pp. 4—5。

[②] 《伊利亚特》,9.314。

誉分配不公的问题,这在他看来是整件事情的缘由,却被奥
德修斯完全忽视。① 接着,他强调阿伽门农夺走布里塞伊斯
和帕里斯拐走海伦的类似,并宣称自己"从心里喜爱她",正
如墨涅拉奥斯爱海伦。② 这两个要点,实际上是用更加清晰
的表述重申了阿基琉斯在第 1 卷已经得出的结论:阿伽门农
的不义行为不仅破坏了应有的荣誉秩序,而且消解了阿开奥
斯人和特洛伊人的敌我之分。然后,阿基琉斯开始逐项针对
奥德修斯的发言。他明确表示拒绝帮助阿开奥斯人,也不想
对赫克托尔作战,这就直接否定了奥德修斯提出的前两项理
由。③ 至于阿伽门农的礼物,也就是奥德修斯提到的第四
点,阿基琉斯宣布:"即使赠送的礼物像沙粒尘埃那样多,阿
伽门农也不能劝诱我的心灵。"④从表面上看,阿基琉斯并未
回应奥德修斯提到的第三点,也就是佩琉斯的嘱咐,但实际
上,对于阿基琉斯来说,佩琉斯代表着他选择参加特洛伊战
争所要牺牲的一切:如果参战,他就再也无法和父亲重聚。
奥德修斯提及佩琉斯的真正效果,其实是引发了阿基琉斯对
于这个选择的深刻反思:

> 肥壮的羊群和牛群可以抢夺得来,

---

① 《伊利亚特》,9.315—336。
② 同上,9.337—345。
③ 同上,9.346—356。
④ 同上,9.379—405。

枣红色的马、三脚鼎全部可以赢得，

但人的灵魂一旦通过牙齿的樊篱，

就再也夺不回来，再也赢不到手。

我的母亲、银足的忒提斯曾经告诉我，

有两种命运引导我走向死亡的终点。

要是我留在这里，在特洛伊城外作战，

我就会丧失回家的机会，但名声将不朽；

要是我回家，到达亲爱的故邦土地，

我就会失去美好名声，性命却长久。①

　　这段著名的话讲出了阿基琉斯全新的洞察。在第 1
卷，阿基琉斯试图用"自然的正义"对抗阿伽门农所代表的
政治世界，他向宙斯的祈愿是残酷的，但是仍然以悖谬的
方式遵从着荣誉伦理的根本逻辑——虽然要以全体阿开
奥斯人的灾难为代价，但最终是为了在这个共同体面前证
明他自己。而现在，阿基琉斯完全抛弃了荣誉的价值，选
择守护那仅有一次、失不复得的生命。② 正是在这里，在
《伊利亚特》的全部叙事中，荷马第一次也是唯一一次告诉

---

　　①　《伊利亚特》,9.406—415。

　　②　我们可以从一些细节看出阿基琉斯思考的步骤：首先，"是我
这双手承担大部分激烈战斗，分配战利品时你得到的却要多得多"(1.
165—166)；进一步讲，"胆怯的人和勇敢的人荣誉相等，死亡对于不勤
劳的人和非常勤劳的人一视同仁"(9.319—321)；最终，"人的灵魂一
旦通过牙齿的樊篱，就再也夺不回来，再也赢不到手"(9.408—409)。

我们阿基琉斯的两种命运：要么英年早逝而名声不朽，要么长命百岁但默默无闻。在很大程度上，这是所有英雄都面临的两种命运，但是唯有阿基琉斯被明确赋予了选择的机会。如果说阿基琉斯的第一次选择是英雄道德的最高典范，那么他的第二次选择就是对于英雄道德最深刻的反思和最彻底的超越。古希腊语用来指"命运"的词是 $\mu o\tilde{\iota}\rho a$，其原意是"一个人分得的部分"，尤其是"一个人分得的那部分生命"，特指"命定的死亡"。因此，所谓对于命运的选择，其实是选择如何死亡；但是反过来讲，人究竟以何种方式死亡，恰恰并不取决于死亡的那一刻，而是取决于人以何种方式生活。英雄选择用生命的代价去争取荣誉，这并不仅仅是选择"死得光荣"，而是选择在直面死亡的前提下奋起追求荣誉，选择荣誉所证明的德性以及德性所展现的生命之辉煌。这样看来，如果说死亡给生命施加的限制是英雄道德的真正基础，那么英雄人格的最深刻的根源就并非视死如归的大义凛然，而恰恰是对于生命的高度珍视。正是由于看到了仅有一次、失不复得的生命太过可贵，英雄才渴望赋予这必死的生命以最辉煌的意义。在这个意义上，虽然阿基琉斯全新的洞察和选择令他疏离于所有其他英雄的意义世界，但是他仍然没有真正离开这个世界；相反，通过彻底消解一切人为的价值而返回生命的珍贵，他其实抵达了这个世界的意义源泉。此时的阿基琉斯已经站在自然和文化的边界，作为一个下凡的神和最接

近神的人,这是世间真正属于他的位置。① 如果说阿基琉
斯的第一次选择忠实于他的本性,那么他的第二次选择就
升华了他的本性。做出第一个选择的阿基琉斯是神一般
的战士,做出第二个选择的阿基琉斯是一个有死的神。②

阿基琉斯的两次选择

最终,阿基琉斯没有真的返航回家,而是在朋友帕托克
鲁斯死后,怀着全新的痛苦和愤怒返回战场,投入到更加激
烈的战斗之中,最终杀死赫克托尔,也完成了自己的命运。
然而,唯有经历过第二次选择的阿基琉斯,才真正懂得了他
第一次选择的全部意义。或许人性的尖锐和周全是无法兼
得的,正如一个人不可能既像阿基琉斯又像奥德修斯;但是
通过在两种完全对立的选择中都达到常人难以企及的尖锐,
阿基琉斯获得了一种属于他的周全,一种既能深入其中又能
超然其外的精神境界,这是一种专属于"边界"的周全。正
因为如此,在所有的英雄中,阿基琉斯最接近诗人;在《伊利

---

① 正如雷德菲尔德所言,"阿基琉斯处在他的社会的边缘,但是
英雄的位置本来就在边缘……阿基琉斯的模糊地位让他可能触及伦理
之根本和精神之纯粹"(Redfield, *Nature and Culture in the Iliad*, p. 105)。
② 阿列蒂指出,使团一幕之后,阿基琉斯"高高地站在他的船
首……虽然他是人,他却像宙斯一样冷漠离群且置身事外"(Arieti,
"Achilles' Guilt", pp. 195—196);"从第 9 卷起,阿基琉斯将占据他自己
宣称的神性的位置,他站在船上俯瞰战局,就像在奥林匹亚之巅的宙
斯"(Arieti, "Achilles' Alienation in ' Iliad 9 '", p. 14)。

亚特》所有的角色中,阿基琉斯最接近这部史诗的作者。使
团步入他的营帐,发现"他在弹奏清音的弦琴,娱悦心灵……
歌唱英雄们的事迹"。①

就整体而言,荷马史诗一方面树立了一种勇敢无畏地直
面死亡、以生命换取荣耀的英雄道德,另一方面也高度颂扬
生命自身的价值和求生的智慧。通常认为,前一方面主要体
现为《伊利亚特》,而后一方面主要体现为《奥德赛》。与阿
基琉斯相比,奥德修斯是一位伟大的存活者,他并不痴迷于
远方的战场和征服的荣耀,而是坚守生命的价值,在战争结
束之后历经漂泊和考验,最终与家人团聚,重建了政治秩
序。② 虽然奥德修斯在《伊利亚特》第9卷的发言促成了阿
基琉斯向更深疏离的跨越,但是阿基琉斯在这一跨越中获得
的全新领悟却让他更加接近奥德修斯。对于奥德修斯来说,
虽然注定的死亡为生命施加了根本的限制,但是生命的意义
并非完全从属于这一限制,也并非一定要通过对抗这种限制
才能生发出来。生命中值得珍视和守护的事物是完全内在
于生命自身的,而这在很大程度上又是因为,这些事物的意
义并非一个孤独生命的自我赋予,而是源自生命和生命之间

---

① Cf. Whitman, *Homer and the Heroic Tradition*, pp. 193—194; Red-
field, *Nature and Culture in the Iliad*, p. 221.

② 关于奥德修斯回归的政治哲学意义,参考贺方婴:《荷马之
志》,第33—127页。笔者尤其同意作者对奥德修斯历险的理解,"诗人
似乎暗示,奥德修斯必须先经历野蛮的政治状态,他才可能理解什么是
成熟的政治状态"(第121页)。

由自然、政治和命运所建立的种种关联和纽带——为了回到故乡与妻儿团聚，奥德修斯甚至拒绝了神女卡吕普索承诺给他的不朽。①

在《奥德赛》第 11 卷，阿基琉斯的魂魄在冥府中重新评估了他生前的选择："我宁愿为他人耕种田地，被雇受役使，纵然他无祖传地产，家财微薄度日难，也不想统治即使所有故去者的亡灵。"②在《奥德赛》的语境中，这样的感慨其实道出了奥德修斯在漂泊返乡的漫漫长途中一直坚守的信念，因此，在某种意义上，冥府中的阿基琉斯似乎是奥德修斯的一面镜子，而不是我们熟知的那个阿基琉斯。③ 尽管如此，我

---

①　《奥德赛》，5. 203—224。关于卡吕普索对于奥德修斯回归之旅的重要意义，参考黄薇薇："奥德修斯与卡吕普索"，载于《跨文化研究》，2018 年第 1 辑，第 132—145 页。

②　《奥德赛》，11. 489—491；比较《伊利亚特》9. 648："把我当作一个不受人尊重的流浪汉（μετανάστην）。"在古希腊社会，雇工和流浪汉都游离于社会之外，他们的地位甚至低于奴隶，因为奴隶由于属于某个家庭而间接归属于政治社会，参考 Finley, *The World of Odysseus*, pp. 52—54。阿基琉斯在受辱的心境中称自己和流浪汉无异，在冥府中自称愿意做一个活着的雇工，实际上都揭示出他在世间的疏离位置。关于古希腊文化中王者和"无城邦者"（ἄπολις）的对称性及其政治意义，参考让-皮埃尔·韦尔南（Jean-Pierre Vernant）和皮埃尔·维达尔-纳凯（Pierre Vidal-Naquet）:《古希腊神话与悲剧》，张苗、杨淑岚译，华东师范大学出版社，2016 年，第五章，"模糊性与逆转:论《俄狄浦斯王》的结构之谜"。韦尔南指出:"神圣的国王与献祭的罪人，这就是俄狄浦斯的两面"（第 120 页）。这种对称性也适用于奥德修斯（国王/乞丐），而在阿基琉斯身上张力最强（最好的阿开奥斯人/流浪汉或雇工、神性/兽性）。

③　比较《奥德赛》，5. 308—311："我也该在那一天丧生，接受死亡的命运……阿开奥斯人会把我礼葬，传我的英名。"冥府中的阿基琉斯和危难中的奥德修斯，都希望自己做了另一个属于对方的选择。

们仍然认为,阿基琉斯的形象在两部荷马史诗中并不矛盾,因为唯有热切珍爱生命的人,才会极度敏感于生命的有限;用生命换取荣耀的选择也并非对于生命的不敬和荒弃,而恰恰是赋予生命以意义的终极方式,让必朽的生命在允许的限度内接近神性的不朽。阿基琉斯和奥德修斯,抑或生前为不朽荣耀而赴死的阿基琉斯与死后不惧卑微地留恋生命的阿基琉斯,其实是英雄人格的正反两面。而诗人荷马则以惊人的宽宏和深邃,将英雄人格的正反两面编织成永恒的诗歌。

八、阿基琉斯的另一个自我

朋友是另一个自我

在《尼各马可伦理学》专题阐述友爱的两卷,亚里士多德两次提到"朋友是另一个自我"这个说法。"父母爱子女正如爱他们自身,因为从他们所出的子女通过与他们分离而像是他们的另一个自我(ἕτεροι αὐτοί),而子女爱父母是因为他们来自于后者"①;"由于这些特征中的每一种都符合好人与他自身的关系,而好人与朋友的关系就像是他与自身的关系,因为朋友是另一个自我(ἄλλος αὐτός),友爱也被认为是这些特征,而具有这些特征的人们就被认为是朋友"。② 第一处引文是在谈父子之间的友爱,第二处引文是在谈两个有德性的人

---

① 亚里士多德:《尼各马可伦理学》,1161b27—30。
② 同上,1166a29—33。

之间的友爱。在亚里士多德的友爱谱系中,父子友爱是双方
最不平等、最不相似的友爱,从而是最低类型的友爱,它从根
本上是基于人性中的缺乏和相互的需要;而德性友爱是双方
最平等、最相似的友爱,从而是最高类型的友爱,它超越了缺
乏和需要,指向对于善的分享。整个友爱谱系的两端,在不同
的意义上,都体现了"朋友是另一个自我"。①

　　希腊文φίλος[朋友],也可以译为"亲爱的"或"可爱
的",不过,它更加原始的含义或许是"自己的",有时候甚至
不带任何感情色彩。② 阿德金斯认为,φίλος[朋友、自己的]

----

　　① 关于亚里士多德的友爱谱系,参考陈斯一:"从需要到分享:亚
里士多德的友爱类型学",载于《海南大学学报(人文社会科学版)》,
2018 年第 3 期,第 30—36 页。需要注意的是,古希腊友爱(φιλία)观念
的外延是非常宽的,亲情也是友爱的一种;与友爱平行的观念是爱欲
(ἔρως),而非亲情。爱欲的外延同样很宽,不同在于,各种各样的友爱
更多体现了人与人之间的横向关联,带有更强的社会色彩,而不同层次
的爱欲则更多反映了人性的某种纵向秩序,带有更强的自然色彩。更
加根本地讲,友爱与爱欲的结构性区别在于,前者的对象对于主体来说
总是在某种意义上"属于他/她",而后者的对象对于主体来说则总是在
某种意义上是一种"善"。关于爱欲和友爱的关系,参考陈斯一:"柏拉
图论爱欲与友爱:《吕西斯》释义",载于《哲学与文化月刊》,2019 年第
二期,第 183—196 页。

　　② 例如《伊利亚特》,11.407:"但我自己的心(φίλος ... θυμός)啊
为什么要忧虑这些事情";13.85:"他们已经疲惫得自己浑身关节
(φίλα γυῖα)瘫软";《奥德赛》,8.277:"那里摆放着他自己的卧床
(φίλα δέμνια)";《奥德赛》,11.327:"她收受贵重的黄金,出卖了自己
的丈夫(φίλου ἀνδρός)"。在中译本中,前两处的φίλος、φίλα未翻译,第三
处的φίλα译为"亲切的",只有在第四处的φίλου译为"自己的"。笔者认
为,这四处都应该译为"自己的",尤其是第三处,因为这句话的语境是
赫菲斯托斯在自己的卧床上布下罗网,捉住了阿瑞斯和他妻子阿芙洛
狄忒的奸情。

以及相关的词汇①在荷马史诗中多少保留着"自己的"这层意思，是因为"荷马社会"是一个部族相争的世界，而所谓φίλος[朋友、自己的]指的无非是每个英雄作为部族领袖在这个充满危险和敌意的世界所需要依赖的一切："他自己的肢体和心理官能，他的工具、武器、财产、土地；还有他的妻子、孩子、仆人、扈从……除了这些之外，就只有那些和他进入了φιλότης[友谊]或ξενία[宾客之谊]之关系的人……这些是他自己的，而其他的一切都是敌对的或无关紧要的。他对于φίλον[自己]之物的占有性的情感（possessive affection）是基于自我保存的需要和欲望"。② 我们认为，虽然阿德金斯准确理解了荷马式友爱的社会土壤和一般起源，但是荷马史诗对于友爱的表现远没有停留在"基于自我保存的需要"这个层面，而是和亚里士多德对于友爱的阐述一样，全面地呈现了友爱的各种类型和整体谱系，一直上升到最高程度的友爱。在《伊利亚特》中，最高程度的友爱无疑是阿基琉斯与帕托克鲁斯之间的友

---

① 包括φιλεῖν（动词，意为"爱"）和φιλότης（名词，意为"友爱"或者"友谊"）。

② Adkins, "'Friendship' and 'Self-Sufficiency' in Homer and Aristotle", *The Classical Quarterly* Vol. 13, No. 1 (May, 1963), pp. 32—33. 阿德金斯谈到，"我们可以认为φίλος原本指的是（他、她……）'自己的'，然后逐渐过渡为表示'亲爱的'"（p. 32）。他还指出，动词φιλεῖν[爱]在荷马史诗中往往指的是一个人对于依赖他的人的保护和帮助，这尤其体现为宾客之谊（ξενία），在这种关系中，是主人φιλεῖν[爱]客人，而非相反（pp. 34—36）。荷马式友爱的φίλος（主体依赖于爱的对象）和φιλεῖν（爱的对象依赖于主体）这两方面也并不矛盾：通过φιλεῖν一个现在依赖于我的人，我便将他纳入到我将来能够依赖的φίλος之中（p. 36）。

爱——帕托克鲁斯代替阿基琉斯出战,最终死于赫克托尔之手;阿基琉斯为帕托克鲁斯复仇,尽管他明知自己的死亡会跟在赫克托尔的死亡之后。我们在什么意义上能够说这份友爱也是一种"占有性的情感",是"基于自我保存的需要和欲望"呢? 正如纳吉所言,帕托克鲁斯是阿基琉斯的"另一个自我"。①

让我们先回到最低层面的友爱,在这个层面,阿德金斯的分析是准确的。就英雄之间的关系而言,$\varphi\iota\lambda\acute{o}\tau\eta\varsigma$[友谊]或$\xi\epsilon\nu\acute{\iota}\alpha$[宾客之谊]是友好关系的两种基本方式,其中,$\xi\epsilon\nu\acute{\iota}\alpha$[宾客之谊]是更为基本的。这个词源自名词$\xi\acute{\epsilon}\nu o\varsigma$,意为"陌生人",亦可译为"客人"或"客友"(guest-friend)。相互独立的英雄彼此之间原本都是陌生人,唯有产生了主客关系,才能形成宾客之谊——当一个英雄由于种种原因流落到另一个英雄的土地上,如果后者收留了他,给予他保护和

---

①　纳吉认为,在《伊利亚特》的剧情中,帕托克鲁斯是阿基琉斯的"另一个自我"(alter ego),"他不仅穿上了阿基琉斯的铠甲,而且戴上了他的英雄身份(heroic identity)",而在英雄崇拜的层面,帕托克鲁斯是阿基琉斯的"仪式替身"(ritual substitute):"在死亡之中,帕托克鲁斯的角色与阿基琉斯等同……帕托克鲁斯在《伊利亚特》之内的死预示了阿基琉斯在《伊利亚特》之外的死。"参见 Nagy, *The Best of the Achaeans*, pp. 32—34。纳吉继承和发展了范布鲁克(Nadia van Brock)的观点,后者提出,帕托克鲁斯的故事反映了青铜时代的仪式替身现象,即,在仪式性的弑君祭祀中,君主的替身代替君主被杀。参见 Nadia van Brock, "Substitution Rituelle", *Revue Hittite et Asianique* 65 (1959), pp. 117—146。从结构上讲,仪式替身的主题最终发展为索福克勒斯的《俄狄浦斯王》,参见韦尔南的"模糊性与逆转",载《古希腊神话与悲剧》,前揭,第 120 页:"神圣的国王与献祭的罪人,这就是俄狄浦斯的两面。"

帮助，那么他就成了后者的ξένος［客人］，他们之间也就形成了ξενία［宾客之谊］；日后如果时运倒转，曾经的主人落难，那么曾经的客人便有义务用行动来回报他。显然，这种友爱关系更像是一种合作的盟约。① 当然，在这个基础上完全可以发展出不那么功利的友爱。陪伴阿基琉斯来到特洛伊战场的福尼克斯和帕托克鲁斯，最初都是以宾客之谊的方式，先成为佩琉斯的客友，然后又成为阿基琉斯的朋友，完成了从ξενία［宾客之谊］到φιλότης［友谊］的转化。②

---

① 在荷马史诗的世界中，宾客之谊具有很强的规范力量，宙斯的其中一个面向就是"保护宾客的宙斯"（Ζεὺς ξένιος）。在《伊利亚特》第6卷，格劳科斯和狄奥墨得斯握手言和的一幕生动地展现了宾客之谊的效力。在听完格劳科斯自述身世之后，狄奥墨得斯回答道，"你很早就是我的祖辈家里的客人（ξεῖνος）……让我们在战争的喧嚣中不要彼此动枪……让我们相互交换兵器，使人知道我们宣称我们从祖辈起就是宾客（ξεῖνοι）"（6.215—231）。我们看到，祖辈之间的宾客之谊，甚至能够制约在战争中各为其主的后辈。该主题在《奥德赛》中有更加系统的表现，在这部史诗中，是否遵守宾客之谊的礼节是判断主人文明与否的重要标志，也是表现善恶的重要方法。例如，在前四卷，特勒马科斯访问皮洛斯和斯巴达，涅斯托尔和墨涅拉奥斯都热情地招待了他，而他们履行宾客之谊的主要标志是先招待客人吃喝，再询问对方的来历，见《奥德赛》，3.67—74，4.60—64。事实上，越是推迟询问客人的来历，越是能够表现出主人的好客。费埃克斯人对待奥德修斯就是这样，荷马表现他们对他的招待花了整整两卷（第7—8卷）的篇幅，直到第9卷的开头，奥德修斯才表明自己的身份，"我就是那个拉埃尔特斯之子奥德修斯"（9.19）。反过来讲，荷马用以凸显求婚者品行低下的重要方式之一，就是通过表现他们对待客人的恶劣态度；而整部史诗中最残暴、最邪恶的形象，无疑是把"客人"活活吃掉的独眼巨人库克洛普斯。

② 《伊利亚特》，9.478—480，福尼克斯自述，"我随即穿过广阔的赫拉斯，远远地逃走，到达泥土深厚的弗提亚、绵羊之母，到了佩琉斯那里，他非常热心接待我"；23.85—90，帕托克鲁斯死后，其魂魄托梦给阿基琉斯说："父亲在我儿时把我从奥波埃斯送到你们家，因我犯了可怕的杀人罪……车战的佩琉斯友善地把我留在宫中，尽心抚养我成长，委命我作你的侍伴。"

福尼克斯比阿基琉斯年长得多,而帕托克鲁斯稍长于阿基琉斯;福尼克斯帮助抚育了阿基琉斯,而帕托克鲁斯陪伴他长大。在某种意义上,他们早已成为阿基琉斯的家人。除此之外,阿基琉斯还曾明确表示大埃阿斯(和福尼克斯一样)是他"最亲爱的"朋友;在第9卷的使团一幕中,也正是大埃阿斯的发言真正打动了阿基琉斯。阿基琉斯与大埃阿斯的友爱并非基于ξενία[宾客之谊],而更多是因为彼此性情相似、德性相仿,这就更加接近现代意义上的友爱了。不过,在友爱的问题上面,阿基琉斯与其他英雄的真正区别还不在于他对家人和朋友的真挚感情,而在于他能超出一般意义上的属己之爱、在更加普遍的人性层面消解敌我之别,对特洛伊人表现出怜悯和善意,这集中体现为《伊利亚特》第24卷他对待普里阿摩斯的态度。出于对普里阿摩斯的怜悯,也因为在对方身上看到了自己的父亲,甚至看到了另一个自己,阿基琉斯把赫克托尔的尸体归还给他,允许特洛伊人为赫克托尔举行葬礼,而这构成了《伊利亚特》的结局。

福尼克斯、大埃阿斯、帕托克鲁斯,甚至普里阿摩斯,都在不同的意义上是或曾是阿基琉斯的"朋友"。《伊利亚特》中的阿基琉斯不只是一个穿梭在神性和兽性之间的"自然的探索者",也是一个失去又寻回友爱的人;唯有通过他对友爱的辜负和忠诚,我们才能完整地理解阿基琉斯的悲剧。

福尼克斯和大埃阿斯

让我们再次回到《伊利亚特》第9卷的使团一幕。我们已经看到,奥德修斯的发言完全失败了,福尼克斯的发言一定程度上缓和了阿基琉斯的情绪,最终是大埃阿斯的发言取得了有限的成功。这三个人的根本差别在于,奥德修斯是以阿伽门农使节的官方身份、站在全体阿开奥斯人的立场上发言的,福尼克斯和大埃阿斯虽然也是为了挽救阿开奥斯人而来,却是以家人和同伴的身份发言的,他们和奥德修斯的区别就在于,他们既被阿基琉斯视作朋友,也是以友爱的名义对他讲话。

阿基琉斯在拒绝奥德修斯和阿伽门农的发言后,他最后说道:"让福尼克斯留下来,在这里睡眠,他好在明天和我一起坐船返回亲爱的家乡,只要他愿意,但是我不会逼迫他,不会硬把他带走。"① 福尼克斯首先回复了阿基琉斯的邀请:"亲爱的孩子($\varphi i\lambda ov\ \tau \acute{\varepsilon}\kappa os$),没有你,我怎能独自留下?"② 福尼克斯对阿基琉斯的称呼点明了其发言的整体基调,以长辈关爱和祈求晚辈的语气,福尼克斯接着讲了三段话:(1)回忆自己的经历,(2)关于祈求女神和错误女神的神话,(3)英雄墨勒阿革洛斯的故事。③

---

① 《伊利亚特》,9.426—429。

② 同上,9.437。

③ Judith A. Rosner, "The Speech of Phoenix:'Iliad' 9.434—605", *Phoenix* Vol. 30, No. 4 (1976), pp. 314—327.

在第一段话中,福尼克斯讲述了自己早年与父亲争吵,导致他逃离家乡,流亡到弗提亚,最终被佩琉斯收留的经历。荷马刻意突出了这段经历与阿基琉斯之怒的相似:正如阿伽门农和阿基琉斯的冲突是因为一个女人,福尼克斯也是因为一个女人而与父亲反目为仇,在这场冲突中,福尼克斯的父亲是过错的一方,他甚至诅咒福尼克斯,使其无法生育后代。福尼克斯差点弑父,正如阿基琉斯差点杀死阿伽门农,二者都被神所阻止。后来,福尼克斯逃到弗提亚,佩琉斯像对待儿子一样接纳他,将弗提亚边境的土地赠予他统治。最后,福尼克斯谈到他对阿基琉斯的养育:"众神不许我生个孩儿,神样的阿基琉斯,我却把你当儿子,使你保护我,免得遭受可耻的毁灭。"①整段话分两个步骤劝说阿基琉斯:首先,福尼克斯用自己的父亲影射阿伽门农,从而凸显出后者的过错,光这一点就远胜过奥德修斯提出的全部理由和复述的赔礼清单;其次,通过佩琉斯接纳自己、自己又帮助佩琉斯抚养阿基琉斯的事实,福尼克斯树立起一个阿基琉斯应该效仿的慷慨而慈爱的形象:阿基琉斯也应该接纳前来祈求他的人、回报养育他的人。在这一点上,福尼克斯的发言也胜过奥德修斯,他没有像奥德修斯那样提到佩琉斯给阿基琉斯的带有责备意味的嘱咐,②而是强

---

① 《伊利亚特》,9.445—495。

② 福尼克斯只提佩琉斯对阿基琉斯的正面鼓励,"他派我教你这些事,使你成为会发议论的演说家,会做事情的行动者",见《伊利亚特》,9.442—443。

调佩琉斯、他自己和阿基琉斯的三代"父子"恩情。① 虽然福尼克斯的目标也是说服阿基琉斯原谅阿伽门农、拯救全体阿开奥斯人,但是他在修辞上牢牢抓住阿基琉斯和自己的私人关系,仿佛他所祈求的是阿基琉斯接纳他、保护他。笔者认为,如果福尼克斯的发言到此结束,或许他是能够说服阿基琉斯的。然而,他又继续讲了两段,结果适得其反。

福尼克斯的第二段话很短,他提出,祈求女神追随着错误女神,却比后者慢得多;但是如果谁拒绝了姗姗来迟的祈求女神,那么错误女神就会尾随他,"使他迷惑付代价"。② 这个神话显然是在解释目前的情况:阿伽门农犯了错误,现在他派遣使团来祈求,虽然他早就该这样做了;然而,眼下的问题是,如果阿基琉斯拒绝使团的祈求,那么错误就将从阿伽门农转移到阿基琉斯的身上,他也将为此付出代价。紧接

----

① 我们采纳了罗斯纳的分段:(1)福尼克斯用自己的父亲影射阿伽门农,从而让阿伽门农为阿基琉斯的愤怒负责(9.445—477);(2)将阿伽门农的"恶父"形象置换为佩琉斯和自己的"慈父"形象,从而劝说阿基琉斯原谅作为其父辈的阿伽门农(9.478—495),参见 Rosner, "The Speech of Phoenix", pp. 316—318。笔者大体上同意她的分析,但是认为,对于(2)更好的解释是:福尼克斯希望阿基琉斯以佩琉斯和他自己为榜样,正如佩琉斯接纳了福尼克斯、福尼克斯抚育了阿基琉斯,阿基琉斯现在也应该原谅阿伽门农、拯救阿开奥斯人。因此,"慈父"形象所对应的不是阿伽门农,而是阿基琉斯。这实际上是在回应阿基琉斯的"母鸟和雏鸟之喻",见《伊利亚特》,9.323—324:"有如一只鸟给羽毛未丰的小雏衔来它能弄到的可吃的东西,自己却遭不幸。"

② 《伊利亚特》,9.496—523。罗斯纳指出,祈求($\lambda\iota\tau\alpha\iota$)和错误($\check{\alpha}\tau\eta$)的循环是《伊利亚特》的重要主题,参见 Rosner, "The Speech of Phoenix", pp. 320—321。这个主题最终的表现是第 24 卷:阿基琉斯答应了普里阿摩斯的祈求,从而终止了祈求和错误的循环。

着，福尼克斯的第三段话，似乎就是在说明阿基琉斯如果拒绝使团将会付出什么代价。然而，正是这段话暴露了福尼克斯对阿基琉斯的误解：他讲述了另一个英雄墨勒阿革洛斯因与母亲不和而退出战场的故事，墨勒阿革洛斯最终回归战场，拯救了他的同胞，却因为拖得太迟而没有得到荣誉礼物。福尼克斯最后总结道："接受礼物吧！阿开奥斯人会敬你如天神。要是你得不到礼物也参加毁灭人的战争，尽管你制止了战斗，也不能得到荣誉。"①我们在上一章谈到，尽管在第1卷阿基琉斯是因为礼物被夺走、荣誉遭损坏而愤怒退出，但是到了第9卷，在奥德修斯发言的刺激下，他已经完全抛弃了荣誉礼物的价值以及基于这一价值的习俗社会，回到了只关乎个体生死的自然视野，这种不无痛苦和孤独的超脱使得阿基琉斯与阿开奥斯人的集体事业甚至与整个英雄道德的意义世界彻底疏离。福尼克斯没能理解这种疏离，他仍然试图用荣誉礼物来打动阿基琉斯，这个致命的错误抵消了他第一段话的感情力量。在福尼克斯说完后，阿基琉斯径直针对他的最后一点回复道："老父亲，宙斯养育的人，我不要这种荣誉。"②

阿列蒂指出，因为早年的经历，"福尼克斯远比奥德修斯更能理解阿基琉斯的感受"。③ 然而，佩琉斯的收留使得福

---

① 《伊利亚特》，9.524—605。

② 同上，9.607—608。

③ Arieti, "Achilles' Alienation in 'Iliad 9'", p.16.

尼克斯避免了真正的疏离,而且上了年纪的福尼克斯也早已
不再是那个血气方刚的青年,不再能够真正理解年轻人的挣
扎与困惑。与福尼克斯相比,大埃阿斯更能理解阿基琉斯的
感受。虽然到目前为止他尚未经历类似的疏离,但是在所有
的阿开奥斯英雄中,大埃阿斯的性情和阿基琉斯最为相似,
而且在整个特洛伊战场上,他都是仅次于阿基琉斯的战
士。① 佩琉斯知道阿基琉斯有着胜过常人的血气,因而嘱咐
他"要控制你胸膛里面的傲气"。大埃阿斯的血气更甚。在
阿基琉斯死后,大埃阿斯与奥德修斯(是两人并肩合作保护
并运回了阿基琉斯的尸体)争夺他的铠甲。阿开奥斯人判定
奥德修斯胜出,大埃阿斯因盛怒而陷入疯狂,以至于屠杀了
不少军中牲畜,以为这些牲畜是阿开奥斯人。清醒之后的大
埃阿斯无法忍受羞辱和愧疚,自杀身亡。② 阿基琉斯与大埃
阿斯的区别在于,前者的理智与其血气相配,故受辱既引发
愤怒,也带来思考和领悟;后者的理智无法驾驭其血气,导致
他最终被羞辱和愧疚击垮。③ 我们可以设想,如果把《伊利

---

① Richard L. Trapp, "Ajax in the 'Iliad'", *The Classical Journal*
Vol. 56, No. 6 (Mar., 1961), pp. 271—275.

② 这段故事,可参考索福克勒斯的《埃阿斯》。大埃阿斯自杀所
用的剑是赫克托尔所赠,而赫克托尔的腰带是大埃阿斯所赠(《伊利亚
特》,7.303—305),阿基琉斯在杀死他后,用这腰带把他的脚栓在战车
后面拖行他的尸体。

③ 因此,阿基琉斯比大埃阿斯更符合柏拉图在《理想国》中提出
的护卫者的理想天性(结合血气和智慧)。比较亚里士多德:《政治
学》,1327b36—38;"只有天性中同时具备理性和血气的人们,才容易被
立法者导向德性"。

亚特》第9卷的阿基琉斯换成大埃阿斯,或许他不会那么冷酷和固执,而如果把索福克勒斯的《埃阿斯》中的大埃阿斯换成阿基琉斯,或许他不会发疯,更不会自杀。究其根本,是因为阿基琉斯即便在彻底疏离于英雄社会之后仍然能够找到自己在世间的位置,事实上,唯在这种疏离之中他才真正找到属于自己的位置,而大埃阿斯一旦疏离于英雄社会,便再无立足之地。

让我们回到剧情。在回复了福尼克斯之后,阿基琉斯"向帕托克鲁斯耸耸眉毛,要他为福尼克斯老人铺一张很厚的床榻,使其他的客人很快想起该离帐回去"。① 就在这个时候,本来一直保持沉默的大埃阿斯突然开口讲话。阿列蒂认为,正是阿基琉斯的逐客令冒犯了大埃阿斯,这解释了后者发言的激烈语气。② 大埃阿斯一开始甚至拒绝对阿基琉斯讲话,而是对奥德修斯说:"宙斯的后裔、智谋的奥德修斯,我们走吧,我认为我们这次前来,没有达到使命的目标,我们应该赶快向达那奥斯人传达信息,虽不是喜讯。"③接着,他对阿基琉斯提出严厉的批评:

> 阿基琉斯使他的狂野心灵变得很高傲,

---

① 《伊利亚特》,9.620—622。

② Arieti, "Achilles' Alienation in 'Iliad 9'", p. 18.

③ 《伊利亚特》,9.624—627。"达那奥斯人"是荷马史诗对希腊人(阿开奥斯人)的另一种称呼。

> 很残忍,他无视伙伴们的友爱,尽管我们
>
> 在船只间尊重他,胜过尊重别人。①

　　大埃阿斯的批评直指问题的本质。在他看来,阿基琉斯可以认为阿伽门农并没有真诚地道歉,可以对荣誉礼物不感兴趣,可以不想对战赫克托尔,甚至可以不关心"全体"阿开奥斯人,但是他不应该"无视伙伴们的友爱"（φιλότητος ἑταίρων）。这里的"伙伴"并非泛泛而言的称谓,而是呼应着使团一幕的开头,阿基琉斯称呼大埃阿斯和福尼克斯为"我最亲爱的阿开奥斯人"。大埃阿斯和阿基琉斯都不是那种与任何"熟人"都客套地互称朋友或伙伴的人。因此,我们可以判断,大埃阿斯和阿基琉斯都认可他们互为真正意义上的朋友。大埃阿斯首先针对的是阿基琉斯此时此刻对待朋友的态度:一言不合就下逐客令,这是对于朋友的不尊重;冷酷而固执地拒绝朋友的祈求,这是狂野、高傲和残忍。大埃阿斯接着说:

> 无情的人,有人从杀害他的兄弟
>
> 或是孩子的凶手那里接受赎金,
>
> 杀人者付出大量金钱后可留在社会;

---

① 《伊利亚特》,9.629—631。其中,"残忍"（σχέτλιος）一词,也是索福克勒斯笔下的伊斯墨涅对于安提戈涅的刻画,见《安提戈涅》,47。

> 死者亲属的心灵和傲气因赎金受控制。
> 但是神明把一颗为一个女子的缘故
> 而变得执拗的不良的心放在你胸中；
> 我们现在给你七个最美丽的女子
> 和许多别的礼物，你要有一颗温和的心。①

　　通过这几句话，大埃阿斯回到使团的任务，话题从他和阿基琉斯的友爱关系转到后者与阿伽门农的敌对关系。死者亲属接受凶手赎金的例子意在劝阿基琉斯原谅阿伽门农，同时也通过这种修辞来暗示阿伽门农与杀人凶手的可比性，从而强调其过错的严重程度，这就比福尼克斯用自己的父亲影射阿伽门农的方法更进了一步。大埃阿斯进而也提到荣誉礼物，但是和奥德修斯与福尼克斯不同，他的重心不在于礼物本身，而在于公平，一种单纯的公平：阿伽门农抢走阿基琉斯一个女人但还给他七个女人。他要阿基琉斯关心的也不是荣誉本身，而是自己的"心"究竟是"无情"还是"温和"。此处我们译为"心"的希腊文是θύμος，奥德修斯提醒阿基琉斯要控制血气的高傲，大埃阿斯却尊重他的高傲，只是希望他不要无情，这中间细微的差别带来完全不同的效果：奥德修斯轻微的责备激怒了阿基琉斯，大埃阿斯严厉的批评却打动了他。正如奥德修斯真正激怒阿基琉斯之处是其巧计的

　　① 《伊利亚特》，9.632—639。

虚伪,大埃阿斯打动阿基琉斯靠的是他的真诚,他像阿基琉斯一样,从不"把事情藏在心里,嘴里说另一件事情"。唯有对大埃阿斯的发言,阿基琉斯予以明确的认可,尽管这一认可仍然只是暂时的让步:

> 埃阿斯,大神宙斯的后裔,特拉蒙的儿子,
>
> 士兵的长官,你说的这一切合我的心意;
>
> 但我想起这件事,我的心就膨胀,阿伽门农
>
> 是怎样在阿尔戈斯人当中将我侮辱,
>
> 把我当作一个不受人尊重的流浪汉。①

阿基琉斯认可他与大埃阿斯的友爱,也认可自己应该温和,而非无情。然而,阿伽门农的侮辱让他无法释怀,让他觉得自己在阿开奥斯人中就像一个流浪汉。这是阿基琉斯首次明确承认自己的疏离状态。② 最终,他向大阿埃斯妥协:

---

① 《伊利亚特》,9.644—648。"阿尔戈斯人"是荷马史诗对希腊人(阿开奥斯人)的另一种称呼。

② 阿列蒂对这段话的两个重要的单词进行了分析:"侮辱"(ἀσύφηλον)和"流浪汉"(μετανάστης)。他首先指出,ἀσύφηλον[侮辱]在《伊利亚特》中只出现了两次,另一处是海伦在哀悼赫克托尔时说他从未侮辱过自己,并且暗示赫克托尔对待自己的温和态度在(除了帕里斯之外的)特洛伊人中是例外,见《伊利亚特》,24.766—767:"没有从你那里听到一句恶言或骂语(ἀσύφηλον)。"这样看来,ἀσύφηλον[侮辱]表达了人们对待像海伦这样遭人憎恨的外邦人的通常态度。其次,μετανάστης[流浪汉]在全部荷马史诗中只出现了两次,两次都是阿基琉斯对自己的刻画,一处是这里他对大阿埃斯说的,另一处(转下页注)

直到赫克托尔放火烧船,他才会重新出战。① 与英雄社会彻底疏
离的阿基琉斯并未与所有人完全分离:他在营帐中弹琴唱歌时有
帕托克鲁斯的陪伴,使团离开后,他让福尼克斯留下来,更重要的
是,他断然否定了荣誉礼物的价值,却难以割舍友爱的意义。

尽管如此,使团的任务还是失败了。虽然阿基琉斯对友
爱让步,但是现在的他还无法让友爱主宰自己。阿基琉斯的
拒绝开启了《伊利亚特》接下来的剧情,决定了帕托克鲁斯
的死,从而也促使他完成了自己最终的选择。在某种意义
上,大埃阿斯对阿基琉斯的批评是惊人准确的:阿基琉斯在
他合理却狂暴的愤怒以及深刻但是冰冷的洞察中,"无视伙
伴们的友爱",忘记了"阿开奥斯人的失败"这个泛泛而言的
愿望也包括他"最亲爱的"福尼克斯和大埃阿斯的苦难,并
将最终造成他"最最亲爱的"帕托克鲁斯的死,这才是阿基
琉斯犯下的真正错误与他要付出的真正代价。② 直到失去

────────────

(接上页注)是在《伊利亚特》16.59,他对帕托克鲁斯说的,"把我当作
一个不受人尊重的流浪汉"。阿列蒂认为,ἀσύφηλον[侮辱]和
μετανάστης[流浪汉]这两个词相互配合,意在揭示阿基琉斯来自不属
于人世的领域,是世间的疏离者。见 Arieti, "Achilles' Alienation in 'Ili-
ad 9'", pp. 22—24。

①　《伊利亚特》,9. 649—655。

②　惠特曼认为,阿基琉斯希望阿开奥斯人遭遇毁灭,"除了他自
己和帕托克鲁斯"(Whitman, *Homer and the Heroic Tradition*, p. 160)。可
惜的是,这并非阿基琉斯传达给宙斯的信息。有意思的是,特洛伊人对
阿基琉斯的诊断与大埃阿斯一致。当帕托克鲁斯穿着阿基琉斯的铠甲
替他出战,惊恐的特洛伊人"以为定然是待在船边的佩琉斯之子抛弃长
时间的愤怒,选择了友爱(φιλότητα)"。见《伊利亚特》,16. 281—282。
关于阿基琉斯的错误,参见 Lloyd-Jones, *The Justice of Zeus*, pp. 16—19。

挚爱,阿基琉斯才会懂得朋友之于自我的意义。

帕托克鲁斯

很多学者认为,帕托克鲁斯在《伊利亚特》中的形象是荷马的独创。[1] 和福尼克斯一样,帕托克鲁斯也是佩琉斯家的客友,他的年龄比阿基琉斯稍长,两人是一起长大、情同手足的朋友。[2] 就性格而言,至少从表面上看,《伊利亚特》中与帕托克鲁斯最像的人是赫克托尔。阿基琉斯称赫克托尔为"杀人的赫克托尔",但赫克托尔的天性不是战士,而是城邦的领袖和家庭的支柱。赫克托尔的德性本来在于他对共同体的忠诚与责任,但战争的进程逐渐催生和塑造出他的英雄自我,最终他以家国的毁灭为代价换取了个人的光荣。相比之下,帕托克鲁斯的形象自始至终都缺乏明确的自我诉求,似乎他完全存在于同他人的关系之中:他为阿开奥斯人

---

[1]　例如 Scott, *The Unity of Homer*, pp. 205 ff. , 斯科特认为赫克托尔和帕托克鲁斯都是荷马的原创。比较 Page, *History and the Homeric Iliad*, pp. 286—287。惠特曼很好地回答了佩吉的质疑,"无论赫克托尔和帕托克鲁斯此前是什么样的,在荷马这里,他们都变成新的了,只有作为《伊利亚特》的一部分,他们才能得到理解"。参见 Whitman, *Homer and the Heroic Tradition*, p. 156。

[2]　从古代开始,就一直有人认为阿基琉斯与帕托克鲁斯之间是同性恋爱人的关系,尽管这种说法在荷马史诗中并无证据。例如,柏拉图笔下的斐德若就把他们当作爱欲关系的典范,参阅柏拉图:《会饮篇》,179e—180a。对该观点的辩护,参见 W. M. Clarke, "Achilles and Patroclus in Love", *Hermes* 106. Bd. , H. 3 (1978), pp. 381—396。笔者对这种观点持保留态度。

的苦难心痛,殷切地照料和关爱伤员,安慰女俘布里塞伊斯。①　当然,帕托克鲁斯最鲜明的身份是阿基琉斯的朋友,两人的亲密关系众所周知:宙斯称帕托克鲁斯为阿基琉斯的"伙伴"(ἐταῖϱος),雅典娜称他为阿基琉斯的"忠实的伙伴"(πιστὸν ἐταῖϱον),大埃阿斯称他为阿基琉斯的"亲爱的伙伴"(φίλος ἐταῖϱος),阿基琉斯自己称他为"我最亲爱的伙伴"(φίλτατος ἐταῖϱος),而荷马在旁白中也这样称呼他。②在阿基琉斯和帕托克鲁斯出发参战之前,佩琉斯嘱咐阿基琉斯要"作战永远勇敢,超越其他将士",而帕托克鲁斯的父亲这样嘱咐他:"我的儿啊,阿基琉斯比你尊贵,力量也远远超过你,但你比他年长,你要经常规劝他,给他明智的劝告,作他的表率,使他听从你大有裨益。"③阿基琉斯受到的嘱咐只关乎他自己的卓越,仿佛其他阿开奥斯人只为衬托他的出类拔萃而存在;帕托克鲁斯受到的嘱咐却完全着

---

①　《伊利亚特》,11.804—848;特别是17.670—672:(墨涅拉奥斯说)"你们要记住不幸的帕托克鲁斯的善良,他活着的时候对所有的人都那么亲切,但现在死亡和悲惨的命运却降临于他";19.287—300:(布里塞伊斯说)"帕托克鲁斯,不幸的我最敬爱的人……你曾劝我不要悲伤,你说要让我做神样的阿基琉斯的合法妻子,用船把我送往弗提亚,在密尔弥冬人中隆重地为我行婚礼。亲爱的,你死了,我要永远为你哭泣"。

②　《伊利亚特》,17.204,17.557,17.642,17.411,19.315;Clarke,"Achilles and Patroclus in Love", pp.391—392,克拉克正确地指出,除了帕托克鲁斯之外,《伊利亚特》中"没有任何其他人如此频繁地在他与另一个人的关系中为我们所知,没有任何其他人如此经常地被称作另一个人的'亲爱的伙伴'"。

③　《伊利亚特》,11.783—789。

眼于他与阿基琉斯的关系,仿佛他只为协助阿基琉斯而存在。就此而言,帕托克鲁斯不仅是阿基琉斯最亲密的朋友,而且在这部个人主义色彩强烈、充满残酷冲突的史诗中承载着友爱的人性维度。

如果说阿基琉斯与大埃阿斯是英雄相惜的朋友,他们的友爱基于不相上下的能力和相似的性情,那么阿基琉斯为何将帕托克鲁斯视作他最亲密的朋友?从表面上看,帕托克鲁斯和阿基琉斯是极不相似的——其他方面不谈,阿基琉斯冲动、易怒、暴烈,帕托克鲁斯却耐心而温柔,"对所有人都那么亲切"。① 这对最亲密的朋友似乎有着完全相反的性格。虽然这样的友爱也并不罕见,但是究竟在什么意义上,帕托克鲁斯是阿基琉斯的"另一个自我"?

要回答这个问题,我们必须仔细分析帕托克鲁斯的人物形象。虽然在《伊利亚特》中出场不多,但是荷马生动地刻画了帕托克鲁斯的性格特征。在第 1 卷阿基琉斯受辱之后,帕托克鲁斯陪伴他回到营帐;当阿伽门农的使节前来领走布里塞伊斯,也是帕托克鲁斯把她带出来交给他们。② 第 9 卷,使团走进阿基琉斯的营帐时,发现他正在歌唱英雄事迹,而帕托克鲁斯"面对他坐着,静默无言";使团离开的时候,帕托克鲁斯听从阿基琉斯的吩咐,安排仆人为福尼克斯准备床铺。③

① 《伊利亚特》,17.671。
② 同上,1.306—307,1.345—348。
③ 同上,9.190,9.659—660。

在所有这些场景中,帕托克鲁斯一句台词也没有,但荷马正是通过他沉默的行动,表现出他的忠诚和顺从。第11卷,在船边观战的阿基琉斯看见马卡昂负伤撤退,呼唤帕托克鲁斯,后者在史诗中第一次说话:"你为什么叫我,阿基琉斯,要我做什么?"阿基琉斯回答时称他是"我心中的喜悦",吩咐他去探问伤情。[1] 帕托克鲁斯听从吩咐前去,回来时又发现受伤的欧律皮洛斯,他"见了很痛心,深怀同情地说出有翼飞翔的话语……宙斯养育的英雄欧律皮洛斯,告诉我,阿开奥斯人能不能挡住强大的赫克托尔的疯狂进攻……我不会眼见你受苦就这样丢下你",说完便开始为欧律皮洛斯疗伤。[2] 这时候,史诗的叙述转向战斗,一直讲到赫克托尔放火烧船、阿开奥斯阵营陷入绝境。到了第16卷的开头,荷马才回到第11卷末的情节:

> 帕托克鲁斯来见士兵的牧者阿基琉斯,
>
> 脸上淌着热泪,有如昏暗的泉源,
>
> 顺着陡峭的悬崖淌下灰暗的水流。
>
> 捷足的阿基琉斯一见他心里难过,
>
> 立即问缘由说出有翼飞翔的话语:
>
> "你为什么哭泣,亲爱的帕托克鲁斯,
>
> 有如一个小姑娘,小姑娘追逐着母亲,

---

① 《伊利亚特》,11.606—608。
② 同上,11.806—848。

渴求搂抱,紧紧地抓住母亲的长衣裙,

泪水涟涟望母亲,求慈母快把她抱起。

帕托克鲁斯啊,你也像姑娘娇泪流。"①

　　阿基琉斯看见帕托克鲁斯流泪感到"心里难过"
(ἰδὼν ᾤκτιρε),此处希腊文原文和帕托克鲁斯看见受伤的欧
律皮洛斯时感到"痛心"(ἰδὼν ᾤκτιρε)的用词是完全一样。
ἰδὼν ᾤκτιρε的字面意义为"看见时感到怜悯"。阿基琉斯怜
悯帕托克鲁斯,而帕托克鲁斯怜悯所有的阿开奥斯人。进一
步讲,在整部史诗中,只有帕托克鲁斯被表现为如此怜悯所
有的阿开奥斯人,这或许恰恰解释了为什么阿基琉斯只怜悯
帕托克鲁斯。换句话说,阿基琉斯在帕托克鲁斯身上看到了
一种在英雄社会中难能可贵甚至独一无二的柔软,因此将自
己内心深处潜藏的柔软保留给他。正是在这个意义上,帕托
克鲁斯是阿基琉斯的另一个自我,他携带着忒提斯之子藏在
神性和兽性之内的人性,是阿基琉斯更深的自我。②

----

①　《伊利亚特》,16.2—11。

②　正如麦克伽利(W. Thomas MacCary)指出的,"阿基琉斯在帕托
克鲁斯身上看到了……自己的脆弱",参见 W. Thomas MacCary, *Child-
like Achilles*: *Ontogeny and Phylogeny in the Iliad*, Columbia University Press,
1982, p. 150;莱德贝特(Grace M. Ledbetter)提出,"帕托克鲁斯可以被
认为是外化了阿基琉斯性格的一个要素……他的同情的一面",参见
Grace M. Ledbetter, "Achilles' Self-Address: Iliad 16. 7—19", *The Ameri-
can Journal of Philology* Vol. 114, No. 4 (Winter, 1993), p. 488。该观点
可以追溯至惠特曼,"荷马……将阿基琉斯人性的一面外化为帕托克鲁
斯",参见 Whitman, *Homer and the Heroic Tradition*, p. 199。

在第 16 卷这段罕见的充满温情又带着戏谑的话中,阿
基琉斯把帕托克鲁斯比作一个哭泣的女孩,把自己比作穿着
长裙的母亲,这个看似不甚恰当的比喻实际上呼应着第 9 卷
他回答奥德修斯时提到的另一个独特的比喻:

> 我心里遭受很大的痛苦,
>
> 舍命作战,对我却没有一点好处,
>
> 有如一只鸟给羽毛未丰的小雏衔来
>
> 它能弄到的可吃的东西,自己却遭不幸。①

这里,阿基琉斯把自己比作辛劳奉献的母鸟,把阿伽
门农以及全体阿开奥斯人比作不知感恩的雏鸟。因为自
己的付出没有得到应有的回报,阿基琉斯愤而退出并拒绝
和解。我们已经深入分析了这个过程中阿基琉斯的反思、
领悟和生存境界的升华;但是另一方面,如大埃阿斯所言,
阿基琉斯确实忽视了"伙伴们的友爱",这是他的根本错
误,他也将要为此付出终极的代价。

通过第 9 卷和第 16 卷两个比喻的呼应,荷马暗示我
们,阿基琉斯虽然像母亲怜悯女儿那样怜悯帕托克鲁斯,
但是他未能将这种怜悯推及其他阿开奥斯人,对于其他
人,他仍然像一只愤怒的母鸟,坚持惩罚那些不知感恩的

---

① 《伊利亚特》,9.323—324。

雏鸟。然而,命运的反讽就在于,被阿基琉斯抛弃的"孩子们"其中就有帕托克鲁斯,甚至尤其是帕托克鲁斯。正是在第16卷开头的对话中,阿基琉斯允许帕托克鲁斯代替自己出战,从而把自己最亲爱的"孩子"送上通往冥府的道路。在此后的叙事中,双亲和孩子的比喻还将继续发展,特别是在帕托克鲁斯战死之后,悲痛的阿基琉斯被比作失去幼狮的雄狮和失去年轻儿子的父亲。①

塞思·L. 谢恩(Seth L. Schein)在这些比喻中观察到"一种有趣的角色倒转:阿基琉斯把自己置于、也被荷马置于双亲的位置,尽管按照年龄和地位,阿伽门农和帕托克鲁斯应该关照他"。② 笔者认为,这种倒转符合阿基琉斯看问题的自然视角。虽然按照年龄,他比帕托克鲁斯小,而且是阿开奥斯阵营中最年轻的英雄,按照地位,他统治的人数也远少于阿伽门农,但是按照力量和勇武,作为最强大的战士,阿基琉斯理应关照、保护和救助所有阿开奥斯

---

① 《伊利亚特》,18. 318—322,"他们中间佩琉斯之子率先恸哭,把习惯于杀人的双手放在同伴胸前,发出声声长叹,有如美髯猛狮,猎鹿人在丛林中偷走了它的幼仔,待它回来为时已晚,长吁不已,它在山谷间攀援寻觅猎人的踪迹,心怀强烈的怒火,一心要找到恶敌";23. 222—225,"有如父亲悲痛地焚化新婚儿子的尸骨,爱子的早夭给双亲带来巨大悲切,阿基琉斯也这样悲伤地焚化朋友的尸体,缓缓地绕着柴堆行走,不停地叹息"。基于这些比喻,笔者不同意芬莱(Robert Finlay)的解读,他认为帕托克鲁斯代表阿基琉斯的父亲佩琉斯,从而象征整个父系共同体,参见 Robert Finlay, "Patroklos, Achilleus, and Peleus: Fathers and Sons in the 'Iliad'", *The Classical World* Vol. 73, No. 5 (Feb., 1980), pp. 267—273。

② Schein, *The Mortal Hero*, p. 107.

人,而从他的主观意愿来看,他至少始终想要保护帕托克鲁斯。就此而言,阿基琉斯实际上在更高和更深的层面推进了赫克托尔的悲剧:赫克托尔为了个人的荣誉,葬送了特洛伊;阿基琉斯为了超越这种荣誉,辜负了帕托克鲁斯。

在第16卷的开头,荷马已经预言了帕托克鲁斯的死。① 紧跟着阿基琉斯的"母女比喻",帕托克鲁斯向他讲述了阿开奥斯人的惨状,责备他的冷酷和固执,最后,帕托克鲁斯提议让自己穿上阿基琉斯的铠甲替他出战,这样"战斗时特洛伊人可能会把你我误认,止住他们的进攻,让疲惫的阿开奥斯人稍得喘息"。② 此时荷马换成诗人的视角讲道:"他这样说,作着非常愚蠢的请求,因为他正在为自己请求黑暗的死亡。"③帕托克鲁斯的计划实际上是涅斯托尔提出的,在第

---

① 事实上,早在第11卷,荷马就暗示了帕托克鲁斯的命运:阿基琉斯看到马卡昂受伤,呼唤帕托克鲁斯,后者"应声出营,样子如战神,就这样开始了他的不幸"(《伊利亚特》,11.603—604)。纳吉指出,"样子如战神"这个表述通常是用来形容赫克托尔和阿基琉斯的。前去查看马卡昂伤情是帕托克鲁斯命运的转折点,他将在涅斯托尔的建议下替阿基琉斯出战,"戴上阿基琉斯的英雄身份",他也会像赫克托尔那样被暂时的胜利冲昏头脑,最终战死特洛伊城下。

② 《伊利亚特》,16.20—45。帕托克鲁斯这样批评阿基琉斯:"无益的勇敢啊,如果你现在不去救助危急的阿尔戈斯人,对后代又有何用处? 无情的人啊,你不是车战的佩琉斯之子,也不是忒提斯所生,生你的是闪光的大海,是坚硬的岩石,你的心才这样冷酷无情。"帕托克鲁斯的话综合了第9卷大埃阿斯和第11卷涅斯托尔对阿基琉斯的批评。"无情的人"呼应了大埃阿斯的用语($\nu\eta\lambda\varepsilon\acute{\varepsilon}\varsigma$,16.33;$\nu\eta\lambda\acute{\eta}\varsigma$,9.632);"无益的勇敢"重复了涅斯托尔的指责(11.763,"阿基琉斯的勇敢却只属于他自己")。

③ 《伊利亚特》,16.46—47。

11 卷,帕托克鲁斯为了查看伤员来到涅斯托尔的营帐,后者趁机向他灌输这个想法:"他若是心里惧怕某个预言,或是他的母亲向他传示了宙斯的旨意,他也该让你带着密尔弥冬人去参战,或许会给达那奥斯人带来拯救的希望。"①在某种意义上,整个计划的提出源自涅斯托尔对阿基琉斯的深刻误解:阿基琉斯在第 9 卷的选择被涅斯托尔认作是出于对死亡的恐惧。帕托克鲁斯向阿基琉斯转告了涅斯托尔的话,"如果是什么预言使你心中害怕,女神母亲泄露了宙斯的某种天机……"阿基琉斯立即反驳道:"宙斯养育的帕托克鲁斯,你在说什么?我即使知道什么预言,也不会放心上。"②然而,他同意了这个不详的计划,只是告诫帕托克鲁斯,出战的任务是"解救船只的危难",切不可"率领军队追向伊利昂,从而惹得奥林匹亚的哪位不死的神明下来参战"。③ 帕托克鲁斯出战之后,阿基琉斯向宙斯祈祷,希望他完成任务并且安全归来,然而,"远谋的宙斯听他祈求,天神允准了他的一半心愿,拒绝了另一半。他允许帕托克鲁斯把战斗从船边驱开,却拒绝让他平安无恙地从战场返回来"。④ 温柔而善良的帕托克鲁斯,一旦走上战场,也未能摆脱赫克托尔般的英雄悲剧。

---

① 《伊利亚特》,11. 794—797。
② 同上,16. 36—37,16. 49—50。
③ 同上,16. 91—96。
④ 同上,16. 249—252。

正如惠特曼所言："当他穿上阿基琉斯的铠甲，巨大的变化来袭……他变成了阿基琉斯，他的行为更像是那位伟大的英雄，而不像他自己。"①最终，被杀戮和胜利冲昏头脑的帕托克鲁斯遗忘了阿基琉斯的告诫，无视阿波罗的警告，四次冲击特洛伊军队，最终被阿波罗、欧福尔波斯和赫克托尔合力杀死。②

　　帕托克鲁斯死后，阿基琉斯陷入巨大的悲痛。在第 18卷的开头，荷马用以刻画阿基琉斯之悲痛的语言在别处都是用来描述死者的，而报信的安提洛科斯、众女仆、忒提斯和其他海洋仙女的表现，与其说是在安慰悲痛的阿基琉斯，不如

---

　　① Whitman, *Homer and the Heroic Tradition*, p. 200. 战场上下的形象判若两别，这是赫克托尔和帕托克鲁斯最重要的共同点，比较《伊利亚特》,6. 466—481:赫克托尔的孩子不认识戴着头盔的他。惠特曼说，"作为阿基琉斯人性的象征，帕托克鲁斯感到希腊人的困境并愿意帮助他们；而作为战场上的阿基琉斯，他完全失去了对于人类界限的体认"（Whitman, *Homer and the Heroic Tradition*, p. 201）。

　　② 《伊利亚特》,16. 783—857。英雄不可连续四次冲击阿波罗保护下的敌人，否则必将毙命，比较 5. 431—444，狄奥墨得斯三次攻击受阿波罗保护的埃涅阿斯，三次都被阿波罗阻挡，当他"神灵一般地"（δαίμονι ἶσος）试图第四次攻击时，阿波罗发出警告，提醒他神和人的差别，狄奥墨得斯退却。这个模式在第 16 卷帕托克鲁斯的勇绩中重复了两次，第一次帕托克鲁斯退却了（16. 702—711），第二次他没有退却。英雄的退却被表述为"避开了远射神阿波罗的愤怒"（5. 444 和16. 711），这里"愤怒"的希腊文是μῆνιν。相比之下，唯有阿基琉斯在他的勇绩中打破了这一模式，参阅《伊利亚特》,20. 445—454，特别重要的是，在此之前都是阿波罗用"可怖的话语"（δεινὰ ... ἔπεα, 5. 439，16. 706）警告英雄，而这里是阿基琉斯用"可怖的话语"威胁赫克托尔（20. 448）。阿基琉斯最终被阿波罗和帕里斯合力杀死；在《伊利亚特》中，帕托克鲁斯替阿基琉斯被阿波罗杀死，而阿基琉斯在为他复仇的过程中甚至超越了阿波罗。

说更像是在哀悼死去的他。① 在得知帕托克鲁斯的死讯之前，阿基琉斯就有不祥的预感："但愿神明不要让我现在心中预感的、母亲曾向我预言的不幸发生，她说密尔弥冬人中最好的人（ἄριστον）将在我仍然活着时在特洛伊人手下离开阳世。"②这几句意味深长的话一方面印证了涅斯托尔的错误：阿基琉斯真正害怕的预言不是关乎自己的死，而是关乎帕托克鲁斯的死，另一方面也暗示帕托克鲁斯的死代替了阿基琉斯的死，因为"最好的密尔弥冬人"通常指的是阿基琉斯。③帕托克鲁斯的死让阿基琉斯彻底摆脱了他和阿伽门农的全部纠葛，无论是荣誉还是侮辱，无论是对英雄道德的反思还是对英雄社会的超越，都随着帕托克鲁斯的死而变得毫无意义。现在的阿基琉斯只想为朋友复仇，这是继第 1 卷和第 9 卷的选择之后，他所做出的第三次选择，也是他完成自身命运的最终选择④：

---

① Whitman, *Homer and the Heroic Tradition*, pp. 202—203; Schein, *The Mortal Hero*, pp. 129—132. 还有研究者指出，《伊利亚特》第 23 卷对帕托克鲁斯葬礼的描述挪用了一些诗歌传统中原是描述阿基琉斯葬礼的主题和语言，参见 Johannes Kakridis, *Homeric Researches*, Lund: Gleerup, 1949, pp. 75—83。

② 《伊利亚特》，18. 8—11。

③ 另见《伊利亚特》，17. 689—690："最好的阿开奥斯人帕托克鲁斯已经被杀死。"纳吉指出，"帕托克鲁斯在死去时获得'最好的密尔弥冬人'和'最好的阿开奥斯人'的称号，因为他不仅穿上了阿基琉斯的铠甲，而且戴上了他的英雄身份。帕托克鲁斯的死将阿基琉斯的死推迟到《伊利亚特》之后"（Nagy, *The Best of the Achaeans*, p. 34）。

④ 参阅柏拉图：《会饮篇》，179e—180a。斐德若认为这是阿基琉斯最终的选择。

"母亲啊,奥林匹亚神实现了我的请求,

但我又怎能满意? 我的最亲爱的伙伴

帕托克鲁斯被杀死,我最钦敬的朋友,

敬重如自己的头颅……

你为何不留在深海和女神们一起生活!

佩琉斯为什么不娶有死的凡女做妻子!

现在你将要为失去儿子悲痛万分,

你将不可能迎接他返回亲爱的家门,

因为我的心灵不允许我再活在世上,

不允许我再留在人间,除非赫克托尔

首先放走灵魂,倒在我的枪下,

为杀死墨诺提奥斯之子把血债偿还。"

忒提斯流着眼泪回答儿子这样说:

"孩儿啊,如果你这样说,你的死期将至;

你注定的死期也便来临,待赫克托尔一死。"

捷足的阿基琉斯气愤地对母亲这样说:

"那就让我立即死吧,既然我未能

挽救朋友免遭不幸。他远离家乡

死在这里,危难时我却没能救助。

现在我既然不会再返回亲爱的家园,

我没能救助帕托克鲁斯,没能救助

许多其他的被神样的赫克托尔杀死的人,

却徒然坐在船舶前,成为大地的负担……

> 如果命运对我也这样安排,我愿意
>
> 倒下死去,但现在我要去争取荣耀。"①

　　阿基琉斯现在才懂得他当初向宙斯的请愿究竟意味着什么。在第9卷,他回复福尼克斯的时候曾说:"老父亲,宙斯养育的人,我不要这种荣誉,但是我认为,我已经得到来自宙斯的荣誉。"②阿基琉斯知道宙斯为了兑现给他的诺言而操控战局,让赫克托尔打败阿开奥斯人,他把这当作来自神的荣誉,远胜过人间的荣誉,但是当时他还不知道,获得来自宙斯的荣誉会让他付出什么代价。荣誉受损让阿基琉斯对英雄道德感到幻灭,求助于神意,而帕托克鲁斯的死最终让他认识到神意的深不可测,这是一种更深的幻灭。第9卷的阿基琉斯对特洛伊战争的意义和英雄社会的习俗提出了全面的质疑,并由此返回生命的自然价值,但此刻的阿基琉斯却开始质疑生命的价值,质疑自己的存在:他希望忒提斯未曾离开深海、佩琉斯未曾娶一个女神,换言之,他希望自己从未出生。接下来,阿基琉斯宣布了自己的选择:以生命为代价,杀死赫克托尔,为帕托克鲁斯复仇。在最初参战的时候,阿基琉斯想必认为自己用生命换取的不朽名声指的是战功被世人铭记,他想必非常自信地认为自己将是那个攻克特洛

---

① 《伊利亚特》,18.78—126。

② 同上,9.607—608。

伊的英雄。① 直到现在,他才开始明白自己的生命应该用来救助帕托克鲁斯和阿开奥斯同胞,战功和荣誉只是真正的英雄之举的随附品。然而,阿基琉斯的领悟来得太迟,他痛彻悔恨自己没能救助朋友和同伴,"成为大地的负担"。② 最终,他决定"倒下死去……去争取荣耀(χλέος)"。从表面上看,这似乎回到了他的第一个选择,但事实上,阿基琉斯现在要去争取的荣耀,已经不再是过去他曾纠结的荣誉(τιμή)。③ 他终于明

---

① 事实上,最终攻克特洛伊的是奥德修斯的木马计。纳吉认为,特洛伊战争的胜利究竟是取决于阿基琉斯的力量还是要依靠奥德修斯的计谋,这是荷马史诗从属的诗歌传统关心的一个大问题,参考 Nagy, *The Best of the Achaeans*, pp. 45—49。

② 关于"大地的负担"这个短语,见 Arieti, "Achilles' Guilt", pp. 197—198。

③ 在第 16 卷的开头,阿基琉斯声称要和帕托克鲁斯分享胜利的荣耀,"帕托克鲁斯啊,尽力去打击特洛伊人……在全体达那奥斯人中为我树立巨大的荣誉和荣耀(τιμὴν μεγάλην καὶ κῦδος)",甚至说"但愿所有的特洛伊人能统统被杀光,阿尔戈斯人也一个都不剩,只留下我们,让我们独自去取下特洛伊的神圣花冠"(16. 80—85, 16. 98—100);在第 22 卷,阿基琉斯杀死赫克托尔之后对同伴们说,"阿开奥斯战士们,现在让我们高唱凯歌……我们赢得了巨大的荣耀(κῦδος),杀死了赫克托尔"(22. 391—393)。我们认为,阿基琉斯在这些场合提到的荣耀,指的都不是他从第 9 卷开始已经超越的那种荣誉。关于这个问题,参考 Whitman, *Homer and the Heroic Tradition*, pp. 199—200; Nagy, *The Best of the Achaeans*, p. 102; Parry, "The Language of Achilles", p. 7。惠特曼认为,阿基琉斯最终获得的不朽荣耀指的是他与帕托克鲁斯之间永世流传的友爱。纳吉指出,为了替帕托克鲁斯复仇而重回战场的阿基琉斯,所追求的已经不再是特洛伊战场上的荣誉(τιμή),而是史诗的荣耀(κλέος或κῦδος),这才是真正属于英雄的不朽。他援引辛诺斯(Dale Stephen Sinos)的博士论文结论,"出于对帕托克鲁斯的哀悼,阿基琉斯进入了史诗荣耀的领域"(Dale Stephen Sinos, *The Entry of Achilles Into Greek Epic*, The Johns Hopkins University, 1975, p. 104)。帕里认为,阿基琉斯在超越了荣誉之后仍然提及荣誉, 这其实反映了他(转下页注)

白,值得自己为之付出生命的不是赫赫战功,而是对友爱的忠诚。①

回到战场的阿基琉斯并未回归英雄社会。帕托克鲁斯的死带走了他的人性,现在的阿基琉斯只剩下冷酷的神性和残暴的兽性。在第六章,笔者分析了阿基琉斯的勇绩如何释放他的兽性,正如惠特曼所言,"荷马从头至尾铺展开阿基琉斯灵魂中的全部恐怖,将他浸于噬血的行动之中,这些行动令此前所有的战斗场景显得大为逊色"。② 英雄的神性和兽性总是如影随形,最高程度的兽性也蕴含着最高程度的神性。在为帕托克鲁斯复仇的过程中,随着他的行动愈发残暴,阿基琉斯的心境也越来越接近超然的神灵,只是从凡人的视角来看,这种超然的神性表现为一种极端深刻的冷酷。面对特洛伊战士、普里阿摩斯的另一个儿子吕卡昂的求饶,阿基琉斯这样回答:

朋友啊,你也得死,为何这样悲伤?

帕托克鲁斯死了,他可比你强得多。

（接上页注）的悲剧处境:"阿基琉斯的悲剧,他最终的孤立,在于他无法在任何意义上,包括在语言的意义上(不像哈姆雷特),离开那个对他而言已经变得陌生的社会。"

① 《伊利亚特》,23. 150—151,阿基琉斯剪下一缕头发发给帕托克鲁斯陪葬,预言自己的死:"现在既然我不可能返回亲爱的故乡,便让帕托克鲁斯把这缕头发带走。"

② Whitman, *Homer and the Heroic Tradition*, p. 206.

> 你难道没看见我如何俊美又魁伟？
>
> 我有伟大的父亲，由女神母亲生养，
>
> 但死亡和强大的命运也会降临于我。
>
> 当某个早晨、夜晚或者中午来临时，
>
> 有人便会在战斗中断送我的性命，
>
> 或是投枪，或是松弛的弦放出的箭矢。①

在第9卷的反思中，阿基琉斯用生命的自然价值消解了荣誉的人为建构，而现在，他用死亡这个必然的归宿泯灭了生命的意义。死亡似乎成了唯一的意义：阿基琉斯要完成赫克托尔的死，也要完成自己的死，所有挡在这两个死亡中间的人也必须得死。在杀死对方之前，阿基琉斯称吕卡昂为"朋友"（φίλος），这或许并非恶意的嘲讽。正如谢恩所言，"他们之间仅存的人类团结（human solidarity）是他们都必死的事实，而他（阿基琉斯）能够表达这种团结的唯一方法便是杀死对方"。② 确实，在死亡面前，所有人和所有人都是朋友。虽然生命是意义的终极源泉，但是死亡才是生命的终极真相，帕托克鲁斯死后，阿基琉斯至高的神性和至深的兽性就体现为对于这个终极真相的透彻领悟与坚定执行。

没有人能够承受这种状态，阿基琉斯也不能。他的勇绩

---

① 《伊利亚特》，21. 106—113。惠特曼评论，"阿基琉斯这番话说得像一个死亡天使"（Whitman, *Homer and the Heroic Tradition*, p. 207）。

② Schein, *The Mortal Hero*, pp. 98—99。

和复仇是一种释放,而不是真正的解脱。① 在屠杀了无数特
洛伊人、最终杀死赫克托尔之后,甚至在为帕托克鲁斯举行
葬礼并主持葬礼竞技之后,阿基琉斯仍然在痛苦中挣扎。②
在第24卷的开头,当所有其他阿开奥斯人都回到营帐"享受
甜蜜的睡眠",阿基琉斯还在辗转反侧,想念帕托克鲁斯,

> 眼泪大颗大颗往下滴,他时而侧卧,
> 时而仰卧,时而俯卧,最后他站起来,
> 去到海边,在那里徘徊,心神错乱。
> 当曙光照临大海和沙滩的时候,他望见
> 黎明,立刻把他的快马套在轭下,
> 把赫克托尔的尸首拴在车后拖着奔驰。③

为帕托克鲁斯复仇成了阿基琉斯生命的唯一意义,以至
于完成复仇的阿基琉斯反而彻底丧失了生命的意义,只能反
复虐待赫克托尔的尸体,就像是不断反刍复仇的苦味,陷入

---

① 这是"阿基琉斯的勇绩"和"狄奥墨得斯的勇绩"最鲜明的对
比:正如惠特曼所言,前者是英雄的悲剧,后者是英雄的喜剧,见 Whit-
man, *Homer and the Heroic Tradition*, pp. 265, 270。雷德菲尔德指出,这
是阿基琉斯失去人性、彻底进入自然领域所不得不承受的痛苦,见 Red-
field, *Nature and Culture in the Iliad*, p. 201。在《伊利亚特》的英雄悲剧
中,"进入自然"所带来的不可能是庄子般的逍遥。

② 在第23卷,阿开奥斯人为帕托克鲁斯举行了葬礼,阿基琉斯公
正地主持了葬礼竞技,这意味着他与共同体取得最终的和解。然而,他
还未能与自己的命运取得最终的和解。

③ 《伊利亚特》,24.10—15。

不得超生的循环。然而,《伊利亚特》的最后一卷以这幅场景开头,正是为了讲述阿基琉斯如何摆脱这种状态,重新找回自己的人性。他将遇见自己的最后一位"朋友",赫克托尔的父亲,普里阿摩斯。

普里阿摩斯

在第24卷的开场,阿基琉斯反复虐待赫克托尔的尸体,引发奥林匹亚诸神的一场辩论。支持特洛伊的众神提议派赫尔墨斯去偷走尸体,遭到赫拉、波塞冬、雅典娜的反对,这三位神自始至终支持阿开奥斯人。这时候,一直暗中保护赫克托尔尸体的阿波罗站出来,严厉批评阿基琉斯:"他的心不正直,他胸中的性情不温和宽大,他狂暴如狮……丧失了怜悯心,不顾羞耻。"①赫拉立即反驳道:"银弓之神,要是众神对阿基琉斯和赫克托尔同样重视,你倒可以这样说。可是赫

---

① 《伊利亚特》,24.40—44。纳吉从宗教仪式的角度分析了阿波罗对阿基琉斯的敌意,认为二者构成了一对"仪式对手"(ritual antagonists);他们的关系与雅典娜同赫克托尔的关系是同构的,见 Nagy, *The Best of the Achaeans*, pp. 61—62, 144—147。我们认为,阿波罗与阿基琉斯的敌对关系印证了尼采观察到的古希腊悲剧精神的张力结构,即阿波罗的日神精神与狄奥尼索斯的酒神精神之间的对立,参阅尼采:《悲剧的诞生》,孙周兴译,商务印书馆,2012年。阿基琉斯的神性主要来自母亲忒提斯,而忒提斯的神性主要体现为流变的自然力量(cf. Apollodorus, *The Library*, 3.13.5),关于她的"儿子必将胜过父亲"的预言更是揭示出颠覆秩序的潜能。此外,忒提斯还救助过狄奥尼索斯,见《伊利亚特》,6.130—137。纳吉提到阿基琉斯和狄奥尼索斯的紧密联系,参见 Nagy, *The Best of the Achaeans*, p. 209。

克托尔是凡人,吃妇人的奶长大,阿基琉斯却是女神的孩子,她母亲是我养大。"①最终,宙斯做出仲裁:阿基琉斯不应该继续虐待赫克托尔的尸体,但是也不应该让赫尔墨斯去偷走尸体,而是命令"去把忒提斯叫来,我好明智相劝,使阿基琉斯接受普里阿摩斯赎取赫克托尔尸体的礼物"。② 在随后劝说忒提斯的时候,宙斯将他的安排表述为"我却要赏赐阿基琉斯以荣耀(κῦδος),从而保持你日后对我的尊敬与友谊"。③

在第六章,我们分析了阿基琉斯的身世以及忒提斯与宙斯的关系。阿基琉斯的短命是忒提斯为了宙斯王朝之不朽而付出的代价,而宙斯回报忒提斯的方式便是赐予阿基琉斯以不朽的荣耀。在某种意义上,整部《伊利亚特》便是在不断地挖掘和表达这一不朽荣耀究竟指的是什么。在第 1 卷,我们以为阿基琉斯获得的补偿是雅典娜许诺的"今后你会有三倍的光荣礼物"④;在第 9 卷,我们以为阿基琉斯的荣耀体现为对这些礼物所构建的荣誉世界的超越;在第 18 卷,我们会以为阿基琉斯的荣耀是付出生命的代价为朋友复仇;最终,宙斯在第 24 卷亲口告诉我们,阿基琉斯要把赫克托尔的尸体归还给普里阿摩斯,从这里,从阿基琉斯对一个敌人的

---

① 《伊利亚特》,24. 56—60。
② 同上,24. 74—76。
③ 同上,24. 110—111。
④ 同上,1. 213。

怜悯之中,将产生他的不朽荣耀。①

当忒提斯找到阿基琉斯,传达宙斯的旨意,他立刻顺从地答应了,"就这样吧,如果奥林匹亚大神乐意这样吩咐,谁带赎礼来,谁领尸体"。② 这里的转变看似很突兀,实际上完全符合阿基琉斯的形象,虽然这位英雄无视任何人间的权威,但是他对诸神的态度一直都是虔敬的。③ 随后,伊利斯去往特洛伊城,劝普里阿摩斯独自一人前去赎尸,老国王不顾王后的强烈反对,做好了必死的准备④,带着礼物出城,前

---

① William H. Race, "Achilles' *ὖδος* in 'Iliad' 24", *Mnemosyne* Vol. 67, Fasc. 5 (2014), pp. 707—724. 莱斯在这篇文章中尖锐批评了阿德金斯一派的观点,揭示了这一派观点由于自身的狭隘视野与偏见所导致的对《伊利亚特》的严重误解,这种误解的一个重要体现,便是将24.110的*ὖδος*[荣耀]错误地解读为普里阿摩斯给阿基琉斯的赎礼,认为阿基琉斯只是将赫克托尔的尸体"卖"给了普里阿摩斯而已,拒不承认第24卷表达了阿基琉斯的怜悯。正如 Race 所言,这种解读"歪曲了史诗的结局"(p. 707)。莱斯正确地指出,24.110 的*ὖδος*[荣耀]是对于荣耀的全新定义,展现了深刻的伦理反思(pp. 721—723)。事实上,和他的愤怒一样,阿基琉斯的怜悯也是贯穿《伊利亚特》的一条主线,参考 Jinyo Kim, *The Pity of Achilles: Oral Style and the Unity of the Iliad*, Rowman & Littlefield Publishers, 2000. 科齐亚克指出,"阿基琉斯那充满愤怒的伟大血气,最终变成被怜悯和慈悲推动的血气,而这一变化的路径便是《伊利亚特》本身"(Koziak, "Homeric Thumos", p. 1083)。
② 《伊利亚特》,24. 139—140。
③ 比较《伊利亚特》,1. 215—218,阿基琉斯在盛怒之中打算杀死阿伽门农,雅典娜降临劝他克制,他立刻服从;另见《伊利亚特》,16. 91—96,阿基琉斯告诫帕托克鲁斯切勿挑战神。最接近神的人,最清楚人和神的差距。关于阿基琉斯和神界的亲密关系,参见 Redfield, *Nature and Culture in the Iliad*, pp. 213—214;Schein, *The Mortal Hero*, pp. 94—95。
④ 《伊利亚特》,24. 224—227,"如果我注定要死在披铜甲的阿开奥斯船边,我也心甘。等他抓住儿子,满足了哭泣的愿望,就让阿基琉斯把我一刀杀死";24. 327—328,"他的亲人跟在后面,呜咽哭泣,好像他是去送死"。

往阿基琉斯的营帐。当他终于来到阿基琉斯的厅堂,

> 他去到阿基琉斯面前,抱住他的膝头,
>
> 亲吻那双使他许多儿子丧命的杀人手,
>
> 像一个人发生了严重的神经错乱,
>
> 他在祖国杀了人,逃亡异乡避难,
>
> 去到一个富人家,使旁观的人惊异,
>
> 阿基琉斯看见神样的普里阿摩斯也这样,
>
> 其他的人也很惊异,面面相觑。①

  这段描述用一个奇异的类比,似乎颠倒了普里阿摩斯和阿基琉斯的关系,前者被比作逃亡的杀人者,后者被比作接纳他的富人。事实上,荷马通过这种方式,将普里阿摩斯祈求阿基琉斯的场景正式描述为一场宾客之谊的仪式,并让我们回想起福尼克斯和帕托克鲁斯当初流亡到佩琉斯家中的场景,尤其是帕托克鲁斯,因为他也是杀人之后逃亡至弗提亚。②区别在于,普里阿摩斯是敌邦国王,阿基琉斯杀死他许多儿子,而他的儿子们也杀死了许多阿开奥斯人,他最爱的儿子赫克托尔杀死了阿基琉斯最爱的帕托克鲁斯。这样两个人无法在任何传统的意义上构成宾客之谊的主客双方,因此,普里阿

---

① 《伊利亚特》,24.478—484。
② 同上,23.85—90。

摩斯的行为引发众人的惊异。他向阿基琉斯恳求道：

> 神样的阿基琉斯,想想你的父亲,
>
> 他和我一般年纪,已到达垂危的暮日,
>
> 四面的居民可能折磨他,没有人保护,
>
> 使他免遭祸害与毁灭。但是他听说
>
> 你还活在世上,心里一定很高兴,
>
> 一天天盼着能看见儿子从特洛伊回去。
>
> 我却很不幸……我剩下的一个儿子,
>
> 城邦和人民的保卫者,在他为祖国战斗时
>
> 已经被你杀死,他就是赫克托尔。①

　　虽然阿基琉斯已经答应忒提斯,无论谁带着赎礼来他都会归还尸体。然而,真正让他愿意归还尸体的不是神的命令,而是普里阿摩斯的恳求。在第9卷,三个使节中唯有强调友爱的大埃阿斯打动了阿基琉斯,令他收回返航回家的决定;在第16卷,帕托克鲁斯对阿开奥斯人的怜悯打动了阿基琉斯,让他结束了对阿伽门农的愤怒;②而现在,普里阿摩斯再次打

———————————

　　①　《伊利亚特》,24.485—500。赫尔墨斯曾建议普里阿摩斯以阿基琉斯的"母亲、父亲和儿子的名义,向他恳求,这样打动他的心灵"(24.466—467),普里阿摩斯却只提对方的父亲,事实证明,这是最能打动阿基琉斯的选择。在恳求的问题上,或许也只在恳求的问题上,人的知识胜过神。

　　②　同上,16.60—61:"不过已经发生的事情让它过去吧,心中的愤怒也不会永远不可消弭。"

动了阿基琉斯,让他放下了对赫克托尔的仇恨,这是因为,他在特洛伊老国王身上看到了自己的父亲佩琉斯。阿基琉斯心里清楚,正如普里阿摩斯失去了赫克托尔,他和佩琉斯也不可能再团聚了。奥德修斯曾提及佩琉斯,但是未能说服阿基琉斯返回战场,反而激发他做出返回家乡的决定,因为佩琉斯让阿基琉斯想起的不是奥德修斯希望他记得的嘱咐,而是他为了参加特洛伊战争、赢得不朽声名而放弃的生命,那本可在"泥土深厚的弗提亚"度过的长久而安稳的生命。死亡是孤独的,生命却不是;为了荣誉而赴死的选择最终只关乎个人,但这个选择所牺牲的生命却关乎父与子,夫与妻,同伴与朋友……在他的双亲中,忒提斯是阿基琉斯的神性源泉,佩琉斯是他的人性源泉,在帕托克鲁斯死后,佩琉斯更是成了他和人类世界的唯一纽带,是他对生命仅存的留恋,是他在冷酷而残暴的神性和兽性之内,深深埋藏着的温柔而怜悯的人性。听完普里阿摩斯的恳求,阿基琉斯想起他的父亲,

> 他碰到老人的手,把他轻轻地推开。
>
> 他们两人都怀念亲人,普里阿摩斯
>
> 在阿基琉斯脚前哭他的杀敌的赫克托尔,
>
> 阿基琉斯则哭他的父亲,一会儿又哭
>
> 帕托克鲁斯,他们的哭声响彻房屋。①

---

① 《伊利亚特》,24.508—512。比较《奥德赛》,8.521—531:听完歌者唱诵木马计的故事之后,奥德修斯为特洛伊人哭泣,荷马巧妙地把他比作安德洛玛克。

　　这是整部《伊利亚特》最感人的一幕:特洛伊国王和最
强的阿开奥斯战士一起怀念和哀悼这场成就了英雄道德的
伟大战争所牺牲的一切。在普里阿摩斯身上,阿基琉斯不仅
看到了他那注定失去儿子的父亲,还看到了已经失去挚爱的
他自己。在共同的哭泣中,在人性共同的苦难中,普里阿摩
斯成了阿基琉斯的"另一个自我",他们"收养了彼此",短暂
弥合着那永远失却的父与子。① 最终,阿基琉斯不仅答应归
还赫克托尔的尸体,还拿自己对命运的切身领悟安慰普里阿
摩斯,劝他节哀、进食,并且善意地询问他:"你给神样的赫克
托尔举行葬礼仪式,要花多少天? 我自会停战,制止
军队。"②

　　《伊利亚特》以阿基琉斯的愤怒开始,以赫克托尔的葬
礼结束。阿基琉斯的愤怒展现了他的神性,而赫克托尔的葬
礼取决于他的人性。在很大程度上,《伊利亚特》讲述的是
阿基琉斯如何上升到神性,又如何回归人性的故事。同赫克
托尔一样,曾经的阿基琉斯一向善待敌人的尸体;③然而,在
命运的安排下,他经受了常人不可及的痛苦,也暴露出至深

---

　　① Schein, *The Mortal Hero*, p. 159; Finlay, "Patroklos, Achilleus, and Peleus", p. 273. 荷马接下来讲道,"普里阿摩斯不禁对阿基琉斯的魁梧与英俊感到惊奇,看起来好似天神。阿基琉斯也对达尔达诺斯之子普里阿摩斯的态度与谈吐感到惊异";阿基琉斯称普里阿摩斯为"亲爱的($φίλε$)老人"。见《伊利亚特》,24.629—633,650。

　　② 《伊利亚特》,24.524—532,599—620,657—658。

　　③ 《伊利亚特》,6.414—419,7.76—91;Schein, *The Mortal Hero*, pp.103—104。

的兽性,只能通过折磨仇敌的尸体来安慰自己。在这个意义上,归还赫克托尔的尸体、允之以葬礼,意味着阿基琉斯与他的命运达成和解,回归自己的人性。而我们看到,正如阿基琉斯的神性和兽性超过其他英雄,他的人性也比所有其他英雄更加宽大、饱满、深厚,在他身上,帕托克鲁斯给阿开奥斯同胞的爱和怜悯,最终升华为阿基琉斯对所有必死之人的爱和对人性普遍处境的怜悯。在赫克托尔的葬礼之后,战斗将重新开始,阿基琉斯也将死去。不过,这一次也是最后一次出战赴死的他,已经庄严而平静地完成了他自己。《伊利亚特》并未讲述阿基琉斯的死亡和葬礼,但是在第 23 卷,帕托克鲁斯的魂魄曾托梦给阿基琉斯,预言了他们的结局,"让我俩的骨灰将来能一起装进你的母亲给你的那只黄金双耳罐"。① 在死亡中,阿基琉斯和他的另一个自我重新成为一体。

---

① 《伊利亚特》,22.91—92。

图书在版编目（CIP）数据

荷马史诗与英雄悲剧/陈斯一著. --上海：华东
师范大学出版社，2020
ISBN 978-7-5760-1015-2

Ⅰ.①荷⋯ Ⅱ.①陈⋯ Ⅲ.①英雄史诗—诗歌研究—
古希腊 Ⅳ.①I545.072

中国版本图书馆 CIP 数据核字（2020）第 219030 号

华东师范大学出版社六点分社

企划人 倪为国

六点评论

荷马史诗与英雄悲剧

著　　者　陈斯一
责任编辑　彭文曼
责任校对　古　冈
封面设计　卢晓红

出版发行　华东师范大学出版社
社　　址　上海市中山北路3663号　邮编　200062
网　　址　www. ecnupress. com. cn
电　　话　021－60821666　行政传真　021－62572105
客服电话　021－62865537　门市（邮购）电话　021－62869887
地　　址　上海市中山北路3663号华东师范大学校内先锋路口
网　　店　http://hdsdcbs. tmall. com

印 刷 者　上海盛隆印务有限公司
开　　本　889×1194　1/32
印　　张　7.5
字　　数　130千字
版　　次　2021年1月第1版
印　　次　2022年11月第2次
书　　号　ISBN 978-7-5760-1015-2
定　　价　48.00元

出 版 人　王　焰